O RÉPTIL MELANCÓLICO

FÁBIO HORÁCIO-CASTRO

O RÉPTIL MELANCÓLICO

1ª edição

EDITORA RECORD
RIO DE JANEIRO • SÃO PAULO
2021

CIP-BRASIL. CATALOGAÇÃO NA PUBLICAÇÃO
SINDICATO NACIONAL DOS EDITORES DE LIVROS, RJ

H773r

Horácio-Castro, Fábio
    O réptil melancólico / Fábio Horácio-Castro. - 1. ed. - Rio de Janeiro: Record, 2021.

ISBN 978-65-5587-343-6

1. Romance brasileiro. I. Título.

21-72019
    CDD: 869.3
    CDU: 82-31(81)

Camila Donis Hartmann - Bibliotecária - CRB-7/6472

Copyright © Fábio Horácio-Castro, 2021

Todos os direitos reservados. Proibida a reprodução, armazenamento ou transmissão de partes deste livro, através de quaisquer meios, sem prévia autorização por escrito.

Texto revisado segundo o novo Acordo Ortográfico da Língua Portuguesa.

Direitos exclusivos desta edição reservados pela
EDITORA RECORD LTDA.
Rua Argentina, 171 – Rio de Janeiro, RJ – 20921-380 – Tel.: (21) 2585-2000.

Impresso no Brasil

ISBN 978-65-5587-343-6

Seja um leitor preferencial Record.
Cadastre-se em www.record.com.br
e receba informações sobre nossos
lançamentos e nossas promoções.

Atendimento e venda direta ao leitor:
sac@record.com.br.

Para Marina, companheira de todos os exílios.

Prólogo

Ao chegar Felipe ao Anfão quem lhe abriu a porta foi o velho Malaquias, que o reconheceu de pronto, apesar da surpresa da visita. Ficou-lhe a boca aberta, a certeza absoluta e garba e as palavras pronunciadas a esmo, para si mesmo,
"Quem tem filhos, tem cesilhos",
"Bom dia, meu senhor",
"Bom dia, moço",
"Procuro o senhor João",
"Pois vá entrando, vá entrando que esta casa reconhece quem nela já morou",
"Mas nunca morei por cá",
"Que tenha sido em pensamento",
"É bem a casa onde mora o senhor João H.?",
"Exato, a qual chamam de o Anfão, diz'que porque tem nela um pequeno tanque ao fundo e na frente um poço sem fundo",

"Diga ao senhor João, por obséquio, que quem aqui está, e deseja vê-lo, é o Felipe",
"O seu neto Felipe, pois muito bem",
"Desculpe, mas como sabe que sou seu neto?",
"Essas coisas não se esquece",
"Mas como me reconhece o senhor?",
"Por suas barbas!",
"Mas não as tenho!",
"Ah, não?",
"Não!",
"Estou espantado, porque é como se as tivesse",
"Não entendo",
"É que sou velho e vejo as coisas com olhos que não se tem na juventude. Vejo muito claramente as coisas do passado, porque tanto como os olhos do senhor estão cheios de futuro, o que é coisa que se vê, estão os meus cheios de passado",
"E o senhor me vê com barbas?",
"Vejo. Penso que deve tê-las, quero dizer, que deve deixar-se tê-las, porque assim menos se assemelhará ao pai que tem, o senhor Maurício, ou com os tios que tem, seja o senhor Antônio, a quem muito mesmo se parece, seja o senhor Carlos, com quem se parece um pouco",
"Vejo bem que me reconhece o senhor, mas eu mesmo não sei quem é",
"Me chamo Malaquias e servi a seu bisavô como hoje sirvo a seu avô e a seus tios. Fui mudo por muito

tempo, mas uma noite ganhei a fala assim como por um milagre, e isso aconteceu depois que tomei um susto. Sou da casa. Isto é tudo boa gente, tudo séria e transparente. Olhe, de minha parte, no que posso, no limite da minha condição, dou-lhe as boas-vindas",

"Obrigado",

"Entre, e espere lá que vou avisar o senhor João de sua presença."

LIVRO I

A releitura

Capítulo I

O exilado

I

Enquanto eu crescia, em cidades que não eram minhas, algumas pessoas tentavam reavivar em mim a ilusão, e mesmo as memórias, do meu país secreto. Enquanto Felipe crescia, em cidades que não eram suas, algumas pessoas tentavam, em vão, reavivar nele a ilusão, e mesmo as memórias, do seu país secreto. Enquanto Miguel crescia, na cidade que era a sua, algumas pessoas tentavam avivar em si a ilusão, e mesmo as memórias, daquele país inventado, superposto ao seu país secreto. Através de campos ermos e de cidades repovoadas eu prosseguia sem identidades, atravessando paredes de azulejos, espelhos, armários polidos e pequenas almas, descendo por rios invisíveis até ao fundo dos seus inícios repentinos, e de lá retornava, ágil e veloz, povoado de duplos, para adormecer no seio de uma história inesperada. Réptil inconsútil, e melancólico, eu percorria sozinho, taciturno e empolgado de pequenos nadas, o caminho que se fazia afora da linguagem, das falas, das narrativas, dos discursos e da história. E ainda assim, e talvez por isso mesmo, é que algumas pessoas tentavam reavivar em mim a ilusão, e mesmo as memórias, do meu país secreto. As memórias de uma identidade crua e misteriosa, pouco sabida, pouco cozinhada, ainda quase viva — pois as identidades somente o são depois de mortas —, e ainda úmida de sangue, embaralhada de passados e futuros, e confusa no seu propósito de ser realmente minha. Essas pessoas também tentavam reavivar em mim as ilusões, ou a ilusão, de um lugar e de um pertencer, necessária ilusão, comum em gente como nós, que mudava de mundo sem bem o desejar, e que era a ilusão de um lugar, de uma utopia — a verdadeira pátria de todos os exilados.

Se minhas memórias eram confusas e se minhas ilusões precisavam ser reavivadas era porque eu era muito pequeno, devendo ter quatro ou cinco anos quando minha mãe fugiu de nossa cidade, levando-me junto e sem qualquer intenção de retornar. As pessoas que tentavam reavivar em mim essas memórias e ilusões eram amigos, exilados como nós e, todos, muito carregados de lembranças e utopias. Julgavam ser de seu dever garantir, a mim, o meu passado; o meu lugar no mundo, como diziam. Era como se me fizessem um favor, como se me prestassem um serviço. O ato de reavivar minhas memórias e de me conferir um pouco de utopia era generoso, mas também, igualmente, um dever. Era o pouco, mas o melhor, que me podiam dar. De minha parte, eu me esforçava para entender o que diziam. Era sempre atencioso e cuidadoso. Percebia que a tarefa à qual se propunham era carregada de emotividade e de sentimentos e, em respeito a isso, era sempre obsequioso com todos. Não obstante, o resultado desse esforço constituía para mim quase um pesadelo, porque a carne ainda um pouco viva das minhas verdadeiras memórias me sussurrava, de fato, histórias bem diferentes das que me eram contadas, superpondo-se a tudo o que estava ao meu redor e atravessando aqueles outros mundos, como se fosse um continente que flutuava sobre minha cabeça.

Minhas utopias de exílio tornavam-se cada vez mais confusas e cruas. Era impossível não perceber as assimetrias naquele jogo de educação sentimental. Em primeiro lugar, porque essas pessoas provinham de lugares diversos; eram exilados de países, territórios, regiões e colônias as mais diferentes e, se lhes restava, como exilados que eram todos, a pátria comum da utopia, as vivências a que se propunham como um dever de memória, eram díspares entre si e, não raro, conflitantes. Em segundo lugar porque, enquanto toda a minha possível memória ganhava vida em relação a um lugar apenas, àquilo a que eu chamava de a minha cidade, pois era esse o terreno concreto, imediato e real da minha vida, todas aquelas pessoas, inclusive minha mãe, falavam em nome de unidades territoriais complexas, carregadas por ideologias e nacionalismos, por vezes de patriotismos, que não tinham nenhum sentido para mim. Em terceiro lugar, porque essas pessoas superpunham todas as suas temporalidades, nenhuma das quais, aparentemente, correspondia à minha própria. Na verdade, essas pessoas eram tão diversas entre si que nem entendo muito bem como chegava a ser tão intensa a solidariedade que havia entre elas, entre nós. O que tínhamos em comum não deveria ser, apenas, eu pensava, o fato de sermos todos estrangeiros e exilados por razões políticas, mas algo mais que a tudo isso precedia.

Refletindo sobre essa improvável generosidade, eu costumava pensar, a respeito dos exilados, que sua pátria comum era essa utopia da qual falavam, matéria excessiva e imponderável, para mim sempre difícil de compreender, mas igualmente tão presente na identidade que pretendiam.

II

Como disse, eu devia ter quatro ou cinco anos quando minha mãe fugiu de nossa cidade. Fomos viver em

Lisboa, havia pouco resgatada pela Revolução dos Cravos, para onde se dirigiam multidões de exilados, africanos e americanos, muitos acreditando retornar para casa. Filhos das colônias como eram, procuravam abrigo aos atos violentos que se seguiram às suas próprias independências. Lisboa, porém, não tinha como acolher tanta gente. O novo regime não tirava o país, por mágicas, da sua profunda sonolência. Não havia trabalho, espaço nem alimentos para tanta gente. Assim, depois de vivermos lá por um par de anos, partimos para Paris, destino mais provável para quem, sendo estrangeiro eternamente, sendo estrangeiros de superpostas pátrias, como era nosso caso, no que nos pensávamos, procurava trabalho e um pouco de liberdade. Além disso, Paris era, então, a pátria mais provável para pessoas que, como minha mãe, guardavam esperanças em relação à fraternidade presumida haver entre os homens.

Minha mãe pertencia à parte ingênua da espécie humana. Era movida por ideais e por frustrações. Os cravos referidos, bem como a imensa Paris, com seus mitos de ventura, lhe pareciam bem mais promissores que o seu continente, tomado então por ditaduras e sempre miserável. Porém, sua dificuldade em viver uma outra vida, uma nova vida, era imensa. Ao contrário de muitos dos seus amigos, essas pessoas que tentavam reavivar, em mim, a memória e a utopia, minha mãe tentava, apenas, esquecer. Enquanto eles aguardavam e desejavam retornar e mudar as coisas como eram, em seus países, minha mãe apenas procurava esquecer. O que não era fácil, evidentemente, e era dessa situação que decorriam suas frustrações. Reconheço que nosso caso, talvez, fosse mais complexo que a maioria dos outros. Os pais de minha amiga Sara, por exemplo, vieram da Argentina; a ditadura militar de seu país os obrigara ao exílio, e era contra ela que eles, como podiam, lutavam. Eles sempre falavam em voltar e tinham um projeto de, ao que eu entendia, fazer da Argentina um lugar muito bom para se viver, muito próximo à utopia na qual, imaginariamente, todos nós habitávamos. Nossos amigos brasileiros, da mesma forma, tinham um oponente claro: a sua ditadura militar, cruel e ignorante. Outros de nossos amigos no exílio possuíam referenciais semelhantes: um lugar, um projeto, uma identidade, uma pátria, o que fosse.

Mas não minha mãe; nem eu mesmo. Nossa condição era complexa, tão complexa quanto nossos passaportes. A ditadura militar brasileira era, evidentemente, uma grande oponente no imaginário político da minha mãe, mas, no seu caso, diferentemente da maioria dos outros brasileiros que conhecíamos, havia algo mais profundo e mais sinistro ainda: para além do regime militar, havia o próprio Estado brasileiro. Em função disso, ela não partilhava das mesmas ilusões e esperanças dos outros exilados. Sua causa já estava perdida por antecipação.

Sempre compreendi muito bem os desígnios da minha mãe, suas ingenuidades e suas frustrações, mas minha própria experiência era de outra natureza, o que impedia que pudesse acompanhá-la como, talvez, ela desejasse. De alguma maneira, eu a condenava a uma solidão ainda maior, pois, como disse, o mais longe que alcançava, como memória, era aquela identidade crua que não se projetava senão na forma de minha cidade e que era, para mim, a única possível materialidade, a única, ao menos, de que eu tinha vivência. Porém, embora compreendendo seus desígnios, eu não alcançava, não sentia, o seu pertencimento mais complexo. Ao contrário da minha própria identidade, que malmente intuía apenas essa cidade, que não era propriamente *uma* cidade, mas a *minha* cidade, a de minha mãe superpunha demasiados territórios e discursos sobre territórios, cada um deles realizando diferente carga de emoções. Talvez por isso o dizer de minha mãe, quando sentia, em relação a mim, alguma raiva, ou frustração, de que eu era, mais que outros, um colonizado.

III

Sempre compreendi muito bem, como disse, os desígnios de minha mãe, mas minha experiência era, de fato, de outra natureza. Menos a utopia de países fraternos, menos a ingênua acomodação das criaturas em pátrias, menos a ilusão de ser possível coincidir com identidades e mais, por sua vez, a experiência de não ter nada disso — e de crer que essa lacuna, essa falha, não constitui, afinal, um problema. Minha experiência não era a de uma utopia, mas a pragmática de uma condição eternamente colonial e de eterna duplicidade a respeito de minhas origens. Tenho a experiência, portanto, da condição colonial. Quando nasci, minha cidade já não era, ao menos na condição que lhe davam, uma colônia portuguesa. Tornara-se uma colônia brasileira. Minha cidade e o imenso território colonial a que ela dava capital, essa província de florestas e de mares doces, rica e despovoada, da qual se proíbe que se diga o nome e que, como as colônias de África, desde os anos 1960, fazia irridência e desejava a independência, fora, enfim, cedida ao Brasil, exigência antiga desse país e que remontava ao século XIX, justificando-se por uma pretensa integridade territorial que, por lá, diziam histórica. Eu conhecia bem Portugal, e disso tinha lição aprendida, que, por vezes, se há de entregar a mão para preservar o braço. No episódio do ultimato inglês, já não se amputara de sua honra para preservar suas terras? E assim a história se renovava: para poder continuar a fazer sua Guerra Colonial e tentar manter suas colônias em África, Portugal cedera, ao Brasil, a sua velha colônia sul-americana, a província de onde vínhamos.

Para o regime militar brasileiro, esse fato constituiu um imenso triunfo: não apenas a duplicação do território nacional e a resolução de um impasse secular, mas também a garantia de riquezas imensas e a certeza de um poder geopolítico decisivo no continente. Seu prestígio aumentara com a anexação. Ato contínuo, iniciara o ambicioso projeto da "integração nacional", abrindo estradas nas matas, cedendo imensas glebas de terras às empresas sediadas nas suas capitais — as novas metrópoles da minha cidade — e promovendo uma imigração massiva para preencher, como dizia-se, um vazio histórico de homens. Nos anos que se seguiram à anexação, tudo se falava em nome da história. Aos poucos, os livros foram sendo reescritos, os discursos e símbolos foram sendo reorganizados e mesmo o idioma que se falava foi sendo rearranjado e corrigido, em seus pronomes e em suas pronúncias, para fazer ver a todos que a história real era a de que, desde a independência do Brasil à Portugal, em 1822, nossa província fizera, dele, parte. E que mesmo seu nome sempre fora outro, a fazer referência à aldeia de guerreiras, talvez para subjugar, nas mentalidades, a condição das possíveis resistências. A história era apagada e reescrita sob a forma de destino: o que era, era como deveria ter sido; o que não era, nunca fora. A isso se chamava, à baixa voz, pelas ruas de minha cidade, de "a grande reescritura". Imposta pela ditadura militar, mas, sobretudo, imposta pelo senso comum das relações coloniais, se tratava, cada vez mais, não apenas de uma simples visão, mas, sim, propriamente, de uma memória. Uma nuvem branca que descia do céu e penetrava na terra, um som distante e agudo que se tornava grave enquanto se aproximava e que, por fim, envolvia a tudo. E essa nuvem de memória que reinventa a tudo, efetivamente, era maior que a própria ditadura. Tal como a ditadura, tal como o totalitarismo, o autoritarismo e o chauvinismo fundadores da sociedade brasileira, estava na própria raiz do seu Estado, o que explicava, por um lado, a ambivalência das lutas políticas de minha mãe e, por outro, minha insuperável colonialidade.

Em meio a essa grande reescritura, todas as disputas e todos os conflitos também se confundiam. As antigas lutas pela independência se deslocaram para o enfrentamento da ditadura, e quando começou a guerrilha, feita por brasileiros, sobretudo, que vieram para a nova colônia, a sua própria luta, que tinha a motivação de combater o regime militar de seu país, se confundiu com a velha luta pela independência. As causas se misturavam, solidárias e igualmente ignorantes. Quando eu nasci, em 1970, toda a história já havia sido decidida. A grande reescritura já envolvia a todos e amalgamava espectros e expectativas. Ela adensava o mundo e provocava febres e delírios de esquecimento. Naqueles anos, meu pai se matava um pouco a cada dia e minha mãe se lançava na aventura delirante da guerrilha. Eu mesmo crescia em casa de minha avó materna, apartado de tudo que se referisse à família de meu pai, profundamente envolvido nessa nuvem, criteriosa e discricionária, de falsas memórias e vagas identidades.

IV

Minha mãe, por duas vezes, foi presa e torturada. Na primeira vez, ainda grávida de mim. Na segunda vez, quando eu devia ter três ou quatro anos de idade e já começava a aprender a esquecer, ela ficou detida por quase um ano. Criado por minha avó, crescendo sem notícias dela, era como um milagre que não a esquecesse, nesse tempo em que o esquecimento era a norma. Certamente era minha avó que o impedia. Mãe temerosa, mas ignorante do mundo, minha avó era uma dessas lembradoras quietas e silentes que, por pura ignorância, não se deixavam colonizar. Quase analfabeta, simples como era, minha avó não podia, como ocorria com todos os outros, esquecer. E me fazia lembrar, ao menos de minha mãe — e também, por outro lado, de lembrar de esquecer meu pai, bem como sua família, que para minha avó pareciam ser gente bem arrogante, ao menos diferente de si. Para ela, a nova história, mais que perigosa e traiçoeira, se tornava um desaviso, e era essa a sua forma de resistir; não esquecendo de lembrar.

Para outros, ao contrário, a nova história, as reescrituras superpostas de suas vidas e do passado, já não avisavam, ou desavisavam, nada. Era o caso da minha mãe, que partiu para a guerrilha com o desespero das ideias contrariadas, numa aventura que, como disse, foi delirante. E era também, embora de outra forma, o caso do meu pai, que se deu a morte e que pediu para ser sepultado com seu guarda-chuva e com seus livros preferidos, talvez sem ironia, talvez para deixar entendido que embora haja em tudo um pouco de absurdo, há momentos, histórias ou momentos na história em que o absurdo predomina.

Sim, porque meu pai, como mais tarde compreendi, vivia com imensa descrença em relação a todos aqueles acontecimentos. Quando os brasileiros começaram a demolir os lugares da memória, como o obelisco do largo desse nome, a Casa da Suplicação, a parede dos Fuzilados, no castelo do Presépio, e a velha porta de entrada da cidade, na fronteira entre a Judiaria e a Campina dos Homens Pretos — ou seja, quando os brasileiros começaram a reescrever também a cidade e a reduzi-la a uma superposição de escombros e ruínas, meu pai, que amava a cidade com desatino, deixou-se ir igualmente e tornou seus órgãos, sentidos, corpo, aos poucos, numa similar superposição de amontoados e restos.

Durante minha primeira infância convivi com lembranças e esquecimentos. Nesse tempo, o passado era derretido à luz de velas e ao odor de morte das ceras queimadas. Se há uma coisa que lembro de minha cidade, uma coisa que de lá sempre lembrei, é esse odor de velas; o odor de uma morte insepulta. O odor de minha cidade, da qual nem mais o nome se podia, de verdade, dizer. Da qual nem mais o nome, de fato. Mas é claro que essa memória que digo ter desses fatos não constitui uma memória convencional, porque eles aconteceram em meus primeiros anos de vida, nos quais, como se sabe, tudo é turvo e se embaraça. Porém, é uma memória verdadeira, porque é a memória dos afetos. O que me restou de tudo isso foi saber que se faz guerras de história, que são também de identidade, e que há em tudo, ao meu redor, na formação da minha formação, uma nova e insepulta condição que o fim do século XX, a muitos no mundo, ensinava a ter e que era a dessa reescritura de histórias e de identidades que, embora nos liberasse dos aperreios das coisas excessivamente sólidas e desencantadas, também nos punha sem pés, na condição de acatarmos a história alheia. Essa colonialidade, que era uma condição, ou uma deserança, acabava por ser o mais evidente em nós, nas pessoas que, como minha mãe e eu, bem como em tantas outras e quase todas as que nos cercavam, circulavam em Lisboa ou em Paris, essas cidades que, dessa mesma maneira, se tornaram nossas. Essa condição colonial, que era minha, era uma substância errática, feita da guerra entre memórias e esquecimentos. Embora ela procedesse de uma memória afetiva, produzia uma consciência real, com facticidade, ação, vida.

A vida que passamos a ter, depois de instalados em Paris, era elementar de todas essas coisas. Por todos os lados nos envolviam as ideologias brasileiras, recompositoras daquela história-que-não-foi e que, inventando a ideia de lugar, transformava a história em geografia. Por tudo isso, aquelas várias cartas, as fotografias e os telefonemas custaram a me convencer de que havia outro continente, e nele países, com florestas e imensos rios. As cores e as demais referências que me restavam aplainaram-se numa superfície lisa e indefinível, e logo, por mais que me esforçasse, eu já não conseguia lembrar-me de nada, apenas sentir, num embaralhado confuso de acontecimentos. Não obstante, não era factível esquecer. Paris, que no fim dos anos 1970 e nos anos 1980 era a cidade-pátria de todos os exilados, essa cidade que me recebeu e me fez crescer, tinha o costume de perguntar, obsessivamente, pelas origens que se tem. E assim era que algumas pessoas tentavam reavivar em mim a ilusão, e mesmo as memórias, do meu país secreto.

Aos poucos, estabeleceu-se uma figura complexa do lugar em que nasci. A pátria que cobravam-me e eu não tinha, as memórias que se impunham, as ilusões com as quais confundiam-me, todos esses objetos misturavam-se uns aos outros. Na escola ensinavam-

-me: És brasileiro. Coisa que nenhum sentido fazia, mas que, também, não remetia a outro mundo.

V

Nesse universo de identidades cozinhadas, eu era obrigado a lembrar. Os utensílios disponíveis para a tarefa da lembrança correspondiam aos que o mundo oferecia, naquele tempo, mas todas as enciclopédias eram falsas, todas as imagens eram parciais, todas as histórias eram descontínuas. Lembrar não era fácil; a pergunta costumeira, "Qual é tua origem?", impunha minha resposta ignóbil: "Sou brasileiro." Ora, eu não o era, não sabia mesmo o que era o Brasil, e tal coisa era demasiado complexa para que eu me dissesse pertencente a ela, mesmo porque a pequena e nervosa cidade de meus pais dava pátria suficiente aos que precisavam de alguma, e a brasilidade, naquele lugar, fora, antes, coisa considerada de mau gosto. Sempre o fora, em todo caso, para minha mãe, minha companheira de exílio. Porém, minha mãe dispensava toda forma de pátria e contentava-se, perfeitamente, com o éter anódino e cosmopolita da Europa, sempre dispersa na ideia de que sua pátria era o humano. Desse modo, minha pátria não vinha de minha mãe, mas talvez, e sempre com muito esforço, da pouca informação que tinha a respeito de meu pai, há bastante tempo morto e a quem não conheci. Era, portanto, alguma coisa muito complexa, e nesse tempo eu não podia, não queria, pertencer a coisas complexas.

"Sou latino-americano", respondi certa vez, ensaiando uma hipótese de pertencimento que acabou por soar-me ainda menos congruente. Tentei diversas possibilidades. "Sou português das colônias", insisti; "Sou da América portuguesa", resisti. Aos poucos, uma geografia hipotética se configurava em minha mente. O centro dela acabou por ser, de fato, minha cidade, a cidade onde nasci, que, por mais distante que fosse e que estivesse de mim, acabava sendo a referência mais palpável, mais objetiva, ainda que, também ela, excessivamente complexa, com seu odor de velas queimando, com sua ansiedade de morte insepulta.

Essa cobrança de que tivesse um pertencimento, um referencial estático, acabou por estimular, em mim, o desejo de conhecer melhor essa cidade onde nasci e que era o único lugar ponderável que pudesse dizer que fosse meu. Não obstante, as referências à minha cidade, nas fontes convencionais e na história reescrita, eram escassas e imperfeitas. O melhor era recorrer aos relatos, ainda que eventuais e episódicos, sempre cheios de lacunas, das pessoas que a conheciam. Alguns amigos de minha mãe, em trânsito ou igualmente exilados, foram-me contando sobre ela: sobre o fortim que a protegia, sobre as catedrais e os bairros invisíveis, sobre as suas literaturas proibidas e sobre suas guerras no tempo.

E foi assim, ao longo de minha vida suplementar, como exilado, que conheci as versões sobre a lenda do réptil melancólico.

VI

Contava-se, por lá, que havia um réptil, ou a imagem de um réptil, a melhor dizer, que habitava a cidade. Por vezes esse réptil vivia aprisionado na azulejaria dos bairros mais antigos, sobretudo a que revestia a fachada dos prédios. Outras vezes, vivia aprisionado nas pedras, no fundo de poços ou em espelhos, sem poder sair de sua condição de criatura encantada. Aprisionado como estava, podia apenas observar as pessoas e ouvir suas histórias. Via tudo, ouvia tudo, sabia de tudo. Indagando a quem podia, comecei a reconstituir a sua história. O elemento fundamental dela era o estar encantado e, nessa condição, percorrer a cidade através das suas paredes e objetos. A partir daí a história do réptil se tornava dúbia. Abria-se em numerosas possibilidades. Seria mesmo um réptil? Seria ele uma pessoa encantada — Um menino que batera na mãe?, como, por fazê-lo, havia alguém petrificado atrás da porta de uma igreja local? Envelheceria ou seria eterno? Alguém evocou a Fênix para explicar que o réptil alterava períodos de vida e morte, ou que, talvez, passasse tempos adormecido. Qual o seu tamanho? — disseram-no minúsculo e disseram-no gigantesco. Eram múltiplas as versões, e todas incertas.

Em todo caso, logo percebi que era extremamente difícil enxergá-lo. Todas as pessoas com as quais falei conheciam sua história, mas nenhuma delas o vira — embora três ou quatro houvessem tido, ao menos uma vez, a impressão de tê-lo percebido, furtivamente, enquanto ele sumia-se nas cores dos azulejos. De todo modo, todas as pessoas com quem falei conheciam pessoas que, sem nenhuma incerteza, teriam olhado para o réptil.

Outra questão que me incomodava dizia respeito ao status do réptil no conjunto dos fenômenos peculiares que podiam ser observados em minha cidade. Meus entrevistados eram unânimes em afirmar que não se tratava de uma "lenda", mas de um amálgama de recursos que sobrepunham histórias provenientes de variadas etnias ameríndias, bem como casos vindos por meio dos escravos africanos e contos da memória popular ibérica. Esse conjunto de tradições era compreendido de uma forma compacta, híbrida, coesa, e, por isso, era comumente chamado de "lendas" ou "histórias". Porém, a história do réptil, todos sabiam-na como não sendo, simplesmente, "uma lenda", "um caso", "uma crença".

Com efeito, sua história era apresentada como um fato do presente, como um evento dos dias atuais, como um acontecimento pertencente a esse território da vida que é comumente denominado realidade. Além disso, pertencia, dentro da realidade, à sua forma mais banal e também mais misteriosa, a quotidianidade. Assim, se o aparecimento do réptil foi tema de algum maior número de diálogos, em certo tempo, e mesmo de algumas reportagens de jornal, sua história acabou por se tornar uma referência banal, presente no quotidiano e, por meio dele, na realidade.

Na verdade, tratava-se de uma história simples, dessas que não resultam num preceito moral, que não dão medo e que também não são portadoras de promessas ou consequências. Não se compreendia um caráter no réptil. Não se lhe atribuíam poderes, embora alguns casais de namorados se dedicassem, no ócio terno de sua condição, a procurá-lo — como uma espécie de brincadeira de amor, crendo que, se o vissem, casavam-se sem demora.

A história só se completava por meio de uma prática de jogo: vê-lo, distingui-lo dentre as cores das paredes azulejadas — posto que, enquanto réptil, tivesse ele a disposição dermática da camuflagem. Vê-lo, para muitos, equivalia a capturá-lo. Com o que se engendrava, no auge da ditadura militar, em minha cidade, uma prática social ambivalente — para alguns perigosa, para outros enigmática e, para ainda outros, espúria.

Esse tipo de caça ao réptil divertiu crianças, cientistas e religiosos. Sim, e também os referidos casais, por certo, e talvez amantes, escritores, idiotas e todas as demais pessoas que costumam olhar para paredes. Porém, lentamente, o réptil começou a desaparecer. Os acontecimentos mais pungentes da história então vivida silenciaram-no, segundo a explicação que me foi dada. Alguém disse que ele especializou-se na arte da camuflagem. Outros atribuíram seu desaparecimento ao sono ou à morte. Terceiros criam que ele transformou-se num homem arrogante, que frequentava festas vestido em ternos brancos. Alguém constatou, com bastante objetividade, que ele sumia porque também as paredes azulejadas e as velhas pedras de minha cidade sumiam-se, demolidas pelo chamado progresso. Outros propuseram que fora a mudança de colonialidade da província que motivara seu desaparecimento.

VII

No exílio, ou melhor, nessa vida suplementar na qual me percebia separado de algo que era, quase, uma meia parte de mim, eu gostava muito dessa história. Certa vez, sonhei que era o réptil. Mais tarde, me acostumei a imaginar a condição de poder ver com seus olhos e ouvir com seus ouvidos. Esse pensamento passou a constituir uma sorte de transportador instantâneo para "minha origem", esse estranho território que todos, com insistência, cobravam-me.

Tratava-se de uma dessas velhas lições filosóficas, na verdade da mais arcaica filosofia, do tipo que os homens do passado chamavam de exercícios espirituais e que apreendi em meus cursos de filosofia, ampliando-a, em seguida, por meio de alguma leitura: o da *melethé thanatou*, a separação da mente e do corpo, que eu praticava como quem compreende, por essa via, a condição do exílio. Sou capaz de tais considerações porque tive a experiência de aprender sobre isso num desses cursos livres de filosofia, tão abundantes em Paris, o que não significa que eu seja um conhecedor profundo da coisa. Assinalo-o para deixar claro que ter capacidade de falar sobre o assunto, e, até mesmo de lhe dar um nome, grego e antigo, inclusive, é uma possibilidade que se abriu muito posteriormente à experiência da coisa. À experiência de fechar os olhos e de separar minha alma de meu corpo, para me deslocar, mediante uma imaginação sem concessões, adentro desse ser imaginário que era o réptil de minha cidade, e de, por meio dele, reencontrá-la, bem como a mim, bem como à vida que era minha e lá ficara. Por meio dessa operação eu, enfim, transcendia o exílio.

Constituía uma operação simples e eficaz: eu deitava na cama ou num sofá, fechava os olhos e imaginava a cidade em que nascera. Eu nunca mais voltara, e, cedendo à normalidade do mundo, precisava inventá-la de alguma forma. Aos poucos a imaginação furtava-

-me de meus conhecimentos históricos e geográficos e os cenários apareciam. Inicialmente o caleidoscópio de cores, que predominava ao vermelho e que devia representar o atravessar dos azulejos. Em seguida a cena parcialmente constituída — como pessoas num diálogo ou dedicadas a uma atividade qualquer, ou ainda salas e ruas vazias. E então, os sons, os odores, os ruídos ambivalentes que vinham da proximidade, como se minha consciência estivesse sintonizando, com a dificuldade dos aparelhos antigos, uma estação radiofônica do passado. Afinal, a variação e a desconstituição da cena, como se o réptil que me emprestava seus olhos se movimentasse, percebesse pequenos detalhes que interessavam a ele, e não a mim. Era esse o prenúncio de um movimento mais abrupto, por vezes vertiginoso, incômodo com frequência, e que associo ao ato do réptil em correr, em voar em fúria, tal era a sua velocidade. Um movimento que antecipava nova entrada no caleidoscópio de cores e o sabido ressurgimento mais à frente, em outro cenário, talvez do outro lado da cidade, talvez em outro tempo.

Essa aventura, aos poucos, passou a constituir o meu passado necessário. Atinha-me num vão: adentro das paredes, a respirar, pulsar, caminhar em círculos descobrindo um mundo que me pertencia e que, no entanto, não me pertencia, tornando-me um espectador sinistro, e melancólico, do que seria, mas não foi, o meu futuro. Caminhava através dessas paredes, num trânsito vago, vendo como se tivesse ilusões e alguma febre. Via os personagens das fotografias que tenho em casa, os curiosos desconhecidos, os que estavam destinados a ser meus amigos. Ao vê-los, construía-me uma identidade. A única que até hoje tive. Ao vê-los, cogitava sobre minha vida não vivida, sobre tudo o que lá fui obrigado a deixar. Inferno de adeus... Ao vê-los, desejava retornar. Retornar do exílio. Retornar e viver naquela cidade, pátria de minha única identidade e que, no entanto, não passava de uma invenção, e ainda por cima ambivalente, em minha mente. Eu transitava no passageiro, eu, que me conhecia e não era. Eu, que tinha sonhos largos, com estômago, esôfago, garganta e boca e que, sendo humano, não era nenhum lugar.

Nessa condição imaginária, atravessava as paredes, as pedras e os azulejos. Tinha a forma do lagarto. Naufragava em abril, à data de minha partida. A cidade fazia parte de uma verdade, e restava escrever a história do seu futuro. Mas retornava a Paris, incontinenti, porque, em seu modo de ser, o tempo se desincompatibiliza de si mesmo. Retornava a um presente preciso, que era o de um desses dias sem nome ou razão de ser e que se assemelhava a um presente eterno no qual se erra, no qual erro, no qual caminho por Paris, vou ao cinema, que para mim se constitui em igreja, e no qual, no meio do filme, durmo, como se fosse uma oração.

VIII

Foi num desses dias banais que, pela primeira vez, a coisa aconteceu daquela maneira, com aquela intensidade. Eu havia entrado em um cinema do Quartier Latin, mais pela vontade de estar no cinema do que para assistir ao filme. Adormeci e, em algum momento, tive a sensação de que algo me empurrava na direção de um vazio, como um alçapão repentinamente encontrado no chão, num salão escuro. Recordo que assistia a um filme desinteressante e, não bem sabendo se aquilo se passava num sonho ou se era decorrente da interação das luzes do filme com a minha sonolência, fui bruscamente sugado por esse vazio e atravessei um túnel de cores que, de alguma forma, me acomodavam no corpo do réptil. Tratava-se de uma forma mais ágil e intensa de me transformar no réptil: uma passagem, por meio da separação da alma do corpo, para fora de minha vida suplementar. Algo mais intenso que o simples sonho ou que a vaga imaginação de alcançar a outra temporalidade.

Acordei, porém, dessa sonolência feroz. Estou aqui, pensei; e repeti-o em voz alta. Não me deixei ir, cair, nesse fundo elementar, mas também obscuro, e que parecia ser, ao mesmo tempo, familiar e estranho. E ainda repeti, Estou aqui, assustado, suando frio e apertando com as mãos, firmemente, os braços do assento. Recuperei o fôlego e saí do cinema. Caminhei um pouco, ainda assustado, pelas ruas próximas, querendo-as concretas e reais, e, como não ficava distante, tomei a direção da casa de minha amiga Sara. Ela me recebeu com a atenção cuidadosa que se oferece aos assustados e me fez um café amargo. Os pais de Sara eram argentinos e também estavam exilados. Aliás, como já disse, a maior parte das pessoas com as quais eu convivia eram exilados. Sara perguntou se eu estava bem. Agradeci pelo café, que, amargo como o tomei, me restaurou certas forças subterrâneas e me preservou de algum tipo de metamorfose. Mas não para sempre.

"Mas, afinal, que há contigo?",

"Passei mal, estava no cinema e vim para cá porque era mais perto",

"E o que foi?",

"Nada de mais, já passou, só um mal-estar",

"Não é o caso de ir ao hospital?",

"Não, não é preciso, seria um exagero. Foi um pouquinho de esquizofrenia, só isso",

"Quem brinca seus males engana, mas olha que eles voltam",

Como dizer a alguém que, de repente, no meio de um cochilo em plena sala de cinema, se tem a sensação de que se está sendo transformado num réptil imaginário? Como dizer tal coisa a alguém, mesmo que essa pessoa fosse Sara, já acostumada à minha constante dispersão?

"Já te falei sobre o réptil sobre o qual se conta, na minha cidade?",
"Sim, algumas vezes",
"Pois é, tive a sensação de que iria me transformar nele, e por isso passei mal",
"Num cinema, no meio da tarde... faço ideia da confusão que iria ser; não, faço ideia é das manchetes dos jornais, amanhã: Homem acredita ter-se transformado em réptil durante sessão de cinema! Ao menos entendo, agora, a referência à esquizofrenia."
Como sempre ocorria, a ironia que usávamos, costumeiramente, para referirmos ao outro, Sara e eu, normalizava e dava tranquilidade ao mundo. Sara era minha companheira quotidiana nas reflexões sobre o exílio e os exilados. Ríamos juntos dos exageros e dos sentimentalismos que envolviam esses outros de nós e, juntos, descríamos, embora em privado, dos seus projetos. Em nossa cumplicidade, partilhávamos a compreensão desse mundo com temporalidade própria que nos envolvia, procurando compreender a sua ambiguidade fundamental e a herança que recebíamos: esse mundo distante, mas pesado de afetividade, que pesava sobre nossa vida. Nós, meeiros da nossa pátria de acolhimento e da condição de nossos pais, já pertencíamos a uma outra realidade, híbrida, feita desse caldeirão de identidades no qual se misturavam aquelas pesadas pátrias que já não tínhamos; a geral percepção, dos franceses, de que éramos diferentes;

a constelação de memórias, sempre em fragmento, que persistia como a mais ponderável identidade a reivindicar; as crenças e verdades que levaram nossos pais ao exílio e que eles, talvez, com exceção de minha mãe, insistiam em nos legar como herança, e, afinal, um quanto de nada sermos, imponderável, presente no fundo de tudo aquilo que, na constância dos dias, considerávamos como sendo nós, como sendo apenas e por aí, no quotidiano da vida que levávamos e que era, apenas e simples, em Paris.

IX

Éramos muitos, tanto na Lisboa libertada do salazarismo como na Paris, quase sempre libertada, os filhos de exilados políticos vindos da América Latina. Brasileiros, argentinos, uruguaios, chilenos, peruanos... Além, é claro, dos milhares de africanos e europeus das colônias, que retornavam ou se aventuravam, na antiga metrópole, para sobreviver à própria independência e aos tumultos que a ela se seguiam. Conhecíamo-nos e frequentávamo-nos com muita solidariedade, de modo que as notícias sobre os processos políticos de "abertura", como entre nós chamávamos esse gênero de acontecimento, eram partilhadas com vivacidade e alegria.

As "aberturas" eram os momentos de reversão do quadro político que motivara nosso exílio. Um processo experimentado pelos países da América Latina, mas que encontrava semelhanças com as transformações que tinham lugar na África, na Ásia e mesmo na Europa. Na verdade, nunca pensei que, algum dia, fosse me envolver "politicamente" com o que quer que fosse. Até então, eu não tinha passado nem presente. Porém, de súbito, minha vida deixava-se mudar na ordem compósita destes dois interesses: a investigação sobre a lenda do réptil de minha cidade e a democratização do Estado brasileiro. Apenas esses dois assuntos me interessavam, entre meus quinze e meus dezessete anos.

Recordo que, certa vez, por esse tempo, acordei lacrimejando de um pesadelo. O odor das lágrimas me lembrou do odor de crisântemos, e estes, tal como as velas acesas, lembraram minha cidade. A cidade era alada, era saudade-dada. América do Sul era Aquilon do Sul e a cidade se transformava em Ambelon. Meu Deus, eu pensava, quase com pena de mim: eu era quantos? Ou, considerava, era um louco? Antigamente um homem só era um homem se tivesse um cavalo, e hoje só o é se tem uma história. Sara dizia-me, "Dorme". Minha avó, quando viva, escrevia cartas com receituários e calendários, uma coleção de pequenas coisas sem valor que, aos poucos, começaram a se tornar valiosas. Os que seriam meus amigos permaneciam calados, pois é sabido que não se escreve cartas, dali, em direção a outro qualquer lugar, embora muitas cartas se escrevam entre as casas. Do fundo de meu estômago vinha-me aquela abrupta sensação de que minha vida fora vivida por um estranho. E, a todo tempo, essa incômoda pergunta... de onde eu lembrava?

Eu lembrava que, antes, não existia o tempo, e que, mais tarde, quando por fim ele foi inventado, no meio de uma batalha em que perdiam os seus inventores, passado e futuro comutavam. O tempo de então, quando ter vinte e três anos equivalia a já ter vivido demais e sabido de muitas coisas, era um tempo que logo se confundia com a visão das distâncias, com a visão que tinha alguém ao olhar para o oceano, para as planícies ou para a noite.

Aos vinte e poucos anos eu aprendia muitas coisas. Aprendia, por exemplo, que um homem, no exílio, lembra gravitacionalmente. Suas recordações procedem em torno de uma história qualquer, centrífuga e centripetamente. Eu procedia os movimentos do lembrar e esquecer. De fato, era como se treinasse para o que viria depois. E o depois veio ao acaso, numa rua de Paris, por volta das cinco horas da tarde. Nessa ocasião, enquanto eu caminhava de retorno a minha casa, senti uma estranha dor cervical e uma tontura momentânea. Minha metamorfose foi objetiva, indolor e simples. Durou alguns instantes apenas. Tão logo dei-me conta eu caminhava internamente, e quadrúpede, pelas paredes da cidade em que nascera. Algumas pessoas que passavam nas ruas me viram e correram, assustadas. Crianças e velhos choraram, cientistas calaram-se, escritores e pintores anotaram ou pintaram com a agilidade de quem precisa guardar o momento que viam, e os que me haviam conhecido um dia pressentiram uma estranha familiaridade.

X

Pergunto a Sara se pensa ela, tal como se pensa em certos lugares do centro de minha cidade, nos quais há répteis em abundância e dos quais sempre há o que dizer ou inventar, que eles, os répteis, são seres capazes da reencarnação, da metempsicose e de proezas similares. Sara não me responde nem atende aos apelos do meu interesse. Muito incompletos são os meus assuntos. E tantos são, que já nem se dá ao trabalho de acompanhá-los.

Evidentemente, falo a ela, em silêncio, produzindo sucessivos diálogos aéreos e inexistentes, mas nunca exatamente surdos, Que nem todos os seres podem realizar essas proezas, tal como os répteis, pauso, Sara me olha, como se percebesse que falo com ela, Como os répteis justamente, sim, e por que não? Como eles, justamente, Sara me ignora e prossegue em suas tarefas, guarda louças no armário e dobra uma pilha de roupas,

"Como seria, se tu voltasses?", ela me pergunta,

"Poderia passar incógnito, ninguém me reconheceria nem eu reconheceria a alguém, nem mesmo a um lugar, a nenhum lugar",

Talvez os répteis me reconhecessem, penso. Imagino que sim, pois talvez seja certo que vivem em uma temporalidade que não compreendemos.
"Mas e essa tua família de lá?",
"Família?", penso nos répteis e na sua metempsicose, "Que dizer de uma família que não conheço e que não é dada a trocar afabilidades? Que aguardar de um avô a quem não me passo por neto?",
"Mas avô de todo modo", diz-me ela, avô, *quand même*...
Gosto de pensar na minha cidade e de imaginá-la, mas temo precisar, de fato, conhecê-la. Está bem ela assim, como a sei, e bem devo eu estar para ela, com essa distância de muitas milhas e de tanto tempo. Efetivamente, não há como garantir que seja mais real, efetiva e melhor a outra vida, que é a que pertence à história que não aconteceu.
"Não trocaria, de fato, a minha vida suplementar, esta que tenho, por nenhuma outra", respondo. Sara interrompe suas tarefas e me olha, ri-se, indaga ainda se é de fato suplementar a vida que vivo e lhe respondo que, Sim, evidentemente.

XI

Sempre considerei vulgar a doutrina da metempsicose, particularmente na sua acepção religiosa. Reconheço, porém, que ela é útil para descrever as experiências que passei a ter quando me envolvi com a história do réptil. O fato de que eu podia deixar de ser eu mesmo, eu próprio, para ser, ainda que provisoriamente, um outro, mesmo um outro eu, constituía uma espécie de metempsicose. Ao me transformar no réptil, ao passar a ser o que ele era, eu percebia o que ele sentia e pensava e, ao mesmo tempo, o que também eu sentia e pensava, as duas mentes convivendo no mesmo lugar e algumas vezes em conflito, porque havia uma pressão para que eu fosse, integralmente, o que ele próprio era. O oposto disso, quando acontecia, equivalia a, sendo integralmente eu mesmo, retornar ao mundo tal como era o mundo ao meu redor e, assim, a catapultar-me de volta a mim mesmo.

A metempsicose é um enigma intranquilo. É uma modalidade de eternidade que tem a forma de entorpecimentos e de súbitas vertigens, bastante incômodas, que começaram a me ocorrer quando eu era ainda criança. Sem exatidão, esses entorpecimentos distanciavam-me das coisas mais óbvias, sendo-me, por isso mesmo, impossível a concórdia. A metempsicose não possui tempo ou alimento. Não possui asma ou cegueira. Não possui nem mesmo o narrador que a possui.

Desprovido de história, preciso inventá-la. Não apenas a minha, como toda a história do mundo. Sou um escritor, mas também um mentiroso, e este livro é um elogio à metempsicose. Aliás, essas coisas são complementares. Não tenho a idade que cabe aos que escrevem autobiografias, mas preciso escrevê-la, porque é aqui, neste momento da minha vida, que termina a minha vida suplementar, que vivi no exílio.

XII

A lei do exílio foi revogada, no Brasil, em 1979, mas, nesse momento, retornar já não era uma opção. Não fazia nenhum sentido; era retornar a nenhum lugar, ao nada. A vida que era a nossa, então, não era nem a de portugueses, nem a de brasileiros, nem a de brasileiros exilados. Uma vida um tanto improvável, porque não muita coisa resultava bem no Brasil. Mesmo porque a extinção da lei do exílio não significava o encerramento do regime militar.

Movido por estranhos estratagemas que se destinavam, na verdade, a fazer com que eu me tornasse o Outro, ou seja, aquele a que estava destinado a ser antes do exílio, comecei a escrever cartas aos que estavam destinados a ser os meus amigos. Escrevi para os filhos dos amigos de minha mãe e para meus primos, tentando simular um tom amistoso e de familiaridade. Pedi que me contassem coisas da sua vida e pedi para que me contassem como era a cidade em que moravam. Creio que todos devem ter estranhado minhas cartas, pois em geral responderam-nas de maneira educada, mas reservada, com aquela reserva que agradava ao espírito de minha cidade. Bom, ao menos Asra escreveu-me permitindo alguma proximidade.

Seu nome não era Asra, mas assim resolvi chamá-la, porque imaginava-a semelhante a uma moça desse nome e de origem magrebina, que era nossa vizinha, em Paris. Chamemo-la assim. Asra era irmã de Henrique, um dos que estavam destinados a crescer junto comigo e a ser meu amigo, filho de amigos de meus pais. Ela lera a carta que eu havia mandado a seu irmão, justamente. Não lhe haviam falado sobre mim. Perguntou a seus pais pelos meus pais e eles lhe contaram várias coisas sobre o passado. Coisas que ela contou-me ao longo de nossa correspondência.

A primeira de suas cartas teve quinze páginas, que continham uma deliciosa descrição do seu quotidiano e, no meio dessa descrição, pequenas paisagens da cidade em que eu nascera. Ela contava como era a sua casa, a sua rua, o seu bairro, o caminho que percorria para chegar a seu liceu, como era ela e os lugares a que ia sempre, como eram os lugares a que nunca ia... Trocamos cartas por um ano e meio e em algum momento de nossa correspondência ela enviou-me fotografias. Fotografias que comprovaram a boa escolha que fiz para o pseudônimo que lhe atribuí. Minha vizinha magrebina era bela e esquiva. Não era esquiva, penso, exclusivamente em função de sua religião ou cultura. Era-o por sua natureza, de modo que somente com alguma reserva eu podia olhá-la. E o fazia desse modo, mas achando-a bela, a mais bela das mulheres.

XIII

Pouco mais tarde, quando me transformei em réptil, lembrei-me de suas cartas para me guiar pela cidade e para encontrar a sua casa. Tratava-se de uma aventura de compreensão, de reconhecimento, pois eu estava assustado com minha condição, com minha metamorfose e com o emaranhado de sensações novas que, do mundo dos répteis, me alcançavam.

Foi sob essa condição e com equivalente medo que alcancei sua casa e logo mais o seu quarto. Esgueirei-me pelas paredes, habituando-me não mais com a visão, a audição e o olfato do réptil, mas com todas as funções do seu corpo. Com o seu corpo, por assim dizer. Confirmei o que alguns haviam-me dito sobre ele ser capaz de atravessar também espelhos, o que fiz com facilidade, detendo-me, enquanto Asra dormia, no espelho de sua cômoda. Ali fiquei durante algumas horas, pleno de uma sensação de vida que não pertence aos seres humanos. Em algum momento, talvez a lembrar-me da tese sobre a metempsicose, tive o ímpeto de tocar na pele morena e delicada de Asra. Movido por esse ímpeto, atirei-me sobre ela com um grande salto. Ela acordou, assustada e gritando. Fui mais rápido, porém, e, réptil, adentrei seu corpo, onde permaneci por dois dias, num ventre confortável, e de onde só saí quando tive necessidade de procurar alimento.

Capítulo II

In carnatio diminuta

I

Essa história, que eu me permitia por meio de algo mais, digamos assim, que o prazer da imaginação, resgatava-me um universo que tinha o odor das flores de sapotilha. Eu reconstruía-me como sou e, embora as paredes brancas do meu quarto me impressionassem, eu, de alguma forma, não acreditava nelas. Convencia-me da metempsicose. Todas as cidades possuíram paredes brancas, afinal. E, ao dar-me conta da precisão que há também na não continuidade, nesse momento, eu já não me comovia com meu exílio ou com o exílio dos outros. E é assim que se passa, simplesmente assim. Toda amorosidade é metempsicótica. Recordo que estava bastante aborrecido com o processo político brasileiro e com todas as outras coisas, aliás. Eu estava obcecado por tomar posse do meu próprio passado. O ambiente em que crescia tinha um excesso enervante de informações. Tudo ao mesmo tempo. Eu não era de rua nenhuma. Eu era católico sem o ser. Era também um judeu errante. Era brasileiro com muitíssimo esforço de compreensão para saber lá o que era isso. Era "colonizado", para usar de um termo da época, e não o era, equitativamente. Obviamente percebia que meu pequeno universo nada tinha a ver com as frases de minha mãe, exilada em função de paradigmas políticos que já não diziam respeito à minha geração. É neste momento que retorno à minha cidade. Busco alguma identidade, mas só posso fazê-lo por meio do réptil. Reescrevo alguma biografia que é minha e que, também, não o é. Dessas biografias de quem não se é exatamente, destinadas ao esquecimento — ou que servem para dar a esquecer. E, nela, o principal que tenho a dizer é que, tão logo percebi as estranhas formas de exílio que me cercavam, a mim e a todos os outros que, em Paris, dividiam comigo e minha mãe nosso pequeno espaço de solidariedade, passei a admitir o mundo dentro de suas ambivalências.

II

Mais tarde, quando enfim retornei, tive a necessidade de conhecer a cidade, para me certificar de que estivera mesmo ali como um réptil. Na verdade, eu queria me certificar de outras coisas, mas dizê-lo seria óbvio e, certamente, constrangedor. A família que lá tinha era distante e estivera, sempre, longe da minha vida. Havia um pouco mais de proximidade com o meu primo Miguel, e isso por iniciativa dele próprio, que insistira em me procurar — e com quem eu também me correspondia. Após uma estafante viagem, movida por atrasos e pela impaciência, necessitei dormir por muitas horas e foi nessa ocasião que sonhei com uma moça morta, vestida em uma mortalha branca, já sem sangue no corpo, já completamente espírito, que me recitava poesias e que, a certo momento, com os olhos muitos abertos, muito grandes e cheios de memórias, apontava para um espelho. Eu olhava para esse espelho e me via refletido, mas o reflexo, embora fosse de mim, não era de mim mesmo que, naquele momento, me via refletido. Acordei sobressaltado, percebendo que eu, a minha vida inteira, nada mais era do que o sonho que aquele Outro estava sonhando. Percebi que o sonho era eu, enquanto que a verdade era o Outro. O poder de narrador de nada me adiantava, pois era Ele que sonhava que eu sonhava ser o narrador, e então mantive-me calmo, cuidando para que Ele não acordasse e, assim, encerrasse a minha breve existência.

E eu nem mesmo possuía o tempo. Atravessei a cidade na forma de réptil, com grandes saltos e com velocidade. Atravessei paredes, armários e corpos de pessoas que se amavam. Deixei-me ser percebido, subi pelas paredes e entrei pelos telhados. Aproveitei-me de minha repentina rapidez para percorrer várias vezes a circunferência da cidade. Detive-me diante do meu passado, que não me percebeu. Por fim, com um grande salto, alcancei o ponto culminante, que era o quarto de Asra, a moça que me escrevia cartas. Um tipo de alimento eu buscava. Asra acompanhou meu surgimento como se prelibasse o fogo. Ao ver meus olhos amarelos, e ao tocar minha pele escamosa e fria, e ainda a perceber que outra cor me vinha, ela desfaleceu. Fechou os olhos, mas consentiu implicitamente que eu continuasse. Esgueirei-me sob seu lençol, tateando seu corpo com minha comprida língua, que só agora eu descobria e que dava-me a direção, tocando seu dorso, seu flanco e seus seios com minhas patas tensas, com minhas compridas garras, com minha cauda em esse e semovente, e roçando em sua pele minha escamadura quase translúcida.

III

Asra recebia-me enquanto dormia. No tempo não havia mais a fazer. O tempo restava pronto, mas inexato, como fera circuncidada, como elemento ausente, ou inalterada paz, como libelo, como anúncio, como discurso de palanque, como o desejo febril que diz no tempo que a saudade era alada, e era. Como se no tempo o presente fosse, e era. Como impulso se jogasse o vento, e era. Como tudo era. Asra acompanha-me, ensina-me, mostra-me a minha cidade. Nas suas fotografias e na sua arquitetura. Passam dois peixes voando. Atravessia. Olho o mundo por meio de seus olhos. Nada há além de Roma e todas as outras cidades reproduzem-na como conseguem. Incumbo-me de relatar um movimento de olhos como se fosse um olhar completo. Prossigo translucidamente. Procedo transverticalmente. Nada além dessas entranhas é a cidade. Não me posso concentrar. Asra abre os olhos e me enxerga internamente. Passa as mãos por minhas costas. Breve controle sobre o obtuso movimento de minhas sobrancelhas. Não movo pálpebras. Sinto-me entorpecido.

O entorpecimento, cabível e presente na metempsicose, é uma forma de vazio, é um azar e uma sorte, e é quase sempre e era, e é sempre tudo de nada. Tal gênero de sortilégio, creio, nos acompanha a todos. Estive dormindo há pouco, e, quando acordei, e reli as páginas que havia escrito até este momento, percebi que o personagem sou agora eu, o que me oferece a oportunidade de ser um pouco exato. Esta é uma biografia de todos os meus eus. Queria ver-me, e esquecer-me, como eles me veem e, porventura, esquecem-me. Gostaria, portanto, de falar sobre as formas compostas de exílio.

IV

E do exílio do tempo, no qual o corpo deve não ser para ser representado. Queria fazer uma literatura do mal. Queria perceber, em cinquenta anos, que terei gastado minha vida em esquecer e relembrar as coisas que li e que pensei ter lido.

Qual era, pois, aquela cidade chuvosa, distante e improvável? Toda a vida era uma forma réptil, e as cidades também o eram. E Sara, a argentina, e Asra, as duas Asras, minha vizinha mulçumana e a que vivia na minha cidade, também o eram.

E eu o era interno a elas, *in carnatio diminuta*, desde que Sara me disse que há uma tradição no catolicismo arcaico que diz que Deus vive no homem como uma pequena encarnação, e que não era a morte, mas sim a vida, que limitava o tempo e o ser.

Pois, enquanto eu vos escrevia há pouco, este mesmo livro, eu já o tinha escrito, já o tinha vivido. Eu vos tinha sido e tinha sido dois. Tinha estado em Asra mesmo estando longe. E tinha também escrito minhas memórias, mesmo sem tê-las escrito.

V

Havia um tempo coletivo, um passado como enigma. Asra. Asra reclama que nada entende, mas percorre silente as minhas literaturas. Relê com alegria o que eu li, e é exatamente esse fato, de o ler, que vem a ser a metempsicose: o sortilégio, entorpecimento ou forma de encantamento que me transforma em réptil. E que rompe meu exílio. Acompanho com alegria a descoberta que ela faz de meu tempo privado. Do tempo que não é meu, mas fora enquanto o escrevi, li ou reli. Há uma década que me escolhe para tempo. Há um inseto que me entende feito sapo. Desejo de possuir Asra. O desejo essencial. Descubro, através das suas leituras, que a verdadeira releitura consta de uma gema universal. Descubro que não se pode nunca reler um livro, mas pode-se sempre o reler através de outros. É o impacto da leitura primeva que resgata o tempo.

Oposto de uma leitura secundária que nada resgata de nada.

Em Paris, enquanto eu crescia, algumas lembranças procuravam-me, tentando sugerir que não sugeriam nada.

VI

Dizia minha mãe que não há leituras secundárias. Para ela, o sentido é apenas um, e nunca dois. Se há algo que não parece ter sentido isso se dá, simplesmente, porque não se conhece o seu sentido verdadeiro. Minha mãe acreditava em verdades. O que é, é; não podendo não ser em simultâneo. Por isso certamente lhe incomodava que eu indagasse tanto sobre minha cidade, sobre suas criaturas e paredes e sobre a família de meu pai. Pai é quem o é, mesmo quando não há, ela me disse, uma vez.

"E isto de *tua cidade*!, ora, Felipe, por favor... Que é a *tua* cidade? Nada há que valha a pena por lá. O fato de teres lá nascido não te confere direitos e, pelo amor de Deus, acredita em mim, nada há por lá que valha a pena."

VII

Sempre foi de pudor a relação que tive com minha mãe. O pudor que ela sentia em relação a si mesma, a algo no seu passado que eu não podia compreender, e o pudor que eu próprio sentia em relação a esse sentimento dela. Eu percebia seu incômodo e sabia que ela percebia o quanto eu sabia, ou cogitava, a respeito de seu sentimento. Mesmo que eu jamais tomasse o assunto, jamais comentasse sobre ele e jamais lhe perguntasse a respeito, era como se esse silêncio fosse enunciante de que eu sabia de tudo. Eu me envergonhava sem nada falar e a deixava constrangida. Por isso, cada pergunta que lhe fazia sobre nossa cidade, sobre a família do meu pai ou mesmo sobre sua atividade política, antes do exílio, era como uma evidência de que eu compreendia o que não deveria e acabava devassando sua memória e adentrando numa parte de si que lhe era privada, protegida por um manto de silêncios e cogitações. Tudo isso a machucava, não exatamente pelo temário ou lembranças evocadas, mas porque evidenciava que ela não me falara nada, afinal, integralmente. E porque, talvez, acreditasse dever tê-lo feito. Vivíamos num jogo contínuo de meias palavras e baixar de olhos. Era como um mapa de espelhos que se perduram. Na sobreposição de tantos silêncios, acabávamos tendo uma relação de extremada reserva. Protegíamo-nos como mãe e filho e como filho e mãe. Construíramos alguns segredos e aprendêramos a produzir um efeito de cumplicidade que tornava nossa convivência tranquila, respeitosa e seleta, mas tudo isso estava condicionado à arte de dissimular, de minha parte, que eu percebia algo além — esse algo do seu passado de sua militância, da família de meu pai e da cidade onde nasci —, e, da parte dela, que ela não percebia, jamais, meu esforço de dissimulação.

Minha mãe chamava-se Selma. Nasceu muito pobre, no bairro que margeava o rio, ao sul de minha cidade, onde havia muitos pequenos portos e fábricas. Nunca conheceu o pai. A mãe trabalhou durante toda a vida, como operária, numa fábrica de processamento, para exportação, de castanha. Um emprego que não lhe aportava as vantagens trabalhistas mais básicas, como o direito a aposentadoria e férias. Na verdade, uma artimanha do lucro dos patrões, segundo me contara, muitas vezes, minha mãe. Esse fato, aliás, pertencia à parte do seu passado à qual eu tinha livre acesso. Sabia tudo a respeito das dificuldades de sua infância e juventude, da vida de minha avó e das condições de trabalho e residência dos habitantes daquele bairro. Aliás, o nome daquele bairro ecoava mais presente e vivo em minha consciência do que o próprio nome da cidade que o aportava. A palavra com a qual se enunciava o nome da cidade, que apenas dissimulava o verdadeiro nome dessa cidade, pertencera sempre, para mim, a um outro lugar, na Judeia, a cidade onde nascera o Cristo. O fato de que minha mãe me falava, sem pudores, de sua pobreza e dificuldades, de sua casa sobre uma estiva, da história de minha avó, quase analfabeta, fazia com que eu percebesse que a categoria de pudores à qual pertenciam os que nutria em sua vida adulta eram de outra ordem. Uma categoria de pudores que não diziam respeito à sua condição social, à sua precariedade e dificuldades. Mas sim ao que veio depois.

Com dificuldades, minha mãe concluiu o curso secundário e iniciou a Escola Normal. O magistério era uma profissão que, a seu ver e ao ver de sua mãe, teria o condão de salvá-las de toda a precariedade. Porém, cursar a Escola Normal coincidiu com aquele tempo em que o mundo vivia a efervescência cultural e política dos anos 1960. Um momento em que havia certa responsabilidade com o pensamento e cabia, sobretudo aos jovens, que adotassem alguns comprometimentos progressistas. A alguns, é bem certo, mais; a outros bem mais e a alguns outros, por fim, menos. Coube a minha mãe que se levasse ao grupo dos bem mais. E era honesta sua posição. Talvez, ao contrário de muitos, como meu pai, por exemplo. Desconfio que o que o levou à militância foi algum tipo de sentimento de culpa, algum pesar motivado por saber-se pertencente a uma posição social bem privilegiada, mas sei pouquíssimo sobre ele. Sempre soube pouco a seu respeito e, provavelmente, sempre saberei. Quanto a minha mãe, como disse, era honesta sua posição. Ela tinha propriedade para falar sobre a ausência de direitos, a precariedade e a falta de igualdade entre as pessoas. Até certo momento me pareceu surpreendente que não fosse a respeito desse passado de pobreza e exclusão que ela silenciasse. Depois compreendi, enfim, que seu silêncio se produzia em função de algo mais complexo. Era-lhe difícil falar, como disse, de meu pai e da família dele. Particularmente difícil porque eu nasci curioso de tudo isso, e cresci indagando sobre essas pessoas e ruas. Sentia, intimamente, que elas me pertenciam. Não por alguma justiça divina ou paradoxal, não em função de um ônus da história, do tempo, da vida ou de seus afins para comigo, mas, simplesmente, porque eu desejava saber o que não me havia sido dito. E o fato de eu ter sido levado embora dessas coisas de maneira tão brusca apenas reavivava, em mim, a ilusão de todas elas.

Nem lembro quantas vezes perguntei a minha mãe acerca dessa outra cidade, híbrida da verdadeira; ou acerca de meu pai e de meus outros parentes, todos absolutamente improváveis e dos quais eu sabia, praticamente, nada. Minha insistência produziu muitos efeitos, os quais variaram ao longo do tempo. Percebi em minha mãe alguma surpresa, alguma raiva e alguma melancolia. Recebi, em geral, respostas evasivas. A respeito de meu pai, por exemplo. Uma vez enumerei os quatro fatos que soube dele de maneira inelutável:

que minha mãe o conhecera no movimento estudantil e que, juntos, militaram numa organização clandestina — meu pai com o entusiasmo que, quando se é um idealizador de mundos, se tem pelas causas distantes; e minha mãe, com a surpresa de descobrir o próprio mundo;

que foram detidos e torturados pelos militares e que eu nasci pouco tempo depois disso — sim, eu nasci depois disso; e ainda outra vez, pouco antes do nosso exílio, minha mãe seria presa e torturada, no posto de polícia distante, no Araguaia, e então meu pai já habitava no silêncio;

que meu pai era rico, ao menos pelo olhar de minha mãe, mas também muito capaz, muito inteligente, e que ela sempre se impressionara com diversidade de seus conhecimentos;

que meu pai matou-se, aspirando o gás do fogão, pouco tempo depois da sua tortura, e que se fez sepultar com seu guarda-chuva.

Muitas vezes enumerei, mentalmente, esses fatos. Eles constituíam uma herança preciosa. Tanto mais porque sempre me faltaram outros eventos, mesmo que fortuitos, que acrescentar à minha história.

Na verdade, minha mãe sempre fez o possível para evitar eventuais contatos que eu pudesse ter com minha família paterna. Enquanto pôde, proibiu cartas, mensagens e telefonemas. Na verdade, com toda a cidade e com seus habitantes. Em geral, conseguiu manter-me distante de tudo aquilo, com a exceção de algumas poucas vezes, em que fui mais ágil ou mais esperto, para atender a telefonemas e para abrir a caixa do correio. O único contato fácil e abundante era com minha avó, enquanto viveu, que atendia a nossos telefonemas e, vez por outra, enviava cartas — ah sim, as cartas de minha avó, cheias de mundo. Como disse, ela mal sabia escrever. Então, punha no envelope uma variedade de pequenos artefatos práticos de papel: santinhos e orações, fotografias 3x4, receitas de bolo, uma ou outra publicidade ou propaganda de um político, calendários e leques de papelão de sua belíssima santa de devoção.

VIII

Para minha mãe, o exílio não constituía um momento eventual e temporário, mas uma verdadeira e profunda mudança de vida. Ao contrário de outros exilados, com os quais convivíamos, ela não tinha qualquer esperança de que as coisas pudessem melhorar. Tratava-se de um caso perdido e triste, um país sepultado. Também a política era-lhe algo distante, ou melhor, tinha-se tornado algo distante. Seu desinteresse por ela, mais uma vez ao contrário dos demais exilados, era radical. E mesmo da nossa cidade ela evitava saber: tudo era um mundo distante e improvável, um mundo de violência extrema, destinado ao colapso, sombrio.

Minha avó morreu alguns anos depois de nossa partida. Enquanto estivemos no exílio foi o único contato regular, por meio de cartas e de telefonemas, em datas especiais, que tivemos com minha cidade, mas, depois de sua morte, a distância começou a crescer e a migrar para os campos da imaginação.

A medida disso era diferenciada para mim e para minha mãe. Ela, quanto mais distante ficava de seu passado, mais crescia, mais fazia, mais aprendia, mais se tornava feliz. Quanto a mim, tudo que ficara para trás era uma ausência incômoda, que muito pedia atenção.

Essa inversa medida era a base do relacionamento entre mim e minha mãe. Ambos procurávamos compensá-la de maneira respeitosa e equilibrada, mas o que faltava, aos dois, era sempre muito. Algumas vezes recaía numa violência muda:

"Tenho o direito de saber!", por exemplo, quando lhe disse isso.

Naquele dia — eu deveria ter quinze, dezesseis anos — ela me contou algumas coisas:

"Teu pai não era feliz; sentia muita, muita culpa. Ele tinha dois irmãos, o Antônio e o Carlos. O Carlos era como que o contrário do teu pai, muito seguro, muito dono de si, e o Antônio era como um outro contrário do teu pai, infinitamente mais ansioso",

"E meu pai, como era?",

"Um sonhador, se se pode dizer desse jeito, um inventor de mundos."

IX

Ainda falarei das verdadeiras razões que nos levaram ao exílio, mas talvez não, porque o que importa saber é que iniciamos nosso exílio no ano de 1974, quando eu tinha cerca de quatro anos de idade. O que se deve saber é que fugimos porque não podíamos mais viver no Brasil. Na verdade, não queriam mais a minha mãe no Brasil. Quando estava grávida de mim houve aquele interrogatório, o qual ela nunca pôde esquecer. Depois veio a guerrilha, os muitos meses longe de mim, que culminaram na sua prisão, num interior distante, e na tortura, da qual, mais do que nunca ter podido esquecer, nunca conseguiu deixar de lembrar. Foi o meio convincente de fazê-la deixar o país. Prenderam-na durante três meses e enfiaram alfinetes sob suas unhas. E também lhe fizeram outras coisas, como pendurá-la de cabeça para baixo e espancar-lhe a palma dos pés. Ou convidá-la a deitar-se num colchão, cobri-la com um outro colchão e bater nesse segundo colchão com varas de pau. Talvez não seja preciso contar o que mais.

A Lisboa de 1974, quando lá chegamos, se assemelhava a um barco à deriva, repleto de gente miserável, brancos e negros das antigas colônias que retornavam para poder sobreviver. Não conheciam a cidade e pouco eram reconhecidos por ela. Os custos da democracia transbordavam de seu sentido, e, como num barco negreiro, no qual o espaço é escasso, o odor de todos se misturava ao odor dos males e das febres.

Minha chegada a Lisboa compõe um fato comum, em meu imaginário, à minha partida. Recordo muito bem como aconteceu. Eu vivia com minha avó, na sua casa muito pobre, de madeira. Minha mãe, naquele tempo, vivia na floresta. Ao menos era isso o que minha avó contava,

"Tua mãe está na floresta, um dia ela volta",

"Mas o que ela faz na floresta?",

"A guerra que ela faz é na floresta, é lá que acontece."

Eu raramente a via. Suas poucas oportunidades de sair da floresta a traziam à noite, furtivamente. Uma vez acordei e vi seu rosto através do mosquiteiro velando meu sono. Ela o afastou e beijou minha testa. Abracei-a. Ela sussurrou em meu ouvido, muito baixo para que minha avó a ouvisse,

"Se teu pai te visse como estás um homenzinho!" Aos quatro anos, eu não conhecia bem o sentido da palavra pai; o meu já havia morrido, mas associava-o à figura estranha, sempre muito solene, muito distinta, do homem velho que vez ou outra aparecia. Era meu avô João, o pai do meu pai. Os desígnios de minha mãe eram estritos, no sentido de que eu não tivesse contato com ele, ou com a família de meu pai. Percebo que ele trazia dinheiro, recursos. Não demonstrava afetos. Olhava-me com escassa simpatia. Parecia movido pelo sentido da obrigação. O que me incomodava, de fato, e já a esse tempo, embora somente agora, naturalmente, eu tenha meios de expressá-lo, era o ar de submissão que minha avó demonstrava quando ele aparecia; que ela demonstrava, veja-se bem, mesmo devendo, conforme minha mãe designara, interditar-lhe que me visse, que me ajudasse de qualquer forma. Aos quatro anos eu já percebia o imenso fosso que separava minha mãe e minha avó de meu pai, mesmo que morto, e da sua família. O homem que era o meu avô paterno — e eu nunca tive um avô materno — sempre perguntava por minha mãe e dizia, muito bem me lembro, que era preciso trazê-la de volta e que era preciso acabar com aquela loucura.

Um dia minha mãe voltou da floresta. Estava magra e suja. Lembro-me de que fedia como um porco. Tal como, duvido, outras mães possam feder. Minha avó me empurrou para beijá-la, mas eu resisti; percebi, no entanto, claramente, que não era por esse motivo que minha mãe começava a chorar. Nesse instante preciso, em que eu me recusava a beijá-la, ela também compreendia, por algum motivo, que a sua condição infeliz, a qual não se devia, precisamente, ao fato de estar magra, ou de cheirar como um porco, já alcançava os limites de suas forças.

Dois ou três dias mais tarde, numa madrugada em que ventava muito, estávamos prontos para viajar. O velho senhor que era meu avô apareceu. Ele me carregou e me colocou no banco de trás do seu carro. Falou para eu me deitar e me deu um lençol para me cobrir. Gentilmente, ajudou minha mãe a entrar na mala, porque era necessário que tudo se fizesse em segredo. Minha avó, que muito chorava, beijou minha mão e apertou-a, através da janela do automóvel. Era a última vez que me via, e deveria, de alguma forma, sabê-lo. Meu avô dirigiu o carro até uma pista distante, vazia de todo movimento, que mais tarde eu soube que servia como ponto de aporte do contrabando que então se fazia na cidade, e nos embarcou em um pequeno avião contratado. Voamos até Caiena, e depois até Paramaribo, onde tomamos um voo de linha para Amsterdã e, de lá, um outro para Lisboa.

X

A Lisboa de 1974, quando lá chegamos, se assemelhava a um barco à deriva, como disse. Havia muita alegria, mas igualmente muita tristeza. O país se libertava de uma ditadura e punha fim à guerra na África, uma guerra hoje esquecida, mas que foi imensamente cruel e deixou milhares de mortos. Instalamo-nos num hotel e, em seguida, num pequeno apartamento. Meu avô nos dera uma boa quantidade de dinheiro, mas era necessário que minha mãe encontrasse um trabalho, coisa extremamente difícil, por ali, naquela época. Além disso, era evidente que minha mãe tinha ainda menos condições de encontrar um trabalho do que as multidões que naquele momento afluíam a Lisboa. Pouca experiência de mundo, mas, sobretudo, em função de seu estado de espírito e de sua saúde. Minha mãe estava destruída.

Quando chegamos em Lisboa, ela chorava. Quase todos os dias. Eu apenas olhava pela janela, vendo a vida caminhar, e assistia à pequena televisão que havia no apartamento. Era tudo o que podia fazer. Até que as coisas começassem a caminhar. E aos poucos isso foi acontecendo. Algumas pessoas nos ajudaram. Meu avô mobilizou alguns conhecidos e aos poucos o principal foi entrando em ordem. Mas os cravos de Lisboa não eram suficientes para alimentar a todos e minha mãe decidiu que iríamos para Paris, como disse, a pátria real de todos os exilados.

XI

É Paris uma cidade tentacular e enervada que tem a pretensão de constituir o centro de equilíbrio da história humana. Talvez o conseguisse, não fosse sua população ter sido contaminada, o que é coisa de muitas e muitas gerações, por uma doença mentalmente contagiosa denominada cartesianismo. O verdadeiro problema é que essa doença, que era endêmica na burguesia da cidade, generalizou-se ao longo da segunda metade do século XX, impregnando as classes médias, as classes trabalhadoras e os intelectuais. É o cartesianismo um vírus poderoso, mas pobre de espírito. Ele provoca a ausência de febre e de delírio, bem como a miragem de um mundo retangular formado por infinitos triângulos que se completam sem falhas e sem rupturas. Seu sintoma mais grave é o egoísmo, gênero de sentir humano que pode ser compreendido como a ideia de que o fato de se pensar em alguma coisa dá o direito, ao pensador dessa coisa, de ser o autor dessa coisa pensada. Felizmente que há estrangeiros em Paris. Estrangeiros são um tipo de gente que, normalmente, tem anticorpos ao vírus do cartesianismo. Era nosso caso.

Quando nos instalamos por lá, vivia-se um dos muitos e periódicos cumes da propagação cartesianista, muito embora alguns jornalistas gostassem de associar as ideias pregnantes daquele momento — por exemplo, as rebeliões estudantis de dois anos antes e o movimento de liberdades sexual e política — como um antídoto para o vírus. Enganavam-se certamente. Mas isso não muito importa. O que importa é que meu exílio não era cartesiano. De algum modo não era eu, esse eu profundo que o cartesianismo percebe, que estava exilado; mas sim um eu temporário, repentino e esquecível.

Nos primeiros tempos, nos instalamos em uma *banlieue*. Há boas e más *banlieues*. A nossa era bastante má. Nosso apartamento ficava numa "zona residencial prioritária", servida por "transportes sociais prioritários" e por "postos de saúde prioritários". Minha escola era, também ela, uma "zona de educação prioritária". A palavra prioritária é um sintoma do cartesianismo, na forma evoluída dessa doença. É como uma tosse. Quando se começa a dizer, não se consegue parar. Políticos e dezenas de assistentes sociais falavam sem parar essa palavra, o que deixava claro que minha mãe era "mão de obra prioritária" e que nós dois éramos "prioritários" para aquele país — sendo que, como em toda abundância denotativa, cedo se constatava a pobreza conotativa presente nos sentidos excessivos.

Não obstante, nesse tempo eu me sentia, de fato, especial. Sobretudo quando os assistentes sociais lançavam sobre mim seus olhares largos e compreensivos. Olhares que eram cândidos, um poço de pureza, muito bem treinados por uma espécie de retórica da solidariedade, outro sintoma sofisticado do cartesianismo. Assim, é preciso dizer que, mesmo sendo "gente prioritária", o salário de minha mãe era muito pequeno, como a assinalar que fosse destinado, exclusivamente, às nossas próprias prioridades. Minha mãe conseguiu um trabalho sem muita demora e, depois que nos instalamos, passou a recusar toda a ajuda oferecida por meu avô.

O trabalho de minha mãe era numa fábrica. Ela fez cursos de francês e outros cursos que a cidade oferecia para "gente prioritária". Ela continuou a fazer cursos e, anos depois, entrou na universidade e acabou fazendo uma tese. E então ela conseguiu trabalhos que pagavam melhor. Depois de alguns anos nos mudamos da zona "prioritária", para grande alívio de minha mãe, mas sem entusiasmo de minha parte, porque deixar de ser "prioritário" acabou por me dar uma sensação de desamparo, o que digo sem muita clareza.

Instalamo-nos numa outra *banlieue*, mais próxima de Paris e mais confortável. Quando isso aconteceu eu já tinha doze anos. Foi por esse tempo que começamos a frequentar com mais assiduidade outros exilados. Já os conhecíamos, mas convivíamos pouco, sobretudo com os demais exilados brasileiros. Sempre foi assim, porque quando chegamos a Paris minha mãe, ao contrário de muitos dos outros exilados políticos, não quis mais saber do Brasil. Vivíamos sem receber cartas, telefonemas e sem ler revistas e jornais. Acho que minha mãe havia ficado decepcionada, a ponto de desistir de tudo, de querer esquecer tudo e de desejar começar tudo de novo. Hoje penso que vivíamos um exílio dentro do exílio, um exílio radical, sem esperança de retornar, sem vontade alguma de retornar, mas também sem qualquer vontade de ficar.

    Precisa-se dizer que, ao contrário da maioria dos demais exilados, minha mãe não era uma intelectual. Nossos congêneres eram jornalistas, professores, sábios. Minha mãe era alguém bastante simples, mas que, tal como eles, acreditara um dia na possibilidade de um Estado justo. Porém, ao contrário deles, cedo percebeu que isso não estaria por acontecer. Ao menos enquanto de sua vida. E foi por isso, ao contrário desses congêneres, que esquecemos de qual fosse o nosso país, o Brasil ou outro qualquer. Não obstante ter sido por influência da amizade deles que minha mãe retomou seus estudos. De todo modo, a experiência da tortura, do exílio, da distância, da falta, da diferença, servia para nos fazer imergir em outro mundo.

Capítulo III

Escrever em paralaxe

I

O réptil me espreita. Ele não fala, apenas me olha. Porém, consigo perceber o que ele estaria me dizendo, se falasse,
 Há o que não contas, ele me diz,
 Há o que não conto a ti,
 Não posso dizer, há o que não contas a mim, não sou nem coisa e nem pessoa, não tenho um eu, como o têm vocês, não reflito, não digo me, nem mim,
 Mas pedes que te conte tudo,
 Não, não peço, isso é irrelevante, porque já o sei. O que digo, apenas, é que não contas. O importante não é o acontecido, mas o não contares o acontecido. O que me interessa, de fato, é a arrumação que tu dás aos fatos, e, assim, ao fato de não contares,

O que te interessa é a linguagem, mas dizes, porém, que não refletes, ou que não refletes, por meio dela, essa pessoa ou coisa que tu não és... Como podes, sem ser um ser reflexivo, ou autorreflexivo, sem mes e sem mins, como dizes, te interessares pela linguagem? Como podes ter interesse na linguagem sem teres de fato essa reflexividade de que falas? O réptil me olhou, melancólico, e respondeu, Infelizmente, não há como fugir da linguagem, somos todos prisioneiros dela.

II

Uma vida transitória, suplementar, sem lugar e sem identidade. Sem precisar pensar nas próprias essências. Nunca me senti isto ou aquilo, gêneros de ausência que acabaram por construir uma pequena literatura, ou ao menos um simulacro de vida, e que me levaram à adoção da cidade em que nasci, com seus espelhos e com suas homonímias, como minha única referência de pátria. Simulacro e espelho: metempsicose. Porque, de fato, eu não conhecia nada da cidade em que nasci. Precisei inventá-la. Sim, mas o que há de interessante, realmente, nessa história, é que a invenção de minha cidade se deu ao mesmo tempo que, porque já tinha idade para o fazer, comecei a descobrir Paris, percorrendo suas ruas ou percorrendo-a em livros.

III

Sara ajudou-me a fazê-lo. Seus pais eram argentinos, como disse, e pensavam como minha mãe. Porém, ao contrário de minha mãe, eles sempre acreditaram no seu retorno e na necessidade de, mesmo distantes, continuarem a exigir o retorno de seu país à normalidade. Ou seja, a exigir o fim do regime militar.

"Hoje tu vens comigo, porque quero te mostrar algumas coisas", disse-me Sara, talvez compreendendo que eu conhecia pouquíssimo do mundo,

"Isto é uma escola de dança", disse logo mais, apontando para o segundo andar de um prédio antigo e malcuidado. De onde estávamos, por meio de dez ou doze janelas, víamos o grande salão ocupado pela escola de dança e a música repetitiva de um piano tocado com precisão e um pouco de zanga, que marcava o ensaio de várias moças, todas belas, a empinarem-se em frente ao espelho, a esticaram-se em barras, a produzirem movimentos apolíneos e precisos.

"Não podemos estar aqui, abaixa-te, não podem nos ver", disse Sara. Estávamos em uma escada de incêndio, na *cour* daquele antigo prédio. "Não podem nos ver?", perguntei.

Eu não gostava de estar escondido, Sara percebeu, "Tu não gostas de explorar?",

"Explorar o quê, a vida dos outros?",

"Não, explorar a cidade, não sei, as situações, as coisas estranhas que acontecem fora da nossa vida, a vida que não é nossa. Vem comigo", e em mais alguns minutos comíamos um doce judeu, havendo percorrido as ruas do centro de uma Paris que jamais estivera em meu caminho. Sara mostrou-me uma rua plena de roseiras e a casa de um farmacêutico bondoso da Idade Média, um teatro fechado, as fachadas pretensiosas de algum museu e uma pequena praça escondida, imponderável, em meio a prédios.

"É preciso aprender a explorar as cidades, a descobrir os erros dos mapas", e ela puxou-me pelas mãos, procurando me ensinar a estrutura de uma leveza sincera, que eu não conhecia, baseada na persistência de algum bom humor associado à curiosidade,

"Nem tudo é feito de pedra", havendo talvez a imaginação por ali, "Isto", disse-me, enfim, como na conclusão de uma reflexão longa, sem no entanto apontar para nada, sem olhar para nada senão para mim próprio, que, confuso, procurava entender sobre o que falava, "Isto", palavra que se repetia em minha mente de forma cada vez mais imprecisa, "Isto" não sendo um prédio ou um segredo de Paris, mas apenas ela, Sara, talvez, que por uma metonímia se mesclasse à paisagem, devendo eu perceber que poderia olhá--la, vê-la, acompanhá-la escondido como se fosse ela a distante escola de dança onde as moças ensaiavam por entre doze janelas imensas e ao som de um piano nervoso entremeado por baques de uma vareta, tal como surras imaginárias que se dessem nas que dançassem mal, nas moças que errassem os passos a dar, "Isto", havendo então, somente agora eu via, um pequeno inseto que voava em torno do rosto de Sara, fazendo movimentos convulsivos no espaço em frente a sua boca.

IV

Para Asra, não era da metafísica que eu falava.

O escritor John Ashington Perse deixou uma série de escritos sem nome, que seu bibliotecário catalogou como sendo "Os livros que vêm depois de *O réptil*". Esclareçamos: *O réptil* foi seu último livro de poesias até então conhecido, e uma obra que a mentalidade da época acreditava bastar-se por si mesma e bastar ainda ao próprio autor. Não sei se seriam menos rudes se dissessem que a obra bastava a todos.

V

Não oblitero tua graça. Não sou sandeu de mim. Tua boca é outono. Tua língua é gramática. Quando tu acordas, eu era para não ser escorpião. E era ontem que eu te via — açucena pálida. Um vento sul. Um besouro no meu sexo, aturdindo. Uma mágica inconstante. Inconstante é a palavra. Adormeço mexendo as pernas. Adormeço escutando em silêncio o silêncio dos teus sapos. Não querendo ser rude ao pedir desculpas pela delicadeza. Te beijo de merenda. Mantimentos opulentos, teus lábios. E colhes alguns pedaços de mim. Para ontem. Para quem sabe. Sinto que há dez besouros no meu sexo, aturdindo, e são eles que me movem.

VI

Para Sara, eu falava de mim interno a ela por amor, como um semovente.

A nobre arte das facas, um Foucault compreendido, era tempo e meio e era, rever os manuais, ler avesso ao vento, revirar para seus olhos e para ontem, ser compreensivo, conceber a arte de uma guerra, a pulsão do sagrado, o espaço abandonado, a verdade no tempo, a ilusão da verdade, os vinte e nove estados da alma, a constância das nuvens, a dialética no meio-termo, estas referências a Borges, o dorso do tigre e benedito.

VII

O réptil e o texto de depois eram na verdade livros diferentes. Existe sempre uma história na superfície e uma história profunda. Eu deveria, então, prosseguir até o vórtice?

Nenhum conto termina sem um conflito ético.

VIII

Espero longamente que Sara se prepare. Tenho a paciência de um centauro no jardim. Devo-lhe a amizade dos centauros de jardim.

"Prepara-te um chá",

"Queres também?",

Não responde, o que informa que também quer. Preparo o chá apegado a meu silêncio e aos silêncios da casa. Conheço-a bem, a essa casa, como bem conheço Sara. Compartilhamos ali os mesmos silêncios. O pai dela foi torturado em Buenos Aires, enquanto a mãe fugiu para Paris com a filha. Liberado, perto de não mais poder-se, ele teve ainda o fôlego para chegar a Paris, onde lhe abrigou um instituto qualquer de estudos latino-americanos cuja única função era abrigar intelectuais no exílio, naqueles anos difíceis. Tínhamos a experiência comum do exílio, e era por isso que eu conhecia os silêncios daquela casa. A experiência do exílio é composta, essencialmente, por silêncios. Cada um tem o seu, sendo o silêncio de que falo o resultado de uma experiência incompartilhável e intraduzível de partida, mas igualmente de chegada. Porém, ainda que cada um tenha seu próprio silêncio, os exilados podem compreender, com alguma estranha função, o silêncio dos outros, porque além dos silêncios individuais há o saber de que há esse silêncio e de que, dentro dele, há um fundo semelhante, de humilhação e de abandono.

"Mesmo quando somos crianças?", perguntou-me Sara certa vez,

"Mesmo", respondi, com a convicção de que até as formigas que são exiladas apercebem-se de seu exílio e possuem seus silêncios.

"E de que é o chá?",
"De mirtilo",
"Insuportável!",
"Vejamos bem se desta vez...",
"Estou pronta, podemos ir",
"Não queres o chá?",
"Se for mesmo de mirtilo, não quero",
"Acontece que é, te importas de esperar que eu tome o meu?",
"Importo-me se queres que me importe."

Sara era minha melhor amiga. Talvez a única pessoa, havendo em minha mãe o seu retraimento, com quem eu pudesse discutir esse tema que me interessava tanto, que era o tema do exílio. De minha mãe eu podia ouvir histórias sobre a vida na cidade em que nasci e projetos magníficos para o futuro, bem como críticas severas dos governos militares que por lá vicejavam, mas não fazia sentido para ela tematizar o exílio em si mesmo, seja como nossa condição social imediata — a qual nos forjava um caráter social particular —, seja enquanto, como desejava eu fazê-lo, verdadeira categoria filosófica e existencial.

IX

Quanto a Sara, ela me ouvia. Fazia-me o favor de refutar minhas observações, criando as condições para que eu reelaborasse minhas teses. Com mais frequência, porém, ria-se delas.
"São teses as tuas ideias, fala-me agora do exílio dos sapos."
As suas ironias... Por meio delas eu testava as diversas dicotomias que atribuía ao termo exílio. Dicotomias que provinham de sensações, quando por vezes o tema do exílio se convertia na condição humana essencial, ou na dramática do desejo humano; ou na ambivalência da religião, quando por vezes o exílio revestia-se de uma incomensurável sensualidade, a ponto mesmo de fazer com que nos beijássemos, acariciássemos e fizéssemos amor algumas vezes, ali mesmo em seu apartamento, sem que aquilo fosse, entre mim e Sara, uma imposição de nossa amizade.
"O exilado...", assim Sara chamava-me, do alto de seu poder de ironia, "Teu exílio é erudito...", ria-se, a isso repetindo várias vezes, "essa história estará fazendo de ti um erudito, embora de uma coisa única, de um tema só. Uma erudição sobre o exílio".

Bem como havia dias em que Paris, a cidade ideal de todos os exilados, de todos aqueles que foram capazes de utopia e que foram por isso castigados, preenchia-se de uma eterna e cuidadosa paz. "Pode-se aqui viver em paz." Ainda que bem soubéssemos que não era fácil aquela paz, e que se devia, por certo, bem trabalhar em troca dela. E que bem soubéssemos que a Paris multirracial e multicultural tematizava-se antes na sua própria ideia do que na verdade das ruas. Porém, de qualquer modo estava ali um lugar de fuga. Sara e eu estudáramos na mesma escola por alguns anos. Havia em nossa classe um terço, ao menos, de estrangeiros: africanos, asiáticos, árabes, latino-americanos, europeus. Todos exilados. Como eu. Todos presentes na mesma pátria ausente e alguns, como eu, da mesma pátria inexistente. E dos franceses restantes, deles, outro terço se fazia de filhos de italianos, poloneses, russos, bretões, normandos, alsacianos. Todos, enfim, eram de outro lugar, outro-lugar, outrolugar, restando parisienses não mais que as paredes em que os temas de história que se davam a estudar.

Sara não esconde verdades, olha-me com sua sinceridade objetiva, "Tu sabes, eu sou daqui e apenas daqui. Sou como eles, não tenho país, não tenho história. Sou uma representante legítima e plena da geração de exilados, dos *filhos do golpe*, como nos chamam. Sou completamente descrente de tudo o que nossos pais acreditavam, de todo aquele nacionalismo ingênuo que tinham, de suas utopias, de sua fé numa política coerente e justa",

"Mas eu o sou também. Sou incapaz de acreditar em qualquer dessas coisas", respondo-lhe, imaginando aonde quer ela chegar.

"Tu, porém, tens as tuas próprias utopias, e penso mesmo que alguma fé. Quanto a mim, nem isso tenho",

"Achas mesmo? Não consigo me ver semelhante a eles",

"Sonhas como eles, acontecendo que os sonhos que eles têm são baseados na realidade, numa realidade bruta e para nós insondável, e talvez mesmo insuportável, enquanto que os teus sonhos são, digamos, propriamente sonhos",

"Não sei se entendo",

"Eles têm lá a sua pátria real, enquanto que tu tens igualmente uma, porém invisível",

"Mas é absolutamente impossível que eu me sinta, digamos, brasileiro",

"Sim, tal como é impossível para mim sentir-me argentina."

Imaginei a maneira como Sara poderia completar este pensamento, se me conhecesse mais a fundo: "mas tu, de qualquer forma, tens um país imaginário, que corresponde talvez à cidade em que nasceste, ou a algo como tal, enquanto que eu nem mesmo chego a ter isso. Tu sonhas o tempo todo com essa cidade invisível, com essa cidade que provavelmente não deve nem existir e que, pelo que vejo, parece ser completamente solta da realidade".

Ela apenas disse, "Por minha vez, não me faz falta ter sonhos. Tenho o quotidiano, tenho Paris, tenho meus pequenos e ignóbeis problemas. Tenho por aqui a minha vida e meu futuro. Serei francesa para sempre, irremediavelmente. Coisa que, por sinal, não é um problema. E quanto a ti, tu me falas sobre répteis invisíveis e coisas tais que bem sei que são invenções, que são as tuas maneiras para suportar a vida",

"De resto, suficientemente chata",

"Então",

"Mas será que tudo isso é, de fato, invisível?",

"Já me falaste o bastante sobre essa tua cidade, mas nunca falaste sobre a tua família. Quem são, o que fazem?",

"Tenho um contato escasso com a família de meu pai, que pertence àquele tipo de burguesia que já não é rica e que apenas vive para lembrar o passado, apegada a jogos de espírito, maneiras de falar, obras de arte e coleções de pequenas coisas que guardam em gavetas, como se a verdadeira coleção fosse a de gavetas que guardam coleções; enquanto que a família de minha mãe é o oposto disso, sendo bastante pobre e sem qualquer referência burguesa",

"Não te vejo em burguês",

"Não o sou, não tenho pátria."

Ri-se Sara de seus próprios anacronismos e partimos, estando meu chá de mirtilo terminado, para o passeio previsto, sendo-me curioso que ela tenha perguntado por minha família naquele momento. Naquele momento mesmo em que tenho no bolso da camisa uma carta de meu primo, Miguel o seu nome, sobre o qual não ouso nem desejo falar, ainda menos para Sara, seu tom insólito incomodando-me, pleno de intimidade tanto quanto de formalidade, aquela maneira que ele tinha de comunicar-se que eu imaginava pertencer à velha burguesia belemense da qual minha mãe dava-me pobres notícias.

"Qual filme veremos?", perguntou-me Sara,

"O que quiseres",

"Não sei escolher, tenho mau gosto para filmes porque escolho pelo cartaz",

"Posso escolher pelo cartaz em teu lugar?",

"Acho melhor não; é melhor eu mesma escolher, porque não vais conseguir te abstrair dessas informações paralelas, como o nome do diretor, por exemplo, ou outra dessas que gostas de procurar no lugar de filmes",

"Mas posso tentar?"

X

"Estimado Felipe, uso desta para recuperar nosso contato, não obstante as contingências que nos separaram...", começava ele a dizer, naquela carta que estava em meu bolso. A forma de meu primo escrever impregnava-me, contagiava-me, por estranha simbiose, tal como quando eu me sentia o réptil, propriamente a vida sendo uma forma de impregnação, ou algo assim, de répteis em mim, ou daquela cidade distante e invisível, dos que estavam destinados a ser meus amigos ou, agora, de meu primo.

Na infância, havíamos trocado algumas cartas, notadamente aquela na qual Miguel me explicava que nossa cidade, na verdade, sempre fizera parte do Brasil. Porém, com o passar dos anos, provavelmente em razão dos maus humores de minha mãe em relação a qualquer contato que eu tivesse com minha família paterna, acabamos interrompendo esse diálogo. Aquela carta exercia sobre mim um imenso fascínio. Ela começou um novo ciclo de diálogo. Uma amizade diligente passou a nos unir, com a troca de informações pessoais sobre isto a que ele chamava de "história": sobre nossos pais mortos, sobre o sepultamento do meu pai num caixão repleto de livros e com seu guarda-chuva, sobre nosso avô jogando xadrez com um dragão e coisas dessa forma distantes. Sobre nossas vidas quotidianas, também, e, enfim, sobre meu projeto de retornar algum dia.

XI

Aqueles que estavam destinados a conviver comigo, aquela cidade na qual deveria eu ter habitado, aquela outra vida que me estava destinada e da qual meus dias constituem uma cópia, aquele outro que eu seria. A filosofia idealista era-me útil para catalogar os objetos dessa categoria abstrata pertencente à minha vida — digo, aquele conjunto de eventos não simultâneos que me davam ser. Uma categoria intermediada pelo exílio. Paroxismos. Paralelos. *Parallax. I never exactly understood.*

"*Par* é grego", comentou Sara, uma vez, displicentemente, referindo aquela frase de Joyce. Estávamos sentados sobre a grama de um parque. A cidade, à leste, apresentava-se apenas por sinais: setas, indicações, cores, muitas palavras, dados populacionais, cidades-gêmeas. Por ali cercava-nos uma floresta densa. Revisávamos a lógica dos discursos indireto e indireto livre, o que nos constituiria o objeto de uma avaliação a vir. Tínhamos vinte anos, Sara e eu. Fazíamos nossos estudos, ela em letras e eu em artes, com o que se demonstrava — ao menos nós nos demonstrávamos, ou, melhor ainda, eu demonstrava-me a mim sozinho — que há em tudo que é dito uma outra coisa, uma profundidade intangível aos ouvidos que emprestamos às palavras escutadas. Assim, por exemplo, é que a pouco conhecida língua portuguesa vinha secretamente às coisas que eu falava na língua francesa, e não por ser minha língua materna, mas por ser a língua que eu precisava usar, ou dar-me a ela para ser por ela usado; meu francês travestindo-se dessa língua secreta, a qual bem incorretamente eu falava, a qual bem imperfeitamente eu falava, da qual tinha pouca ou nenhuma coloquialidade. Estaria Sara escutando? Compreenderia ela esse retorno circular aos mesmos temas? Encontraria ela, no que lhe dizia, esse meu português subterrâneo, presente até mesmo em meu modo de olhar, dado que, não falado senão pela via do francês, caminha ele para o olhar ou tende a o fazer? *I never exactly understood.*

"*Par* é um prefixo grego que evoca a ideia de dualidade", dizia-me ela,

"Como em *paradoxo*",

"Exato, onde tens duas *doxas*, ou doutrinas, que se confundem",

"Como em paráfrase, parágrafo, paraciência, paratopia, paralelo, paragrama, paralelogramo, paraquedas...",

"Todas essas palavras indicam situações de risco",

"De risco de ser o que se é",

"Ou de ser o que não se é",

"Risco de ter identidade",

"Enfim, uma palavra que te cabe bem, meu caro amigo exilado",

"*I never exactly understood*",

"Tampouco eu."

Dizia-me minha mãe que não é necessário pensar que seja o mundo uma matéria confusa. Estás no mundo da lua?, ela perguntava-me com frequência, Estou, me fala sobre lá, É uma cidade pequena, Pequena como?, Pequena e isolada, Pequena e isolada como?, Longe de tudo, era necessário viajar dez dias de navio para chegar à capital do Brasil, mais perto e menos caro era chegar a Lisboa.

"Minha mãe dizia-me outro dia que não precisa o mundo ser uma matéria confusa",

"E que queria ela dizer com isto?",

"Que, enfim, não vale a pena se preocupar com os assuntos com os quais eu me preocupo, costumeiramente",

"Enfim, tens vinte anos", disse-me Sara, assim querendo falar que vinte anos é uma idade na qual é costume das gentes se preocupar com coisas",

"Não que algo disto tire meu sono",

Ainda no mundo da lua? Vem, podes me ajudar a arrumar estas roupas?, Posso, se me falares ainda sobre como era nossa cidade, Dobra estas aqui, um dia poderás voltar, se quiseres, mas acho que não terás o que imaginas, Imagino uma cidade pequena, A qual deve ter crescido, de qualquer forma há nela algumas regiões que se preservam, há por exemplo a Cidade Velha, e há a Cidadela, e há ainda o bairro do Moncovo, o antigo Aljube, o Reduto, o igarapé das Armas, a Pólvora, e ao menos três ou quatro florestas das quais deverás gostar, Escuta, tive uma ideia, passei noutro dia à frente de uma escola de artes práticas e tive vontade de me inscrever num curso de restauração, Não conheço isso, Tu sabes, restaurar objetos antigos, peças de mobiliário, retábulos, paredes, Sim, sei, acho que farias bem e de qualquer forma tem a ver com teus estudos, Não exatamente, Mas tem sim, se prestares atenção, e ao menos nos teus gostos, É como o Aljube?, E por sinal isto talvez te leve até lá, há lá o que restaurar, Muitas coisas?, Coisas guardadas, Enfim.

"Sara, diz como me chamo",
"Felipe",
"Felipe combina com Asra?",
"De jeito nenhum, mas isso não é um problema, estás ainda apaixonado por tua vizinha mulçumana?",
"Sim, um pouco mais, mas ela não se interessa por mim", e não responde a um bom-dia senão com um olhar ligeiro e um breve cumprimento com a cabeça.

De dentro de mim, ouvia minha própria voz, em réptil, repetir que, Este sou eu, e que, Este eu és tu. Sara espera que eu complete o que falava, mas este vazio, este branco de palavras que às vezes se tem, e que tenho sempre, sobretudo quando conto histórias, quando invento coisas, me seduz ao ponto do silêncio. Sara me olha com curiosidade, esperando que eu continue. E então eu continuo,

"Observo-a partir e, mais tarde, observo-a na *cour* do prédio", e, ainda mais tarde, na calçada, atravessar a rua, tomar uma outra calçada, outra rua, sumir-se, enfim, sob a folhagem de algumas árvores que o vento movimenta. Acompanho-a da janela de meu apartamento.

Felipe, ainda espero tua ajuda, diz minha mãe, não, diz a sua mãe, os lençóis estirados ao varal, prontos para serem dobrados e ele distancia-se da janela.

"Ele me deseja", Asra imaginará, porque é evidente, por meu olhar, que a desejo, que apaixono-me por ela toda vez que a vejo, Idiota, pensará, Confundo-a com a caligrafia árabe, visito a mesquita de Paris, deixo-me seduzir por esse mundo diferente do meu, Ou não me ajudas?, dobro enfim os lençóis de minha mãe, E sobre a família de meu pai?, pergunto-lhe, sempre me dizes pouco sobre eles, Porque não os conheço muito, E por sinal nem gostas deles muito, E isso é verdade, E por quê?, Já te disse, porque pertencem a um outro mundo, que não é o meu, sobretudo quando eu era jovem e tu nasceste, sobretudo porque, como tu já sabes, minha relação com teu pai foi eventual, Embora não pouco importante, Sim, O que me faz justiça, Isso é verdade.

"Se tu escreveres um dia a respeito da coerência de teus pensamentos iniciais ou das tuas experiências pelas quais tu encontraste uma lógica que seja tua",

"Não, não funcionaria isso, não penso que seria possível entender a coerência disso", *I never exactly understood*, em seguida disse-me Sara, que havia de falar de si por meio dos personagens, que constituiria um elemento de aglutinação das coisas *par*, dos paradoxos, enfim, que poderiam resultar numa aparente incoerência.

XII

Disse-me o réptil, Este sou eu e este eu és tu.
Não arrisco ter identidades, não sou sandeu de mim. Repito, a esmo: paráfrase, parágrafo, paraciência, paratopia, paralelo, paragrama, paralelogramo, paraquedas. O réptil me observa, com desdém. Ele existe em paralaxe, daemon adormecido. Decido-me a escrever em paralaxe, daemon imperfeito.
 Sara, Asra, o réptil me observa, imóvel, dono da linguagem como se fosse.

XIII

Escrever em paralaxe significa escrever assim, Mudando as vozes que falam na direção de quem escreve, e não mais de quem lê. Escrever para que o narrador nos leia, revertendo os planos, caminhando verticalmente na direção do diálogo com os sujeitos ocultos, retirando o falso pudor das aspas e dispersando a cênica dos textos. É assim que posso dizer de mim, por exemplo, que Felipe alcança-a no jardim, não, ao meio do corredor, ao meio do jardim ou do corredor, e a beija.
 O que importa é que tenha sido a algum meio, o que prediz o centro, o lugar paralelo aos demais lugares, portanto o lugar exato. Tem ao bolso da camisa uma carta, enviada pela outra Asra de sua imaginação,

aquela que mora na cidade em que nasceu, a distante. Por que foges de mim?, pergunta, e a moça enfim fala com ele honestamente, sem fugir-se, sem fingir-se, Porque é outra a minha cultura, mais tarde despe-a, revelando que é uma só a cultura, ao menos esta que é dos seres ao encontrarem-se, sejam quais eles forem, em quaisquer partes do mundo, venham eles dos países de que vierem.

"Nunca desejaste beijar-me?", pergunta-lhe Sara repentinamente,
"Já", responde Felipe,
"E por que não o fizeste?",
"Porque nasci para ser teu amigo",
"Honestamente, não creio que importasse",
"E isto por quê?"

Escrever em paralaxe é, também, revolver os desejos do texto.

Empurra-se Asra, miragem simultânea ao mundo, mas há a boca de Felipe que alcança-lhe o seio, e a mão as suas coxas, a sua cintura, havendo, por outro lado, o gesto de Asra de beijar-lhe a boca e os ombros, e de deixar que suas mãos, treinadas para outras coisas do mundo e não para o mundo ele mesmo, tocassem seus braços, suas costas.

Capítulo IV

O retorno

I

Escreve Felipe ao primo Miguel pedindo que lhe descreva os répteis da cidade. Miguel responde longamente, destacando o dragão que habita sua casa e que joga o xadrez com o avô de ambos, o senhor João. Depois, procura narrar os outros répteis que percebe: as pequenas salamandras vermelhas que habitam a universidade, os gnossos verdes dos cemitérios, os Ghoûls alados que rasgam os céus nos dias de chuva. Surge, aos poucos, uma grande amizade entre os dois primos. A distância que os separa, que se produz no tempo e também no espaço, é secundária em relação a seu afeto. Um afeto que é menos de sangue — mesmo porque esse vínculo não tem importância real, no mundo de ambos — que de afinidade real, produzida por visões de mundo afins. Aos poucos, a correspondência com Miguel foi substituindo a que, antes, havia com Asra. A correspondência entre eles é longa e acumula descrições de suas vidas e de seus mundos. Miguel possui uma abundância de história, e Felipe, uma radical ausência dela. Desse encontro surge aquilo que, talvez, seja o principal assunto de seu diálogo: a misteriosa cidade em que nasceram, pequena metáfora para o mundo maior que desejam possuir.

A cidade de que falam é modesta, mas plena de seres imaginários. E das condições imaginárias que permitem a vida desses seres imaginários. Inclusive, se se tiver algum olhar arguto para essas coisas, pode-se observar que pode ser que seja modesta, justamente, pelo fato de possuir tantos e quantos seres imaginários. Não um único réptil, ou dois, mas infinitos, e todos melancólicos; não exclusivamente um bairro invisível, como é o caso do Moncovo, mas muitíssimos outros, bem como ruas que se bifurcam e se concluem em Lisboa; não a mandragoa de lama apenas, mas ela e seu símile, o monstro feito de pão. Por fim, os soldados, tingidos de tons esverdeados, a quem se tinha que repetir que já não vivos e, eventualmente, convencê-los disso.

Miguel descreve a Felipe o quotidiano do avô. E, também, o quotidiano da casa da família, o Anfão, com seus mortos transeuntes e os seus répteis. Sendo imensa a curiosidade de Felipe a respeito daquela que deveria ter sido a sua vida, Miguel enriquece suas cartas com pormenores, considerações e conjecturas.

II

E, igualmente, descreve a família comum, com a qual Felipe não conviveu e parcamente conhece. O avô João continua sendo, há muito tempo, a figura central da casa do Anfão. Miguel, de fato, o conhece pouco, apesar da contínua convivência. Trata-se de um sujeito reservado, oblíquo. Seu código de conduta não lhe permite afetos. Vive no silêncio profundo para o qual a avançada idade serve apenas de álibi. O avô evita tudo o que seja humano. Procura imiscuir-se no que é pedra, tempo, labirinto. Em sua reserva extremada, a ambivalência é sempre precisa. Reproduz a conduta com a qual se tem por um homem do passado — e, também, por um homem avesso aos mitos da identidade. É um homem colonial. Na juventude, fora um humanista. Idoso, reproduzia o fato sempre exato de que os humanistas velhos se tornam descrentes de toda humanidade.

Fora de sua casa, o mundo se acumulava, agora como uma gigantesca excrescência, fazendo-se necessário ignorá-la. E jamais pactuar com as novas morais, com os códigos de identidade impostos pelas bravatas brasileiras, com a geral e universal mediocridade brasileira. Para ele, nossa província anexada era um território vazio de toda história, de toda verdade. Não que fosse um colonialista. Não. Bem ao contrário disso, sempre lutara pela autonomia. Algumas vezes, pela autonomia parlamentar. Outras, nos momentos mais voláteis da juventude, pela própria independência. Chegara a crer no federalismo. Mas agora já não cria em nada. Particularmente, deixara de crer na história.

Em seguida, Miguel descreve os mortos da casa. Os filhos do senhor João, os descreve como são: Maurício, o pai de Felipe, como um fantasma calado, distante, o qual retorna a casa paterna apenas no Dia de Reis, que foi quando reservou-se da própria vida, muitos anos atrás. Antônio, o segundo filho, pai que era o seu e de sua irmã Isabel, como um fantasma presente, desses que recusam a consciência da própria morte e que ridiculamente vagam ainda entre os vivos, anestesiados e perdidos de toda temporalidade. Carlos, enfim, o terceiro filho, como um morto-vivo, gênero de indivíduo que já não deveria ser nem estar, mas que continua a viver, neste mundo ao menos, pela pura ignorância que tem. Miguel conta a Felipe a forma como lhe repugna seu tio Carlos, aparentemente o mais idealista dos três irmãos, mas o único que, de fato, entregara-se ao regime dos brasileiros. No passado, fora ele uma figura diferente: loquaz, inteligente, parecia fazer triunfar o humanismo do pai. Dera forma verbal ao que seria um novo conhecimento do mundo próximo, do real anticolonialismo, das redes de circunstâncias que tornavam nossa província um elo entre Portugal, Brasil e África. Escrevera poesias, contos, panfletos. E, repentinamente, abandonara tudo isso para receber apanágios do novo governo, do falso federalismo brasileiro, do novo sistema de história que se impunha por todos os lados e a todos.

Descreve então a mãe que teve, morta agora, e que está no cemitério da Soledade. A qual não mais viu, sequer como fantasma. E afinal descreve a irmã e os primos. Isabel é bela e silenciosa, mais imersa nas pedras da casa do que ele próprio. Porém, ao contrário de Miguel, tem uma vida externa à casa, uma vida menos guardada, com pessoas comuns, amigos, colegas do trabalho voluntário que faz em uma igreja na qual não crê. Rodolfo e Júlia, os outros primos, na sua distância: a lâmina que corta a carne da história é a mesma que separa as gentes nas suas crenças. São ambos iludidos por um presente sem história, imiscuindo-se em meio às novas elites que ocupam a cidade com uma ignorância reticente e uma vaidade trêmula. Os dois primos abandonaram a casa, a família e a história. O olhar de Miguel lhes incomoda, e por isso o evitam. Apenas fingem não ter história, não pertencer ao Anfão. São criaturas muito poucas, diz Miguel a Felipe, em uma carta, e Felipe imagina, lendo essas palavras, que se trata de ser a cidade que seria a sua, uma guerra entre seu presente e seu passado.

III

Miguel alimenta um cão invisível. Muitos são os mortos de sua casa, humanos, minerais e cães. Muitos são também os gatos mortos, e as andorinhas, mortas ainda, tanto como ainda são os grilos; mas ele cuida apenas de alimentar um cão, que, morto, come do vento um pouco, e de ração de nácar quase um nada. O cão invisível fuça-lhe a mão e em seguida fareja o livro que está ao seu lado, sobre a pequena mesa de madeira, em formato octogonal, e iluminado pela luz de um abajur quebrado. Trata-se de um exemplar da *Psicomaquia*, de Prudêncio, o relato de uma batalha épica entre os vícios e as virtudes.

A *Psicomaquia* recorda seu quinto século, antes de Cristo, como fora. Lá um cão a levava na boca. Trata-se do cão de Mercúrio Psicopompo, que nos não deixa esquecer que é na Constelação do Cão, justamente, que se encontra Sirius, a mais brilhante de todas as estrelas.

Ao seu cão invisível Miguel repete, diariamente, a mesma sentença, Quando for a hora, me busca por aqui e me leva. E o cão lhe responde que estará preparado.

IV

Sem perceber ou desejar, Miguel sempre vivera entre muralhas, as da cidadela onde nascera e vivera; as do avô, ou da moral familiar, que o obrigava a viver com ele como se desapegado fosse do tempo; as do simbolismo de coisas, livros, móveis e objetos, além de papéis de muitos séculos que se guardava na sua casa e que se destinavam a ser guardados por ele, e, enfim, as muralhas do espírito, da ética do silêncio que o envolvia, apertando, com mãos de bronze, sua garganta.

Sua infância, volumosa e solitária, se passara como nas páginas de uma enciclopédia, como numa radical imersão nos desígnios da humanidade, em suas memórias, no fio de um diálogo nunca terminado com Heráclito e na expectativa de um diálogo com Sidharta, cujo início se perdera. Nada o condenava ao esquecimento, nem mesmo a extravagante geometria de Deus, que por todos os lados se espalha e que nisso imita, embora em proporções desmensuradas, a de uma rosa, e que não era decorada e nem aprendida nas primeiras escolas. Não o submetiam às condenações das notas e conceitos colegiais, aos julgamentos de mestres e contramestres, às morais dos padres e irmãos, mas apenas aos olhos fechados da história. Da história que estava nos livros, que necessariamente não coincidia com a história acontecida, mas que resultava na consciência de ser exatamente o que era — embora não, necessariamente, o que se propunha a ser — a narrativa de si mesma e, ao mesmo tempo, a narrativa dos fatos que sabia não estar a narrar.

V

Semelhante à lenda do réptil, havia, na velha cidade, a lenda da serpente de duas cabeças. Tratava-se de um culto servil num catolicismo esotérico, ou mesmo de uma reminiscência ofiolátrica, neolítica até mesmo, que se propagara muito em Portugal e em algumas colônias — como aquelas serpentes bicéfalas gravadas nas paredes do Castro de Baldoeiro, Trás-os-Montes, que ativaram a imaginação de Fernando Pessoa e que muita gente douta associou ao simbolismo do Serafim Azazel e à pedagogia luciferina, própria das mulheres, tal como descrita no *Livro de Enoque*.

Miguel escreve a Felipe a respeito desses animais. A serpente bicéfala, a lêmure vermelha, o peixe de latão, o réptil melancólico... Felipe imagina sua cidade como uma Aquileia de deuses imperfeitos.

Ocorre a Miguel que lhe dissera seu professor da disciplina, o emérito sábio Benedito, que conjecturas constituem a matéria inata da literatura — e da história — as quais se botam por meio de coisas que se perdem no caminho, como as alegorias e as anáforas, dentre outras formas que toma a linguagem quando não deseja, ou não pode dizer, realmente, do que se trata as coisas de que se trata.

Miguel frequenta a Escola de Fenomenologia, e cumpre a tarefa de escrever listas e listas que se intercalam em outras listas. Nessas listas, anota o tempo. O tempo que está em torno de si e, talvez mesmo, adentro de si, e que se faz por decênios e cinquentenários; odes, alexandrinos e bandeiras; centenários, sesquicentenários e bicentenários; brasões, cores e mitos.

VI

Deus foi criado por um judeu, que era judeu mesmo antes de ter criado Deus e, portanto, antes que Deus tivesse tido a oportunidade de dizer-lhe, Tu és um judeu.

Aproxima-se o réptil de Miguel e lhe indaga, Quem tu és?,

"Sou dois",

E quem são eles, esses dois?,

"Sou minha circunstância e minha imaginação, sou minha casa, sou minha gigantesca solidão, sou a tauromaquia de um espantalho, sou a sombra da moça que dança comigo, sou muitas tardes sem palavras."

VII

Num dia informa Miguel a Felipe, Parto para Lisboa para o doutoramento, insistiu nisso o avô João, creio que o iluminou o fim da vida, talvez o réptil, talvez a energia estática da história, talvez o fato de que para essa cidade, sempre, todos nós nos dirigimos, ao menos quando quer o destino, no capricho das histórias que arma. Observa Miguel para si mesmo que não há explicação suficiente para as simetrias do destino — e bem o façamos: esqueçamo-nos delas e botemo-nos a vida para adiante seguir, que é assim que mais ganhamos.

VIII

A certo momento, devendo eu ter, então, a idade de uns catorze anos, iniciei de forma sistemática, embora dispersa, meus estudos sobre a arte, os quais envolviam cursos de história e de filosofia dessa disciplina, ateliês visando sua prática e laboratórios de restauração. A dispersão referida deveu-se à possibilidade de encontrar a informação desejada de forma abundante na cidade de Paris, a qual, como se sabe, tem a pretensão de constituir uma espécie de centro propulsor dessa forma de conhecimento em nossa civilização. Sendo isso uma ironia, mas igualmente uma verdade, pude acumular experiências instigantes que acabaram, mais tarde, por se definir em torno de um eixo centrado na história da arquitetura barroca do extremo norte da América portuguesa e nos estudos sobre restauração desse tipo de patrimônio histórico.

Segui durante três anos os cursos regulares do museu do Louvre, compondo um diploma de nível superior em história da arte e, em seguida, um curso técnico voltado para a restauração de patrimônio arquitetural. Enfim, obtive um posto no serviço nacional de preservação dos sítios e monumentos históricos.

À medida que compunha meus estudos, ocorria o processo de imersão de minha mãe em nossa nova vida, de maneira a tornar-se impensável um retorno ao país. Dali, havia apenas a decepção e a ideia firme de que seria impossível fazer alguma coisa, a não ser defender-se de uma violência profunda, fundamental e estruturante em nossa cultura, de um estado de coisas que impossibilitava toda forma de justiça. Já defendidos disso por meio do exílio, que era uma experiência radical de negação dessa violência — e por sinal a única possível a empreender —, tornava-se imperioso continuar a viver de forma mais plena, integrando-se sistematicamente à vida do país que nos acolhia e esquecendo, sempre e de maneira radical, profunda, contundente.

Nesse cenário, proposto por minha mãe e com o qual eu concordava, veja-se bem, conhecer a história da experiência colonial barroca de minha cidade constituía, na verdade, uma forma de esquecimento. A cidade que se constituía em meus estudos conformava uma visão fantasmática sobre a qual eu projetava minhas poucas lembranças e as informações eventualmente recebidas, sobretudo por meio das cartas de Asra e, posteriormente, das de Miguel, como se se tratasse de uma lembrança que visava a esquecer. Tratava-se de uma hipótese à realidade. Não precisava de mais.

Não obstante, a certo momento anunciou-se o início do processo de "abertura" política do país. Esse processo iria durar vários anos e seria acompanhado por um descontrole perturbador da economia e da segurança interna da população. O crescimento das reivindicações sociais, uma situação insustentável de violência rural e urbana, as disparidades sociais crescentes e a corrupção da classe política contribuíam para criar a impressão de que continuava-se a mergulhar numa situação de desrazão, ou melhor, de corrosão interna da nação. Uma corrosão em tudo desmistificadora dos grandes mitos que uma sociologia e uma historiografia nacionais clássicas, porém produzidas por intelectuais comprometidos com a camada social mais privilegiada, compunham, não sem melodia, para explicar o que era ser brasileiro. Ocorria-me pensar, a certo momento, que tudo aquilo era coerente com o processo histórico do qual uns elogiavam o caráter mestiço, cordial, tropical; no que esse processo histórico também tinha de violento, patrimonialista e excludente. Pois a experiência histórica do etnocídio e da escravidão, parecia-me, tendia a marcar muito mais profundamente um país do que sonhos endêmicos e doces lusitanos, ou de que as ancas de pobres africanas, tal como advogado por aquelas sociologias e historiografias clássicas.

Ouvíamos com muita emoção as notícias sobre o processo da chamada "abertura" e a gradual "redemocratização", o que constituía um fato tenso, do qual desconfiávamos profundamente. Nem minha mãe nem eu confiávamos nesse processo. Aliás, tudo o que se referisse a nosso país nos provocava uma sensação muito aguda de que se trataria de uma mentira, uma cilada ou alguma veleidade inspirada pelo autoritarismo, pelo racismo ou pelo egoísmo que, para nós, constituíam a essência dos nossos conterrâneos. Ao contrário de muitos exilados, sobretudo os que tinham um projeto político elaborado, não havia nenhum sentido, nem a mais remota possibilidade, de pensarmos em retornar. Minha mãe havia sido uma mulher simples, que acreditara numa transformação socialista no país e que, por causa disso, fora torturada e humilhada, precisando recorrer ao exílio como condição para continuar viva e manter-me vivo. Retornar não faria sentido algum, porque nosso exílio fora gerido como a construção de uma nova vida, e não como uma situação de espera.

A nevralgia social que seguiu-se à "abertura" comprovava nossas hipóteses e nos fazia não apenas não desejar voltar, como também desejar não voltar. Os anos passaram-se e, neles, consumou-se esse projeto.

Porém, num dia de março, recebi um telefonema da embaixada de meu país. O senhor embaixador eu o conhecera num seminário sobre a arquitetura colonial da América portuguesa, sendo este um de seus interesses, e muito conversamos, por aqueles dias, cumprindo um ramo de assuntos que envolviam a arquitetura e a história colonial, mas também a restauração. Creio que deve ter-se interessado por meus estudos, pois chegou a telefonar-me por duas vezes, nas semanas subsequentes, para tirar algumas dúvidas, demonstrando não apenas muita afabilidade, mas, também, um interesse de neófito e uma vivacidade de rábula. Passou a convidar-me para alguns eventos que promovia em sua embaixada e conheceu assim a história de meu exílio, com suas peripécias e isquemias, não deixando de, de uma forma que pertenceria aos homens sensíveis, mas não, necessariamente, aos embaixadores, sentir-se constrangido em representar, diante de mim próprio, a encenação de ministro daquele país que expulsava antes os seus naturais, quando não apenas, antes, os torturava.

IX

"Gostaria o senhor de retornar a seu país?",

"Acho que sim, gostaria, se tivesse a oportunidade eu iria",

"Pois lha dou. E justamente para ir a sua cidade",

"E para fazer o quê?",

"Para exercer, justamente, o seu ofício de restaurador."

O senhor embaixador consistia num homem de pouca altura, calvo, óculos grossos, mas curiosamente pequenos, apropriados a seu rosto um pouco obeso e à sua estatura. Chamara-me até seu gabinete. Quando entrei, levantou-se de sua grande mesa, sobre a qual se destacava um leão moldado em barro e tingido de azul, e cumprimentou-me com efusão, num gesto expansivo com os braços que levaram suas duas mãos a apertar minha mão direita. Em seguida convidara-me a sentar a sua frente, mas na mesa de reunião que ocupava o hemisfério direito de seu gabinete. O convite parecia constituir-lhe uma espécie de missão, como se desejasse recuperar, por meio dele, o embaixador de uma democracia, ao menos pretensamente uma democracia, os danos que me haviam sido causados pela ditadura — a qual, aliás, suponho, ele também representara nos anos anteriores de sua carreira.

"Tem o Instituto do Patrimônio Histórico um programa de restauração de monumentos religiosos degradados, o qual está a caminho de chegar à sua cidade para ali beneficiar um prédio importante, mas que está bem esquecido — a basílica da freguesia de Nossa Senhora de Glara, conhece?",

"De ouvir falar, sim, conheço",

"Um prédio belíssimo, mas que está há quarenta anos fechado, aguardando que façam obras, já há muito devidas, por sinal, e muitas vezes prometidas.

Pois bem, indo direto ao assunto, para que possamos discutir, a seguir, os detalhes, ocorre que precisamos de alguém que elabore um planejamento dessa restauração, fazendo um projeto para a mesma, e que, em seguida, coordene os trabalhos. Eu soube disso porque tenho amigos no Instituto do Patrimônio Histórico, pois sou um amante da nossa arquitetura colonial, como sabe o senhor, aliás, e a eles indiquei o seu nome como a pessoa certa para desenvolver essa empreitada."

Tomei de algum silêncio, porque a natureza da notícia era incômoda — não obstante ser prazeroso o fato de ter sido lembrado, por meu trabalho, para uma tarefa dessa importância. Porém, precisei esclarecer honestamente, ao senhor embaixador, que havia na proposta uma dimensão bastante incômoda, a de não sentir-me preparado para retornar ao país, ou mais ainda, talvez, à minha cidade, e que isso, sem dúvida, se devia a um certo rancor, confundido com receio de retornar ao país que me expulsara e que, de todo modo, pela maneira como se organizara minha vida, ficara para trás, eu imaginava, definitivamente.

"Já há muito acabou a ditadura",

"Mas o senhor sabe, tenho comigo uma sensação um tanto perversa, que se deve certamente a meu desconhecimento das coisas de meu país, ou, ao menos, a meu desconhecimento do estado das coisas em meu país, de que a ditadura continua. E desculpe se lhe digo, não quero ofendê-lo de modo algum, mas é de fato o que sinto",

"Compreendo, eu procuro imaginar o que tem sido a experiência do exílio para uma família que permaneceu no estrangeiro mesmo após a redemocratização do país. Percebo que é uma experiência dura, que constitui, ainda, um exílio. Mas não posso acreditar que seja uma experiência de desamor à pátria",

"Na verdade, senhor embaixador, eu nunca pensei no meu país em termos de *pátria*",

"Tem lá o senhor os seus motivos",

"Especialmente por ter nascido na parte dele em que nasci",

"Ainda melhores motivos",

"Eu não poderia fazê-lo e digo isso sem qualquer rancor. Portanto, não é uma experiência de desamor, a minha permanência na França, mas ela não é, igualmente, uma experiência *de amor* pelo lugar em que nasci."

Eu agora tinha certeza de que aquele bom homem, que procurava exercer sua função de embaixador com uma dignidade pessoal que pretendia igualar à dignidade que ele mesmo atribuía ao estado que representava, procurava compensar-me, e pela via de mim, também à minha mãe, por nosso exílio.

"Não se processa Estados por essas questões, ao que eu saiba; mas também não me parece correto que Estados procurem compensar seus cidadãos por essas vias", falei em voz alta, irrompida de meu pensamento",

"Mas não se trata disso, não se trata disso", o embaixador com as mãos fechadas em reza,

"Não quero compensá-lo, não quero nem mesmo que ame o país em que nasceu — ou o que lhe deu nacionalidade, se quiser assim dizer. Tenho um profundo respeito e uma profunda solidariedade com o senhor e com todos aqueles que sofreram em consequência da Anexação e do regime militar, mas esse convite surge em função do fato de que o senhor, por suas competências profissionais, seria a melhor pessoa para assumir a tarefa na basílica da freguesia de Nossa Senhora de Glara."

X

Após a reunião com o embaixador, Felipe caminha até a casa de Sara, Digo, eu caminho até sua casa,

"Não estive", eu disse a Sara, mas também a mim mesmo.

Sem noção de onde, sem ponto de partida para ter aí não estado e sem mesmo lembrar-me de onde estava naquele momento, onde acordava, sobre qual leito, com a impressão amarga que deixam esses pesadelos sem enredo e que se sustentam pelo que não dizem, informam ou contam. Apenas esta negativa: não ter estado. Essa frase apenas, simplória na alma que tem.

Não ter estado. E, não obstante, já agora no momento seguinte esta outra palavra, simplória ela igualmente, alma, e a impressão de que se trataria da alminha de uma palavra apenas, de uma ideia qualquer.

Sentei-me na cama com a cabeça evoluindo em órbita. Custei ainda alguns minutos a retornar ao que era de mim, a tomar conta do que estava em volta, a retomar a guarda. A chegada fora tumultuada, descendo o avião em meio a muita chuva e trazendo-me o táxi ao hotel sob a mesma chuva, chovendo ainda agora, um dia depois, e dessa forma nada podendo eu ter visto além dos saguões do aeroporto e do hotel e deste quarto que se assemelhava a todos os quartos de hotel.

A aguda sensação de não estar completou-se com as batidas rudes, à porta do quarto, de dois oficiais de polícia que desejavam ver meus documentos, "Estou constrangido, senhor, por ter de incomodá-lo", eu imaginava-me já sendo levado para os porões de uma repartição pública, onde talvez até surrassem-me. Desejavam ver meu passaporte. Viram-no e tomaram notas numa pequena caderneta preta, dessas que usa a polícia de toda espécie. E agradeceram,

"Obrigadíssimo e nos desculpe mais uma vez, são as formalidades..." As palavras eram gentis, mas o olhar dos dois visitantes lhes traíam o cinismo puro, desses a que se habituam as polícias e outras castas semelhantes.

Enfim levantei, chovendo ainda do outro lado de todas as paredes, e telefonei para a casa de meu avô João. Sem no entanto deixar tempo para que atendessem ali o telefone, desliguei. Optei por seguir o conselho de Miguel e ir diretamente, sabendo que meu primo já havia noticiado que eu o procuraria.

"Não é o instrumento da melhor comunicação", dissera-me Miguel a respeito do telefone, com o que eu concordava, sem nenhuma dúvida. Ao menos porque não dava conforto falar por meio dele, sem olhar a face do interlocutor ou mostrar-lhe a minha. Procurei ver a silhueta da cidade sob a chuva, mas o que vi era muito pouco e triste. Não se tratava de uma cidade bela: prédios da década de 1950, sujos e pesados, eram os mais altos naquele bairro, mas mais ao longe se entrevia paredões afilados e um pouco mais elevados. Dentre todos eles intuía-se uma vegetação de muitas copas de árvores, que eu sabia da memória de minha mãe que eram mangueiras. Sem tê-las visto, através da chuva, podiam ser de fato copas, mas, também, sombras de gigantes acorrentados.

A circunstância de não estar. Alguns casarões arrumavam-se nas proximidades do hotel e transeuntes molhados saltitavam sobre poças d'água nas calçadas abaixo de minha janela, cabendo que se lhes desse um fundo musical de desenho animado a fim de completar-lhe a dança. Não simplesmente estando, dali eu não poderia reconhecer nem mesmo os pontos cardeais.

"Liguei para saber se chegaste bem, se corre tudo sem problemas",

Sara telefona-me de Paris. Asseguro-lhe que vai tudo bem, apesar de chover miseravelmente. Acabo contando o episódio dos policiais, e ela assusta-se.

"É então essa a democratização que fizeram? Grande coisa, não é? Olha, não há jeito o teu país, como o meu também, estão destinados a ser sempre a mesmíssima merda que sempre foram. Olha, desconfia de tudo. Já que não posso te aconselhar a retornar sem demora, é o conselho que te dou, faz atenção",

"E chove miseravelmente, parece que está-se em guerra e que essa chuva é um tipo de bombardeio".

Ligo a televisão e acompanho os telejornais. Eles não me transportam para minha realidade original. Não têm eles esse poder. Continuo sem ter identidade. Não tenho nem lugar de nascimento nem família. O lugar, esconde-o a chuva; que, no entanto, pertence ela também ao lugar. Decido que irei procurá-los quando interromper-se a chuva. Mas não espero muito do fato de que ela existe por ali, não muito longe de onde não estou.

"Não se vá decepcionar quando encontrá-la. Não haverá afetos, embora deva haver alguma nostalgia e uma quantidade verdadeiramente impressionante de memória. Lembre-se sempre de que é uma família burguesa, dada a não demonstrar sentimentos e também a cultivar da memória a parte que escolhem, e somente essa", dizia-me Miguel.

"Nosso avô vai te receber com muita atenção, mas sem afetuosidade",

"São os romances da vida, ninguém disse a ninguém que seria fácil."

Levantei-me, percebendo que parava de chover, enfim. Vesti-me e desci ao saguão, onde ainda estavam os dois policiais. Um deles acenou para mim como se fôssemos velhos conhecidos. Respondi com uma reverência com a cabeça. Enquanto aguardava um táxi, o outro veio falar-me,

"Não vá pensar o senhor que o estamos vigiando. Paramos apenas para esperar passar a chuva e tomamos ali um café",

"Não, não penso nada, senhor, estejam à vontade",

"Obrigado, obrigado, e muito boa tarde, vá em paz",

"Até logo, passem bem",

"Até logo."

XI

Em alguns dias veio lhe dar ao corpo a febre, um suor incessante. A febre da alegria, a febre fechada e dura. Chegava a hora de voltar, de zelar um pouco pela vida carnal que deveria ter sido a sua, de tomar a posse de alguma herança que lhe deixara o pai, uma caixa de cartas e, entre elas, nenhuma para ele. De rever os amigos que deveriam ter sido os seus. A distante cidade primeiro se apresentava qual miragem, porque o céu da cidade era pesado de nuvens escuras, sua umidade terrível, o vento de uma chuva pesada e dura. Já não tinha espaço para ser apenas memória. Nem papel. Chegava-lhe a hora do retorno, e, para despedir-se, Sara abraçava-se dele longamente. Miguel escrevera uma lista de conselhos e um mapa da cidade, o qual fizera com canetas de cor e, num ímpeto imprevisível, com um pincel à guache, dando bordas ao que deveria ser simplesmente um mapa indicativo, e dando-lhe também alguma alma, Não o percas, disse-lhe, Não vou perdê-lo, vai ser útil, mesmo porque é bonito, Pode salvar-te, se um dia te perderes, Não é tão complexa assim a cidade, Para ti talvez seja, Está bem, guardo-o comigo.

"Como chama-se o convento?", perguntou-lhe Miguel,

"Santa Maria Ighênia, é uma basílica, ladeada por um convento, no passado foi o núcleo da freguesia de Nossa Senhora de Glara",

"Nome estranho",

"Mesmo para mim, que sempre vivi por lá", disse Miguel, "Ele está fechado há tantos anos que toda a cidade perdeu a consciência de sua presença",

"Tu o conheces?", perguntou Felipe ao primo,

"Mesmo por fora, mesmo seu entorno, é para mim uma imagem apenas fugidia." E por cá dentro do corpo a febre ainda, corrosiva, eterna, misturando-se à memória vaga daquela tarde na qual ouviu falar, pela primeira vez, sobre o réptil e suas paredes.

LIVRO II

O cão do meio-dia

I

Ao chegar Felipe ao Anfão quem lhe abriu a porta foi o velho Malaquias, que o reconheceu de pronto, apesar da surpresa da visita. Ficou-lhe a boca aberta, a certeza absoluta e garba e as palavras pronunciadas a esmo, para si mesmo,
"Quem tem filhos, tem cesilhos",
"Bom dia, meu senhor",
"Bom dia, moço",
"Procuro o senhor João",
"Pois vá entrando, vá entrando que esta casa reconhece quem nela já morou",
"Mas nunca morei por cá",
"Que tenha sido em pensamento",
Foi Malaquias, ao senhor João, avisar da visita que chegava.
"E espere lá, que vou avisá-lo de sua presença."
Felipe aguardou. A casa não lhe dizia nada, talvez o poço, talvez mesmo a figura de pedra em alto-relevo que desenhava um dragão.

II

"Não se sinta o senhor constrangido com minha visita",
"Não, não me sinto, mas estou surpreso, porque nunca soube muito de si, e talvez deva dizer que até

mesmo nada sei, com o que se demonstra que sou um péssimo parente",

"Não, de modo algum, não é sua obrigação, e, além do mais, nada vim cobrar ou pedir",

"O senhor sabe, penso que foi sua mãe que desejou que não tivéssemos contato, perdoe dizê-lo",

"Não há de que o perdoar, está claro que foi, sempre esteve claro, embora deva minha mãe ter suas razões",

"Sem dúvidas de que as tem",

"Seus ressentimentos",

"Espero que nenhum em relação ao espólio do seu pai",

"Absolutamente nenhum quanto a isso",

"Foi nossa preocupação proceder com rapidez nessa questão, a fim de não deixar mal-entendidos",

"Nenhum ficou, não se preocupe",

"E como tem ela passado?",

"Minha mãe? Muito bem, hoje em dia dá aulas numa faculdade",

"Uma intelectual? Não me espanta, não me espanta", silencia-se um pouco o senhor João e pensa em algo, na mãe de Felipe certamente, em si mesmo, em seu passado, e continua falando, "quando a conhecemos era uma moça simples, mas de muita paixão, de muita coragem. Era determinada, a Selma, e de grande caráter. Aliás, foi justamente por seu caráter e sua determinação que Selma desejou, eu imagino, que não mantivéssemos contato, o senhor e nós, ela mesma e nós. Mas, é fato, jamais entendemos bem por quê",

"Penso que por razão de outro dos adjetivos que o senhor usou para descrevê-la",

"Uma moça simples, não é?",

"Sim",

"A diferença dos mundos... Ilusória, certamente, mas ao mesmo tempo impressionante",

"Impressionante porque ilusória?",

"Uso a palavra no sentido de que uma impressão constitui um estado repentino de suspensão da razão, não no sentido de distância marcante entre dois elementos da realidade",

"Bem precisado, pois era minha mãe muito jovem e inexperiente quando conheceu o seu filho",

"No que se deu esse fenômeno de impressão. Meu filho Maurício, a seu modo, impressionou-a. E de algum modo a feriu. O que responde, sem no entanto justificar, que ela tenha desejado que o senhor crescesse sem nos conhecer, para o que, é lógico, ajudou o fato de morarem fora do país. Perdão, tenho aqui ao lado o café que nos trouxeram e que não servi ainda, aceita?",

"Com prazer, obrigado."

O senhor João serve o café com atenção, com precisão e, também, com lentidão. Felipe observa seu estatuto na casa, o de neto afastado, ficando para sempre calada a suspeita de que este avô com quem fala possua, de fato, o afeto que têm pelos netos os avôs.

"Diga-me ainda", diz o senhor João passando a xícara, "Selma dá aulas de quê?",

"Literatura; a propósito, mandou-lhe isto",
"Obrigado",
"E isto aqui é de minha parte",
"Mas não precisava, é gentil."

III

"Aqui, pegue",
   "E o que é?",
"Uma foto, de sua família",
"E este cão?",
"Pertence também à família, é um cão do meio-dia",
"Do meio-dia?",
"Exato, um cão bastardo, um vira-lata, desses que surgem ao meio-dia, trazidos pela liberdade de sua fome, e que ao meio-dia e trinta se vão, levados pela mesma liberdade",
"Não conheço os personagens dessa foto, nem mesmo o cão",
"Mas já sabe que ela se fez ao meio-dia",
"Sim. E suponho que seja minha avó, aqui ao centro",
"Já morta há muito tempo",
"E que não cheguei a conhecer",
"Mesmo viva ela se guardava num silêncio que fazia poucas concessões",
"Há vidas que se fazem no silêncio",

"Não apenas vidas, é claro. Paredes, ruas, cães. Faz-se uma família inteira de silêncio, enfim. Guarde a fotografia para si",
"Obrigado",
"Não tem de que, mas, diga-me, tenho curiosidade de sabê-lo, ao guardar esta imagem, se a guardar, considerará talvez que somos seus parentes?, terá o senhor algum afeto por nós, depois de ter-se criado e feito homem sem nos conhecer?",
"Por viver no exílio, acostumei-me a ter afetos pelo que não conheço",
"Compreendo, é uma condição",
"Exato, é uma condição. Acostumei-me com a sensação de que minha vida estava sendo vivida noutro lugar e, talvez, por outra pessoa, bem como com a sensação de que minha casa, minhas coisas e mesmo a cidade que habito se encontrariam noutro lugar",
"Nunca pensei que um exílio impusesse condições tais a uma criança, pois foi em sua infância que o senhor passou a viver fora",
"É bem dita a sua frase, passei, exatamente, a *viver fora*. E é correto, sim, dizer que essas sensações já estavam presentes no quotidiano de minha infância",
"E como é a sensação de rever sua cidade?",
Pensa Felipe sem ousar dizê-lo, Tal como a de conhecer a família que não é minha família, isto sendo, para ele, uma sensação de encontro ao extremo vazio desse *mundo verdadeiro* do qual se fala, mas sem ter

ilusões. Sabe muito bem que o mundo verdadeiro, que verdadeira vida, não passam de sombras da sensação de vazio absoluto que acompanha a todo mundo, e não somente aos exilados.

"Em resumo, o vazio e o verdadeiro confluem",

"É bem essa a confluência resultante dessa experiência a qual chamo de exílio",

"Interessante. Sabe, gostaria de tê-lo conhecido melhor, e não sei se ainda o conhecerei, mesmo que um pouco, porque temos o hábito do esquecimento, nesta nossa família, que também é sua. Ou mesmo porque seja que estou velho o suficiente para morrer em alguns dias",

"Compreendo, tenho os mesmos hábitos, o do esquecimento e o da velhice. E... sim, que cachorro é este na fotografia, afinal?",

"Não sei, um cão que por lá passava, um cão do meio-dia."

IV

"Do meio-dia? Já ouvi igual, ao menos de uma hora qualquer. Das seis e meia da tarde já me falou o avô de um fauno, de um fauno de olhos vesgos, se bem lembro que fossem verdes; assim é ele, o teu avô",

"Não exatamente meu",

"Que ao menos seja em pensamento, não foi isto que te disse o Malaquias?",

"Foi, inclusive não sei como me percebeu? Disseste a ele que eu vinha?",

"Claro que não. Mas não dizer as coisas ao Malaquias é tanto quanto repeti-las, que ele sabe mais do que sabemos juntos",

"Estranha criatura",

"Quase um dos faunos, ou um dos cães do meio-dia do avô",

Felipe talvez compreenda agora o que lhe dizia sua mãe a respeito do réptil e das outras criaturas que povoavam a sua infância, vesgas de algum modo, todas elas habitantes da sua distante cidadela, Bobagens a esquecer, que ninguém pensa nisso, dizia ela, Minha mãe diria que são coisas de branco, ainda dizia, reflexiva do que não admitia, por si mesma, dizer.

Mas tua mãe, enfim, acreditava nessas coisas?,

Sim, mas não dizia,

E tu, quando ouvias histórias como essas, no que pensanvas, tu?,

Eu pensava que esse mundo era infinitamente mais interessante do que o meu,

Do que o teu, mas o mundo que era teu não era este?,

Não exatamente meu,

A Felipe recorria imaginar os diálogos possíveis, assim como este que agora tinha com seu primo, a quem dizia,

"Mas é a sério? É a sério que tu não falaste ao Malaquias que eu chegava?",

"É a sério. O Malaquias vive num mundo que nos antecede, ele sempre percebe demais. E é por isso que ele prediz nossa vontade; é como um esporte para ele. O Malaquias...",
"O Malaquias viu meu pai morrer?",
"Foi ele quem encontrou o corpo",
Mas ele não antecipou, então, que meu pai se matava,
Pergunta a ele,
Se ele percebeu que era eu quem chegava...
Ele nos antecipa, nos antecede,
Será que ele não percebeu que meu pai morria?,
"Estranha criatura",
"Há nele um quanto de um cão do meio-dia, ou de um réptil de pedra",
"De uma pedra do Anfão, o Malaquias",
"O Malaquias a nada esquece."

V

Ao primo Miguel, Felipe confessava o incômodo que sentia em conhecer o avô, o senhor João, Avisei que seria assim, disse-lhe Miguel, A nosso avô não ensinaram as emoções, ou ao menos a gentileza das emoções referentes ao contato da família,

"Para que, então, se dizer avô?",

"É uma coisa dele, da sua geração talvez, ou de si próprio; um aperto de mão que dê vale a muita coisa, a muita coisa que possa dar a alguém",

"Deu-mo",

"Pois então; é suficiente, por ora; nem todos o recebem. Nosso avô acredita que há imensa vulgaridade em dizer as emoções, e mesmo em senti-las, é gente de outro tempo, não o queiras mal",

"Mas nem sei bem se devo tratá-lo por avô",

"Não deves, e me desculpa se o digo",

"Ao contrário, te agradeço. Conheço-o mal."

Miguel, que sentia uma imensa responsabilidade por aquele primo distante, cuidava para que seu encontro com a família fosse sem maiores dificuldades, ao menos o quanto possível. A rigor, sua existência era algo ignorado, algo pudico, de que não se falava e se fingia não saber. Um desses segredos da casa do Anfão que não era bem conhecido senão dos répteis e dragões de pedra, ou do velho Malaquias, e de quantas mais criaturas a habitassem, Verdes e ermas como fossem, Sim, dizia-lhe o avô João, Verdes e ermas como sejam, aqui no quintal, ou nas paredes de dentro, onde estejam.

Decidira-se Miguel por não avisar ao avô da chegada de Felipe, É fundamental que seja assim, ele não perdoaria que eu soubesse. Felipe não compreende, exatamente, as precauções do primo, mas sabe que pessoas velhas têm formas de pensar diferentes, Não é alguém que veja novelas, diz-lhe Miguel, e ri-se, mas igualmente não compreende o primo, que também não conhece as novelas e muito menos associa a sua

própria história, conquanto carregada de pequenos segredos, a elas,
"Afinal, estás por aqui de volta!",
Dissera-o antes. Dissera-o ao receber Felipe ao aeroporto, ele e a irmã Isabel, cúmplice dessa correspondência de tantos anos, Afinal estás,
Felipe ouvira a segunda parte da frase como se ela fosse independente da primeira, Por aqui,
"Sou a Isabel", lhe dissera a prima, as mãos estendidas; o abraço,
"Afinal, Felipe", repetira Miguel, e repetira ainda que Por aqui afinal estava,
"Seja bem-vindo!", ouvira igualmente, como também o lera num letreiro ao sair do avião, Seja, e não propriamente o Sê, o Sê bem-vindo que consoante seria, Afinal, são estas outras terras, Senão a minha, a minha, pensava, na qual afinal estava.
Embora fosse isso difícil de dizer exatamente.
"Sou a Isabel, seja bem-vindo", seja bem-vindo a sua casa, imaginei que me dissesse, embora o lugar não o fosse. Chegava a algum lugar sem nome, identidade, história. Que nem mesmo em minha casa eu referia, sempre sugerido de maneira indireta, como indireta sempre estivera na linha de sua própria história, seja bem-vindo, assim diria o avô, os pais, a gente de outro tempo. E assim dizia, igualmente, o cartaz à saída do avião, porta de entrada da... do que mesmo?, assim dizia Isabel como, igualmente, o cartaz

no aeroporto, nisto estando a distância entre o Seja e o Sê bem-vindo que esperava,
   Não é uma língua o que nos separa,
   Nem tampouco a geografia,
   Mas a política talvez o seja,
   Nunca é,
   Nem mesmo quando não se esquece que o seja?,
   Nem mesmo.
"Essas coisas", responde Isabel, com um gesto de ombros que sugere que há coisas que fazem menos sentido e das quais não se faz caso, e em todo caso Felipe se pergunta se não haverá coisa melhor a dizer que esse desenxabido "bem-vindo" acrescido do lugar nomeado pela moça, como se fosse ao lugar, e não às pessoas, a que retornasse ele. E isso não era evidente? Não, talvez, à prima Isabel ou ao primo Miguel, ou a mais ninguém do lugar, o "bem-vindo" não sendo bem uma expressão perfeita e o lugar sendo imperfeito. Felipe percebia que no "Essas coisas" de Isabel havia um incômodo, um não desejar falar, um não referir.
   "Essas coisas, afinal",
   Mais tarde, alguma proximidade maior havendo entre ele e Isabel, indagaria,
   "Faz alguma diferença dizer de uma maneira o nome de um lugar ou de outra maneira, se se trata do mesmo lugar? A mim parece que são a mesma coisa",
   "Mas você mesmo disse que lhe parecia surreal dizê-lo",

"De fato, mas não tanto como me parece a diferença de não dizê-lo",
"Apenas não usamos o termo",
"Entendo, para mim não faz diferença",
"Nem para nós."
Há sempre muito incômodo por aqui, Há muito o que não se diz, Mas o avô, diz Miguel a Felipe, é o mestre em criar incômodos, que sem eles parece que não vale a pena o seu dia, Logo vi, Viu mesmo?, pergunta Isabel, Sim, porque se não gostasse de incômodos não deixava de me receber, Isso para ele não é um incômodo, Talvez, Não o conhece bem, Não ainda, Vai se espantar,

Quem tem filhos, tem cesilhos, dizia o Malaquias, Vá entrando que esta casa reconhece quem nela já morou, Mas nunca morei por cá, Que tenha sido em pensamento. Ao chegar Felipe ao Anfão quem lhe abriu a porta foi o velho Malaquias, que o reconheceu de pronto, apesar da surpresa da visita. Ficou-lhe a boca aberta, a certeza absoluta e garba e as palavras pronunciadas a esmo, para si mesmo, isto de que Quem tem filhos, tem cesilhos,

"Por que se chama a esta casa de Anfão?", perguntou Felipe ao velho Malaquias, enquanto caminhava em direção à porta que dava do jardim à sala,

"Por que é o nome que ela tem", respondeu ele, "Diz'que porque tem nela um pequeno tanque ao fundo e na frente um poço profundo",

"Um poço, profundo?",
"Na frente. E ao fundo um tanque sem fundo",
O Malaquias brinca de dizer coisas, disse Isabel a Felipe. Brinca sempre com as mesmas coisas, mas gosta de mudar a ordem que elas têm.
"Ele vai te contar que há um dragão de pedra, no quintal, que quer te contar, antes dele, as histórias que ele próprio quer te contar",
"E isso como?",
"Contando, só por contar."

VI

Assim, por exemplo, dizendo que, Estes meus ouvidos de pedra que me permitem ouvir, tal como estes meus olhos de pedra que me permitem enxergar, e, ah, sim, e minhas patas. De pedra, que me permitem saber aonde ir. Mas sobretudo meus ouvidos, que me dão a escutar o que falam e o que quase chegam a falar as gentes desta casa. Sobretudo eles, pequenas caixas ressoantes esquerdas, incuras deste que as ouve e que Sou, melancolicamente, esta figura de pedra. Ouço o que dizem, acompanho-os, reouço o que não dizem e, afinal, considero que isto tudo a nosso redor, a meu redor inclusive, não é senão a mesma história que afinal se repete, sempre a mesma, com a paciência das histórias nunca antes acontecidas.

Pois entre, que esta casa reconhece quem nela já viveu, não foi isso que disse Malaquias? E, igualmente, não disse ele, sábio como é dessas coisas, que quem tem filhos, tem cesilhos? Não foi ele também? Então, que me resta a vos dizer?

Sabem, até que eu gostaria de vos contar alguma história aprazível, talvez de amor, alguma história terna, quem sabe, dessas que têm um anestésico qualquer que nos priva por algumas horas do sentido de sermos quem nos julgamos, mesmo que não haja nisso muito sentido. Quem sabe de vos contar uma história entremeada dessas pequenas sabedorias pobremente espirituais, que prometem a fábula de quem não a tem e pela qual até mesmo se paga alguns vinténs e se festeja a sobrepujança de títulos parcamente míticos. Ou, ainda, talvez, de vos contar uma história de ação corrida, com enredo luxuosamente estruturado, tramas paralelas definidas e personagens redondos como uma bola de cristal de mago de subúrbio. Porém, infelizmente, não é o caso.

Não resta muita imaginação aos celerados de minha espécie, dentre os que habitam o cu do mundo que é este, daqui de onde vos falo, esta cidade de nobreza vã, a *bela bosta Bethelem* deixada para trás e sem literatura, o que, quem sabe, a ermo, a salvaria de si mesma e de seus predadores. A analogia a fez um cidadão com quem conversei certa vez e que muito lia Joyce: uma analogia com sua *dear dirty Dublin*, talvez um exemplo de que a literatura, quando não mais os exércitos ou as pessoas, podem salvar as cidades e seus mundos, ainda que seja pondo seus túmulos no ar, protegidos da temporalidade mesquinha dos imbecis que as habitam. Não que o pretenda, pois este é apenas um relato e eu sou um pobre e velho réptil, um dragão de pedra, com seus arrependimentos, seus reumatismos e sua falta de pudor, sem qualquer esperança do que quer que seja — nem mesmo, que se o conste — em relação à literatura.

Nós, os velhos dragões, não amamos a literatura. Mas, longevos como somos, nos tornamos íntimos da história, a qual se assemelha à literatura, desde quando não a frequentem esses historiadores, cheios de soberba e de arrogâncias vãs, que reduzem a história ao fato havido, esquecendo-se de apurar o *narratur* corrido do tempo que passa através deles. Nós, os velhos dragões, liberados dos medos de morrer que assombram as histórias escritas pelos homens, somos capazes de narrar as histórias verdadeiramente havidas, ainda que acontecidas, como por vezes se dão. O fio do tempo que temos, e que é cerzido por essas aranhas vesgas e trôpegas que se embaralham nos ritos da humana experiência, é feito de um metal incandescente e inquebrantável. Não o perdemos como quem se desfaz de artimanhas. E, se o tocamos mui rápida e ligeiramente, com nossas unhas curvadas por tanta história, o som metálico que dali ressoa se espalha num tempo que penetra o próprio tempo e que surge além dele, numa metafórica premonição de cimitarras.

VII

Como mastigo minha história, o senhor me pergunta, se sou feito de pedra. Não deveria falar ou dizer, recomenda a razão das coisas, já que pedras não falam. Porém, fica logo evidente que não se trata de dar razão à razão das coisas, mas sim de a dar à razão das pedras. Se o falo e se o digo é porque minha condição não me interpõe os limites da pedra. É claro que lá estou, gravado em alto-relevo na pedra que se sobrepõe a um portão de entrada da casa, mas isso é pouco de mim e não diz respeito ao ser que me oferece sentido e que sou, apesar das convenções do mundo das coisas. E o que sou, como disse, para além de ser um dragão esculpido em alto-relevo num frontão de portão, numa velha casa, é o fato de que possuo minha temporalidade própria, e sou o que me faz ser meu próprio tempo: a pedra me dá a continuidade de muitos anos e a possibilidade de ver através das coisas.

Um dragão chinês não teria a minha face. Um japonês não esconderia meus joelhos. Um dragão medieval teria asas como não as tenho. O que sou é o fruto de um parco barroco. Roto, obtuso e profundo barroco. Sou um desses dragões que tanto se desenhava em nossa província, nos tempos da colônia. Dos que se usava gravar em pedra, ou dos que desenhavam as crianças de antigamente, enquanto guardavam na boca o sabor amargo das limas-da-pérsia. Não solto fogo pelas ventas nem as tenho, caninamente, como a imagem dos dragonídios lupociformes que sofriam ante a fúria exterminadora de um São José de chinelos. Por outro lado, não sou esverdoengo, quase amebíaco, como a representação que fazem de mim nos desenhos animados do século XX.

Sou-me um réptil. Um réptil reptílico e reptocêntrico; multiforme, disforme, poliforme; ofídico um pouco; espúrio de mim mesmo na cauda semovente; com o olhar profundo de muitos anos; com o olhar ptyx e revoengo; quase uma ave Féfel, frumioso; cercado por grilvos estridentes.

Sou uma ave da guerra — e do espanto. Um réptil senil de muito tempo. Um louco com duas cabeças — ambas pendentes. E um inseto, nas patas ao menos, iridescente. Um bicho do Grão-Pará, complexo, pronto. Com o coração encravado por dois espinhos. Um lampadóforo sonoro, cintilante. Uma angústia noturna, séptima, navegando no rio Styx.

VIII

Esta é a história. Em 1959 as guerrilhas começaram na Guiné, em Angola, por todos os lados, e chegaram a nós, que éramos um lugar esquecido. No interior farto da nossa província, essas milícias tomaram o corpo de um pedestal de estátua e, em nome de uma tal invisível estátua, repercutiram o que se dizia também em África e na Ásia portuguesa, do Malanje à Guiné, de Maputo ao Sofão, reivindicando a independência de uma metrópole desmemoriada, na qual parecia governar, eternamente, senhoras donas Marias, das que diziam loucas.

Esta não é a história, disse a si mesmo o menino Miguel, quando estava na escola primária, aquele imenso colégio preenchido com silêncio e cal. Nem a minha e nem a vossa, a história não é nem a daqui nem a da China. E disse ainda a si mesmo, completando a lição, que era graças a Deus e a Nossa Senhora da Conceição, embora não a Nossa Senhora de Nazaré, a conspurcada, que era assim a história que não era.

IX

O menino Miguel estudava no colégio marista, que era reputado por ser uma boa e fiel escola, nos anos 1970. Porém, lá a história não era ensinada, de fato. Ou o que o era, era uma outra história. A história invisível, escrita com a tinta invisível de cecim. Completada, como a de um álbum de figurinhas barganhadas, cheio de lacunas das quais muito se falava nos recreios — esta não tenho, nem esta, e quais tens, tu, que queres trocar? — ah, as preciosas lacunas, que tanto valiam para os meninos maristas, enquanto as lições preenchiam as demais lacunas do mundo...

As lacunas de o dizerem ser brasileiro, e não português, ou natural da nossa província. Lacunas secretas, proibidas, que se prendiam num tempo sobejo, que todos os mestres tentavam espantar para bem longe dali de seu tempo.

E que levavam a grandes punições. Como a do colega de classe que foi pego com um panfleto que afirmava que nossa província não pertencia nem ao Brasil nem a Portugal.

X

Quando e onde tudo começou é hoje um jogo de embaralhos. Na baixa do Cassange, distrito de Malanje? No vale do rio Atuá, distrito do Aramajó, ou no Acará, distrito do Capim? Nos movimentos armados que explodiram por todas as colônias a partir de 1959? Creio que antes; na verdade, uma década antes, com o surgimento, no começo dos anos 1950, de movimentos políticos e intelectuais contestatórios da dominação portuguesa, em geral esquerdistas e, mais comumente, marxistas. O Movimento Popular de Libertação de Angola, MPLA, foi um desses grupos, entre os mais organizados, mas vários outros estouraram, rapidamente, por todas as colônias. Na nossa, a influência do Partido Comunista Brasileiro foi fundamental para definir o rumo dos acontecimentos futuros. Por um lado, porque, sob a ideologia de uma luta operária e camponesa internacionalista, permitira que a Anexação fosse um tanto mais aceita pelos intelectuais locais, motivados pela crença de uma luta comum aos dois países. Por outro lado, pelo perigo antevisto pelos Estados Unidos nessa articulação, fator decisivo para que esse país fizesse, sobre Portugal, imensa pressão diplomática, e, naturalmente, também econômica, para que o assunto caminhasse no rumo da Anexação.

O início oficial da Guerra Colonial está no crescente de tensões que partiu dos motins na região algodoeira da baixa do Cassange, em janeiro de 1961, prosseguindo com a invasão da prisão de Luanda, no mês seguinte, pelo MPLA, para libertar seus líderes lá detidos, e que explodiu, por fim, em março, quando grupos da União das Populações de Angola, a UPA, atacaram colonos portugueses nos Dembos, distritos de Luanda e do Cuanza. A decisão de Salazar de enviar tropas para a região e de castigar os revoltosos com força dita *exemplar* teve o efeito de fazer explodirem, em toda a África portuguesa, focos de luta armada cujo objetivo maior acabou por tornar-se a independência. Na Guiné, em Moçambique e por toda Angola, esses focos multiplicaram-se, com grande diversidade de disputas internas e construções políticas. Em paralelo, embora sem recorrer à luta armada, a independência passou a ser reivindicada,

também, pelos arquipélagos de Cabo Verde e de São Tomé e Príncipe.
A Guerra Colonial estava fadada a uma duração de treze anos. Até que viessem os cravos, em abril de 1974, milhares de vítimas foram feitas, por todos os lados. Vítimas na vida e na história sua, posto que a ditadura que caiu, em 74, mais que um governo deposto, era uma forma de retorno das caravelas.

XI

Na escola marista o que se aprendia era que nossa província sempre fora uma parte do Brasil. E que, agora, o regime militar, de uma revolução gloriosa e triunfal, vinha, enfim, ocupar a *região*. Miguel e alguns de seus colegas ouviam esta palavra, *região*, como algo extremamente ofensivo. O réptil da sua casa dizia-lhe, Cala-te, não te metas com essa gente, o que é mudado, mudado está. O avô João lhe dizia sempre, esquece, tranca-te nesta casa que nela estarás protegido, e lá fora toda a gente é má e vã, má porque a maldade a tem, e vã porque têm a rapidez da rapina, do rapto, do repto.
A seu redor, de fato, os problemas que se somavam eram de outra ordem. Não mais a questão, sempre existencial, das pátrias e das fratrias; não mais a questão moderna da independência, questão que se perdera na geração anterior à sua, ou mesmo na

geração anterior a esta, mas a questão de lutar contra a ditadura militar brasileira, seja porque era a gente porca que ocupava nossa província de forma irresponsável e vil, seja porque era a gente duplamente porca que travestia a história, obrigando todo mundo a esquecer, a esquecer até do esquecimento e a falar um outro português.

XII

Na América, a Guerra Colonial teve um desenvolvimento peculiar. A colônia portuguesa ali restante, já permeada pelo imperialismo brasileiro, constituía um ponto de interesse geopolítico maior para as franjas ideológicas da Guerra Fria: se independente, ele poderia ir parar nas mãos dos comunistas, apoiados por Cuba; não o sendo, como era mais desejável para a potência do Norte, restaria nas mãos dos aliados brasileiros.

Em nossa província, a guerra iniciou em 1962, apoiada pelos socialistas brasileiros e pelas esquerdas locais. As heranças da Guerra Civil e dos muitos motins políticos que varreram este lugar, na primeira metade do século XIX, foram reivindicadas de maneira contundente. A reivindicação nacionalista pelo reconhecimento de uma pátria local, demanda romântica da segunda metade do século XIX, também pesava sobre as mentalidades que então se disputavam, bem como as utopias pós-coloniais e o ranço do atraso, em relação aos sistemas políticos do restante do continente, que, apesar dos muitos conflitos internos, acumulavam suas experiências nacionais desde as décadas de 1810 e 1820.

Porém, ali, a Guerra Colonial teve um desenvolvimento diferente do havido em África. Se semelhanças havia, como a existência de uma elite intelectual autonomista, um setor produtivo interessado na liberdade para expandir seus negócios, uma ideologia nacionalista latente e um chamamento de esquerda, configurado na influência local do Partido Comunista Brasileiro, as diferenças eram pronunciadas. Uma delas era a assimilação, pela massa da população, dos valores metropolitanos. É que, aqui, as populações autóctones haviam sido quase exterminadas. Quando não, estavam assimiladas ao sistema colonial, sem ter melhor identidade a usar que um localismo forjado, excessivamente ingênuo. A invenção de uma identidade nacional passava pela fixação dos cânones dessa mestiçagem cabocla, mas isso só existia enquanto pressuposto, e na mente de alguns artistas e de um público escasso, não atingindo a maioria da população. Para essa maioria, o que predominava era assimilação da metrópole, das formas sociais metropolitanas, num ciclo de autocolonização que parecia sem fim — como se a identidade do lugar fosse a de ser colonizado.

Não havia uma elite local independentista? Não de fato. Desde a guerra civil de 1835, com os movimentos que culminaram na decisão de que a colônia continuasse vinculada a Portugal, e não ao Brasil independente, que as elites locais haviam sido cooptadas por essa condição colonial que era comumente interessante, para metrópole e para elites coloniais, por sua capacidade de preservação da ordem e partilha da pilhagem.

Como a repetir movimentos históricos já presentes na Guerra Civil, a Guerra Colonial iniciou, em 1962, nos vales, sempre rebeldes, daqueles rios que levam à cidade. Os independentistas passaram a receber apoio, sempre secretamente, de Cuba e também do presidente brasileiro João Goulart. O apoio de Cuba ajudava-nos a saber matar. As Kalashnikov que nos davam permitiam um triunfo inesperado. Aos poucos, a guerra se tornou calamitosa e foi um fato maior para a derrubada do governo esquerdista de Goulart e para o golpe de Estado dos militares brasileiros.

Da metrópole, vinham exércitos de homens sós, exalando um odor melancólico de lírios amassados. Do oeste, chegaram ajudas preciosas: peruanos, colombianos, venezuelanos e bolivianos, todos com causas muito próximas. Do centro-sul, do Brasil, chegaram, aos poucos, as guerrilhas, numa causa igualmente comum aos muitos que desejavam uma independência verdadeira, não exatamente nacionalista, mas socialista, segundo as figuras da época, mal compreensíveis então e, talvez menos, a quem o leia hoje.

Toda essa gente ensaiava uma mesma dança, mas escutava músicas diferentes.

Para Portugal, pequeno país, se tornava difícil combater, em simultâneo, em dois continentes; e então veio a solução, o acordo da Anexação ao Brasil. E a entrada em cena do novo agente mudou o peso da balança. O equipamento militar português foi disponibilizado aos brasileiros, que o enriqueceram com sua capacidade própria e com o apoio dos norte-americanos. O conflito poderia ser bem maior, se Cuba e seus aliados continuassem fornecendo armamentos, mas, para o bem ou para o mal, isso não aconteceu. Nossa província ainda chegou a ter uma independência de três dias — bem menos que a experiência de independência de um ano e meio havida entre 1835 e o seguinte ano —, mas logo teve que aceitar a Anexação, ainda que com o peso de mais de quinze anos de guerrilha.

Seguiu-se um longo período obscuro, no qual a história era reescrita e no qual o Brasil tomava posse do novo território. Quase dobrando de tamanho, precisava povoá-lo, explorá-lo, possuí-lo — e calar as guerrilhas da floresta. Mas assim se constroem as metrópoles, por novas que sejam — e igualmente suas colônias.

XIII

O menino Miguel caçava tigres em seu quintal. Quando não o fazia, construía diálogos imaginários entre uma vaca e um hipogrifo. Ocupava-se como podia da abundância de tempo que se tem na infância. Não tinha autorização para sair de casa, e toda a sua vida era uma gigantesca e fantasiosa solidão. A companhia da chuva? Certamente, pois era uma companhia sabida por todos. As vozes da chuva caindo. Conversando com os velhos da casa, com os mortos da casa. Ou em lamentosos monólogos. Porém, tratava-se de uma companhia desigual. Mais companheira da eternidade que do tempo da vida. Como não conhecia, de fato, o mundo, com sua combustão e com seus metais, acostumava-se àquela lenta e lesta eternidade. Acostumava-se à sucessão das horas, com seus tamanhos variados; à sucessão das almas, na sua procissão de venturas; à sucessão dos peixes, que flutuavam no céu com a minúcia de sua estranha felicidade.

XIV

O pai de Miguel levantou-se pela madrugada, àquele dia, e colocou numa mochila o que julgava ser o básico necessário para sua existência. Apenas trinta anos mais tarde Miguel e sua irmã Isabel descobrirão que esse básico incluía uma foto dos dois. Sabê-lo foi, certamente, uma dessas revelações que reorientam todo o passado vivido, mas que não têm poder algum de refazer a história.

Isabel indaga ao irmão se espera que alguma coisa diferente aconteça, na continuidade de tantos dias — insignificantes, pensava, sem ousar, de fato, classificá--los assim. Miguel responde que não saberia o que esperar. Ocupava-se como podia da abundância de tempo que se tem na infância, a qual se torna mais variada e caudalosa quando se tem mais um pouco de idade.

Isabel comenta que a geração de seu pai teve causas e que a geração de seu avô teve desinências. Constata que sua geração nada tem de muito interessante a fazer ou dizer. Resta-lhe jogar damas com a história.

XV

Diz o réptil de pedra olhando com distância para o senhor João, Foi infeliz a geração dos filhos que são seus, que passaram a infância na Guerra Colonial e fizeram a adolescência na ditadura brasileira, e este lhe responde,
"Não tanto como a minha, que nunca soube com quem lutar",
Como o senhor se via, antes da Anexação, e como se vê agora?, pergunta-lhe, talvez invasiva, a criatura,

"Com a Anexação, até o nome que tínhamos nos mudaram. O que significa a passagem de ser colônia de Portugal para colônia do Brasil? Nada significa. Nem mesmo uma passagem vem a ser. É somente uma continuação. Nossa história é essa lesta continuação",

Seria possível, o senhor acha, alcançar a independência, tal como as colônias africanas?,

"Não acho. A proximidade com o Brasil inviabilizaria esse projeto. Se vencêssemos a guerra contra Portugal, outra se iniciaria, com o Brasil. Nenhuma delas valeria a pena, em todo caso. Ao menos segundo o que penso. Não porque não seria possível vencer a nenhuma delas, e de fato não seria, mas porque não havia por aqui quem se interessasse por uma tal forma de independência, com os esforços e sacrifícios que ela exigiria. Todos já sofrêramos muitos séculos de um regime excessivamente medíocre para que tivéssemos nas mentes algo mais interessante do que a mediocridade."

XVI

Para a maioria da população, a anexação ao Brasil, naquele ano de 1966, representava o fim da Guerra Colonial. Isso constituía um imenso alívio para um lugar devastado pela guerra. Todos estavam exauridos pelo esforço de lutar contra a tenacidade do regime salazarista. O resultado pretendido, a independência da última colônia nas Américas, no entanto, restava inalcançado. Parecia evidente que esse objetivo tornaria difícil o processo da Anexação. A guerra de guerrilhas continuaria, certamente, mas é fato que, para muitos, bem como para a opinião pública em geral, a Anexação constituía uma espécie de saída honrada, um entretermo que resolvia o problema imediato da exaustão da guerra, podendo ser representada como uma espécie de meia-independência: afinal, tratava-se de um regime federativo, no qual a província poderia ter sua própria Constituição e alguma soberania. Essa opinião se tornou dominante nas elites locais e grassou nas classes médias. Era a solução por meio da qual *todos* ganhavam: Portugal por livrar-se de uma frente de batalha que sabia já perdida, ante ao oportunismo brasileiro de ver-se senhor da nossa província; o Brasil por ganhar, a pouco custo, uma região rica e, do dia para a noite, dobrar sua extensão territorial; e a colônia, enfim, se há nisso algum ganho, por ver suspenso seu esforço de guerra.

Para Portugal, ceder sua colônia americana ao Brasil, a antiga colônia emancipada e progressista, era um grande negócio. Não podia lutar, simultaneamente, em duas frentes, na América e em África; e o regime brasileiro, depois do golpe militar de 1964, ameaçava entrar no combate contra os portugueses e defender a causa local, ainda que fosse para ampliar, posteriormente, sua influência sobre a província.

XVII

Na escola, Miguel percebe que não há nada a fazer e que é preciso ter uma grande, infinita, cristã paciência. Os padres contam histórias improváveis de santos absurdos. Os super-heróis da televisão são mais credíveis, mas isto não se diz. Os padres pensam que convencem os meninos. Consideram-nos tolos. A cristandade sempre deseja renovar seus imbecis. Ademais, jogam com as palavras, procurando criar aliterações entre as cidades que tinham o mesmo nome. Tudo contribuía para o duplo sentido, para a anáfora, para os jogos de verdade e mentira.

Seus colegas são jumentos bem-educados. Nada tem a corência de seu mesmo instante. Tudo parece grotesco e podre. A cidade lhe parece fascinante, mas a Cidadela é podre. Os padres do colégio marista são petúnias fechadas socadas por besouros magros. Seus colegas se deixam levar pelas oferendas brasileiras: seus pais enriquecem com o dinheiro de projetos de "desenvolvimento" apensos a companhias e bancos de financiamento, instituições falsas e inúteis. Sua missão proclamada é a de *desenvolver* o território recentemente anexado pelo Brasil. Sua verdadeira função é subornar as elites locais. Aprovar "projetos". Nunca essa palavra foi tão usada. Projetos absurdos que não são aprovados para ser, de fato, realizados. Trata-se de comprar a dignidade daquelas pessoas, de suborná-las, de contentá-las com alguns trocados para que se esqueçam de sua história.

XVIII

A combatividade, em nossa cidade, estava destinada a ser uma confabulação hepática de doentes terminais. A revolução, ali, estava destinada a ser uma reunião de júbilo de tuberculosos que, num sanatório distante, esperam a cura. As esquerdas, em nossa cidade, estavam destinadas a ecoar no riso torpe de uma *bourgeoisie* desbocada numa quizília de mulheres mal-amadas e oleosamente gordas.

Como dizia o senhor João, todos por lá já haviam sofrido muitos séculos de um regime excessivamente medíocre para que tivessem na mente algo mais interessante do que a mediocridade.

XIX

Não sei se já tentou jogar o xadrez contra um espelho. A diversão que há nisso é pequena, mas suficiente para que nos distraia quando nos falta a companhia da solidão. Ocorria de fazê-lo, antes de passar a ter a companhia do senhor João ao tabuleiro. Depois de uma viagem a Roma, precisamente ao castelo de Bomarzo, situado nos arredores dessa cidade, passou o senhor João a acreditar nas criaturas desse tipo que sou, monstro como me mostro, dragão de pedra, réptil melancólico, preso a uma condição biológica que é simples mas que se completa com uma condição existencial das mais amplexas, por ser sujeita a uma ontologia mitológica, embora nós, os mitos, é evidente, não levemos a sério as mitologias. Uma condição que se completa complexa, portanto, como me posso ser. De qualquer forma o fato é que, depois dessa viagem a Roma e ao reino de Bomarzo, o senhor João passou a aceitar, sem relutância, a minha companhia. E depois disso passamos a jogar xadrez todas as tardes, em seu gabinete.

Nessas ocasiões, durante o jogo, criamos o hábito de debater os temas correntes da política internacional e da economia. Ele admirava, em minhas opiniões, minha natural capacidade de pensar a história como uma circunstância dramática por inteiro, enquanto que, para si, a história se compunha de circunstâncias dramáticas fechadas em eventos. É a história que é dramática, eu dizia, enquanto ele, afeto ao tradicional otimismo dos humanos, sempre cria que a história possuía momentos dramáticos, eventuais, entre outros momentos de, digamos, na falta de melhor termo para dizê-lo, progresso. Porém, ele compreendia-me, e, como disse, admirava minha percepção. Talvez porque minha percepção lhe abrisse novos horizontes, na evidência de que são excessivos os horizontes humanos, como se sabe e como temos visto.

E então, um dia, durante uma partida de xadrez em que eu compunha uma arrojada defesa siciliana *in quarto*, ele indagou sobre a história de nossa cidade, "Tu a percebes então como, digamos, uma coisa só?",

Nós, os dragões, só compreendemos a história como um fato único, um fato total e absoluto, e é por isso que só podemos historiar, ou narrar o passado, utilizando uma palavra apenas, uma palavra que resuma a história inteira,

"A qual seria, quando falam desta província?", Catástrofe.

XX

Não se vai pedir a Deus que use esferográficas para anotar suas leis universais ou o décimo primeiro mandamento. Da mesma forma, não se vai imaginar que uma nova aparição da Virgem Maria ocorra num estacionamento de shopping center ou entre os corredores de um supermercado qualquer. Essas coisas requerem uma nobreza distante e um penhor de mito.

Pode ser um vício de linguagem ou de classe social, mas é preciso haver territórios para que, antes, haja ontologias.

XXI

A casa do Anfão é apenas mais uma casa velha da nossa cidade. Uma dentre muitas de seu tipo. Foi construída no século XVIII, mas os tempos seguintes a modificaram, conforme as necessidades de cada época. Nenhuma dessas modificações me abateu. Penso que, se tivesse ocorrido, teria abatido apenas a minha condição de pedra e que, de algum modo, eu continuaria, tal como esses répteis, como eu, que prosseguem atravessando a cidade, camuflados, pouco percebidos, rápidos como um pensamento e que não precisam ter o equivalente a alguma imagem para estar, bem sabeis, para estar no mundo. De qualquer forma, continuo sendo na pedra em que fui criado, no velho século XVIII. E ocupando, é bem verdade, uma posição excepcional, pois de onde estou vejo a rua e vejo para dentro da casa. O Anfão, que lhe dá nome, é como se chamava, antigamente, a essa coisa que hoje se chama poço: a Casa do Poço, poderia ser dito, mas se diz como antigamente, a do Anfão.

Trata-se de um prédio retangular, com dois andares e um porão. O portão onde estou dá para essa rua na qual o tempo se apressa mais que na casa do Anfão. Entre esse portão e a casa, propriamente, há um pequeno jardim, com o poço referido bem ao centro. O poço é feito de pedra velha; é coberto por limo, por musgo e por seres minúsculos e ácidos que comem vento. Há muito é um poço que já não serve. Tem mais de cem anos que está fechado, enterrado com muitas pedras que lá se jogou quando secou. A casa tem uma pequena imponência: tem centralidade, altura e discrição. No passado, havia cinco portas, no primeiro andar, todas elas abrindo-se para o jardim, o poço e o portão. Hoje, há uma porta apenas. As outras foram transformadas em janela, na conveniência de quem a habitava. No segundo andar, há uma janela comprida na direção das antigas portas do primeiro andar. São cinco altas janelas, portanto, cada uma delas um espaço correspondendo ao vazio de uma antiga porta.

O primeiro andar é preenchido com os estares da casa e os fazeres da cozinha: do lado direito, na direção contínua de duas das cinco portas que antigamente havia, segue-se, da fachada até quase o final, um salão, hoje usado como principal espaço de convívio das pessoas da casa. É uma sala estreita, mas comprida, que se abre por janelas para o jardim lateral e, por algumas portas, para os aparelhos da casa que ficam ao seu lado esquerdo, na verdade uma sequência de pequenas salas, cada uma delas de diferente uso: uma para dar chegada a quem entra na casa; outra a servir como a sala de um piano que já ninguém toca; outra para dar lugar à escada que leva ao segundo andar; outra para servir de biblioteca e outra para abrigar uma grande mesa de refeições que, no entanto, é pouco usada, já que quase toda a vida das pessoas que habitam o Anfão se passa, como disse, no longo salão do lado direito. Há também um corredor, que separa esses dois hemisférios da casa, a partir da sala que dá entrada aos que chegam. Um corredor comprido e pouco largo. Na sua extremidade se abre a porta para a cozinha. Na verdade, mais que uma cozinha, porque é um espaço amplo o suficiente para abrigar, além de uma cozinha, propriamente dita, uma mesa de comer, algumas velhas cadeiras de balanço, e alguns utensílios da vida destes dias, como uma televisão, entre outros objetos semelhantes.

Esse conjunto se abre para uma varanda, onde há uma pequena escada de cinco degraus, já que há um declive entre o jardim que dá para a rua e o quintal no fim do terreno, no qual há um outro bloco de construções: uma garagem, um depósito de ferramentas, uma lavanderia, dois modestos quartos para empregadas e uma construção mais bem cuidada, composta por uma pequena varanda, uma sala e um quarto, que constituem os aposentos do senhor Malaquias, sujeito tão velho como eu e que habita o Anfão desde muito tempo. Esse quintal tem espaço ainda para algumas árvores e arbustos. Ele alcança a rua ao outro lado do quarteirão e, lá, abre um portão, usado para entrarem os carros das pessoas que habitam a casa. Como esta fica no centro do terreno, há espaço para que o vento circule com velocidade, empurrando-se na casa do senhor Malaquias, nas árvores e nos arbustos, e assim apressando-se. Quando se presta boa atenção, vê-se que o poço parece atrair o vento, que por sua vez arrisca-se a cair no poço, na velocidade que ganha velocidade quando circula, sendo este um dos riscos do Anfão.

XXII

O senhor João desejava que seus descendentes não fossem melancólicos, ou ao menos não partilhassem do olhar de amebíase das lesmas de quintal, sempre lestos no terreno a percorrer e na vida a viver. Como se pudessem ser de outro modo felizes, esses descendentes, ou empreender atos de bravura e de coragem um tanto mais desprendidos em suas vidas.

Ocorre que as revoluções feitas com melancolia, tal como as revoltas que nos envolviam, estão destinadas a um fracasso de masmorra e de torturas. De todo modo, eram desejos que se sabiam.

XXIII

"Ouves as vozes dos mortos, então?", perguntou-me o senhor João, quando eu lhe disse que o tempo dos vivos se mistura ao tempo dos mortos, para nós, os dragões de pedra.

Ouço, mas todas elas misturadas, como uma *aius locatius* lamentosa e pastosa, uma grande mistura de tristezas mórbidas de jovens que foram cedo demais e que nada deixaram, de fato, que os pudesse lembrar: nenhum ventre fecundado, nenhum bater dos pés numa dança resoluta de salão, nenhuma parede levantada de verdade e nenhum livro escrito com a vivência de alguma inteligência; e quisera não as ouvir, porque não dizem nada, lamentam apenas,

"Ouves as vozes dos meus filhos mortos?",

Os quais também não dizem nada,

"Estão sós?",

Não mais que os vivos,

"Sabes, eu vivi num tempo melhor que o dos meus filhos",

Sei.

O senhor João vivera a época colonial, plena da anacronia portuguesa, que produzia colônias oitocentistas num século vigésimo já avançado. Pergunto se ele pensa que teria sido melhor, para a província, ter-se unido ao Brasil independente desde seus primórdios e ele responde,

"Não consigo imaginar tal hipótese, embora ela seja, evidentemente, a coisa mais ponderável que podemos cogitar",

Pensa que isso teria evitado as guerras?,

"Não, de alguma forma não, porque a Guerra Colonial me parece inevitável, tão grande é sua consistência."

XXIV

O senhor João odeia a condição de sua velhice. As limitações de seu corpo somam-se a certas nevralgias e à impotência de suas principais vontades, as do estômago, as do sexo e as do cérebro. Está resignado com a proximidade da morte, mas ela não chega.
"São muito infelizes esses a quem a morte se atrasa para um encontro claramente marcado",
Como é vosso caso,
"Exatamente o meu",
Não há prazeres que possa encontrar, nessa espera?
"Jogar o xadrez, quem sabe. Certas lembranças, até que poderiam ser",
As alegrias da família,
"Nenhuma as dá",
O crescer dos netos,
"Nenhum deles me reproduz, já perdi as ilusões da biologia...",
As gerações novas com seus problemas,
"... e sempre soube que a genealogia é um engano vil",
Então, quem sabe o xadrez?

XXV

O senhor João teve três filhos homens: Maurício, Antônio e Carlos. Todos os três viveram a Guerra

Colonial na sua infância e adolescência e participaram das lutas contra a ditadura brasileira, embora por razões diferentes, na sua juventude. Maurício já estava morto. Matara-se depois de ter sido torturado pelos militares brasileiros. Sua razão era puramente estética: enojava-o a Anexação e o cinismo de todos ante a solução dada para a Guerra Colonial. Sua luta não tinha objetividade, talvez pelo fato de ele não ter vivência necessária para saber o que, exatamente, o enojava em toda aquela história. Também o enojava a circunspecta civilidade do pai, diante da hecatombe ao seu redor. O senhor João não participara de nenhuma guerra. Assistira a todas de dentro de casa, como um frio observador da história. Sempre crítico aos excessos, como um humanista de escritório, sempre liberal no julgamento — fora partidário da independência, solidário com a África, oponente da Anexação, angustiado com a ditadura e assustado diante da ocupação econômica da nossa província pelos brasileiros —, mas letárgico nas ações.

O grande vazio que perdurava entre todos eles, os filhos do senhor João, vinha da ausência de diálogo a respeito da Guerra Colonial. Muitas vidas familiares se pautam por silêncios copiosos, sendo esse o caso.

Maurício, o mais sensível, estava morto. O filho do meio, Antônio, ainda habitava a casa, e a mantinha na ordem de sempre. Porém, também estava morto, embora não o aceitasse. O filho mais novo, Carlos, estava como se também estivesse morto, porque vivia distante, nos subúrbios da cidade, e apenas aparecia nas festas. A severidade das leis, usadas pelo senhor João na sua profissão, quem a seguiu foi o filho Carlos, sempre o mais sensato e ao mesmo tempo o menos criativo.

O amor do tempo livre, do estar com suas plantas, não houve filho que seguisse. Porém, havia de cada um um tempo próprio que era seu, este tempo que escorria, viscoso, em sua mão.

XXVI

"Ouça lá, pai, que outra vez preciso da tua ajuda",

O fantasma do filho Maurício, lento nos seus propósitos, que tardava em avançar na lei da evolução dos mortos, vez por outra retornava à casa do Anfão.

O senhor João entrevê o filho morto, sempre pálido, pasmo, que se dá a ver por entre os móveis.

"Dize outra vez, como posso te ajudar",

"Guarda o Felipe, que chega",

"Até aqui?",

"Sim",

E já parte, numa economia de estar no mundo que é bem sua, vivo como morto.

Outro filho entra na sala,

"O que foi?",

"Teu irmão Maurício, que outra vez apareceu",

"Só é para si que aparece",
"A obrigação filial de dar-se a ver não é menor que a dos pais em vê-los",
"E o que dizia, desta vez?",
"Que teu sobrinho vai chegar",
"Da França?",
"Não têm sido poucos os que vêm retornando à antiga casa",
"Uma casa que deles não é!",
"É claro, Antônio, que deles não é e que não será de novo!"

Sai da sala o Antônio, e o senhor João, sentando-se a um sofá e sorrindo-se para si mesmo, como se de pouca coisa se tratasse repetindo-se a recente frase dita, que deles não é e que não será de novo, a qual bem sabia nada poder dizer.

XXVII

De certa maneira cabe a mim guardar a gente desta casa. Tarefa menos complexa enquanto dormem. O sono constitui o terreno mais próprio para conhecê-los, para penetrar nas suas e em todas as mentes. À noite, caminho pela casa, atravessando os corredores, as salas e os quintais. O sono leve do senhor João não costuma permitir, ao contrário do que se pode imaginar, uma maior facilidade para acompanhar seu pensamento. A velhice lhe dá um estado de vigília quase permanente, e, além disso, mais que os outros, ele me conhece. Sabe como evitar que eu leia sua mente. Nosso jogo de xadrez o treina para isso.

Quanto aos demais, guardá-los exige formas variadas de concentração. O dono da casa tem um filho distante, o Carlos, o mais novo dos três e que pouco aparece. Seus dois filhos mortos, Maurício e Antônio, permanecem na casa, mas estão mortos, sendo que a natureza da morte de Antônio ainda o prende ao mundo dos vivos. Seus cinco netos vão e retornam, uns mais que outros. Do filho mais velho do senhor João, Maurício, há um único neto, Felipe, que partiu com a mãe para Lisboa e mais tarde para Paris e nunca mais retornou. Do segundo filho, Antônio, há dois netos, Miguel e Isabel, que ainda moram no Anfão. Enfim, do terceiro filho, Carlos, há outros dois netos, Rodolfo e Júlia, que apenas o visitam.

Os descendentes conformam uma pirâmide, mas não uma equação. A estranha ideia de família está mais presente nas paredes de uma casa do que na carne que a prossegue.

XXVIII

É a história um besouro incômodo. Contra minha consciência, na festa de Reis de 1974, debateu-se um coleóptero.

XXIX

O senhor João tomou um livro para levar à cama e subiu para seu quarto com a alegria dos que deixam o mundo dos acordados. Na outra mão levava um copo d'água. Deitou-se e abriu o livro, um desses tratados de história romana, repleto de detalhes e de latim. Ao cabo de uma página e meia ressonava. Foi quando lhe bateram à porta,
"Avô?",
"Entre, Miguel",
O rapaz entrou e sentou-se na cama, "Já dormia?",
"Apenas ressonava, escapando de uma leitura chata",
"Vim lhe dizer que publicaram um artigo meu nos *Anais dos Americanistas*",
"Aquela revista de que me falavas, no outro dia?",
"Essa mesma",
"Parabéns, meu filho, sei o quanto isso vale para tua carreira",
"De fato é um peso grande",
"Parabéns",
"Durma, vô, só vim trazer a boa-nova",
Sai do quarto o Miguel e o velho João volta a ressonar. O neto tem um mundo próprio, que ele compreende mal. Está se doutorando em história e tem uma vida acadêmica dos tempos atuais, bem diferente da que havia antes, na vigência da colônia, de fato, já que conhecer a história demanda independência de espírito, ao menos alguma, Para isto ao menos serviu a independência...,

pensou e riu-se logo o senhor João, recuperando que independência não era palavra apropriada para a condição histórica que era a das coisas ao seu redor. Pobre Miguel, espera o senhor João e esperamos nós, junto com ele, que se torne um bom historiador e que possa trabalhar com liberdade de espírito.

XXX

Miguel entra no quarto da irmã para comunicar a mesma notícia e ela também o felicita. Senta-se na poltrona ao lado da cama, tira os sapatos e apoia os pés na cama de Isabel, ela na cama deitada estava e permanece assim, e o relógio informa serem dez horas e meia da noite. Os dois são bons amigos e confidentes. Revezam-se nos cuidados com o pai, que habita o quarto ao lado, o qual fica entre os quartos de cada um dos dois irmãos, protegido como se fosse uma tumba. Pouco sai de lá, o pai, porque lhe acomete, quase em permanência, uma depressão, ou talvez uma demência crescente. Porém, não é um estorvo, pois contenta--se em ser esquecido e apenas raramente sai do seu túmulo. Miguel e Isabel cuidam de seus remédios e de que se alimente, que tenha higiene e que tome sol uma vez por outra. Precisam apenas ver se carece de algo e se ainda vive, mas é essa uma tarefa desgastante, frustrante, porque há o peso de saberem que é lá o pai que assim se sepulta, vivo como morto que está.

A chegada dos brasileiros foi acompanhada de um amargor obsequioso e condescendente, e, naturalmente, por uma salva de tiros de canhão, ainda que não se usasse canhões para mais nenhuma guerra, nem mesmo para as já perdidas. Alguns rojões de pólvora seca teriam feito melhor figura e custado menos caro, mas se desejava dar mostras de amizade e de subserviência — e, é bem certo, mostrar que se desarmavam as possíveis armas, dando tiros ao rio e pondo fora as munições de antigamente.

Comerciantes, empresários, padres, políticos e sábios apressavam-se em prestar suas reverências e em mostrar seus melhores sorrisos, nas faces a paisagem refletida, a cerviz curvada a termo, as nalgas já despidas e empoadas, oferecidas ao desejo eventual dos novos donos. A cidade parecia habitada por cachorros humildes, desses que se espreguiçam num ritual canino de boas-vindas e que caminham meio curvados, balançando o rabo e adorando com o olhar a santos invisíveis e improváveis que todos, e eles próprios, sobretudo, sabem que não existem, ou que santos, simplesmente, não chegam a ser.

XXXI

A guerra? O senhor me pergunta sobre ela? O que lhe posso dizer é que a guerra se dava como um nó nas tripas, encharcadíssimas de sangue e de coentro, em terrenos enlameados de mais sangue e repletos de papas biológicas, feitas de restos de gentes, cavalos e cães. O odor putrescente arrebentava portas e janelas e, abaixo do chão, o mundo subterrâneo das raízes e dos caracóis estava revirado por rebeliões vegetais antes inusitadas.

A cumplicidade entre o silêncio e a morte acabava tendo cheiro de merda e deixava no mundo uma certeza precisa como um calendário: a de que é no tempo dos mortos que ocorre, verdadeiramente, a história.

Por todos os lados havia o som da fúria rouca de um titã adoentado. Os tiros possuíam o fervor das ladainhas, e se repetiam num estribilho metálico que, para mim, repetiam a língua latina de um missal da vulgata: *dominus tecum, dominus tecum*. Ao menos era o que eu escutava, na repetição iterativa dos tiros. Esteja o Senhor convosco, deixe-se matar, deixe-se, vá, seja terno, seja dócil, permita que esta bala atravesse a sua nuca e lhe arrebente um par de ossos e, assim, permita-se levitar acima de sua própria poça de sangue e de entranhas, desfaça-se do incômodo de cuidar de tantas vísceras, suba, suba aos céus, morto como o bom e temente soldadinho que precisa ser.

XXXII

Herdamos, dragões que somos, a pujança do império de Aviz.

O império restaurado dos Bragança era apenas uma sombra, historiada, do que antes fora o dos Aviz. A possibilidade de que se mantivesse independente da coroa de Castela estava condicionada às alianças externas, notadamente a estabelecida com os ingleses. Esse tipo de império, e de imperialismo, era uma forma de ilusão. Porém, foi essa ilusão que garantiu a sobre-existência de Portugal nos séculos seguintes, durante toda a dinastia dos Bragança, tanto em sua fase centralizada como em sua fase liberal, e também durante todo o século XX, sempre renovada, na república liberal e no Estado Novo. Seu paroxismo ocorreria com o ultimatum inglês, mas não o seu fim.

Tenho consciência de que eu próprio sou uma figura colonial. E, como tal, atemporal em relação ao tempo em que estou. Outros de mim podem ser vistos em muros do Portugal antigo e por toda a Ibéria. Somos os dragões que expulsaram os mouros. Não que isso nos permita orgulho. Todo encontro com a própria história é traumático. Um tanto mais, é claro, se se tratar de uma história que se passa em tempos de guerra ou que simboliza a guerra. A própria história é sempre uma realidade indizível.

Não, não sou um dragão lacaniano, mas o real é, de fato, um vazio do qual nada sabem os homens. Um vazio e não mais que isso, uma dobra de página, um vinco que escoa todo sentido e que não pode, sequer, ser representado. O real resiste contra todo símbolo.

Nós, os répteis melancólicos, os dragões de pedra, os Ghoûls, vivemos em estado de permanente autognose.

XXXIII

A Guerra Colonial se travava em nenhum lugar. Era uma guerra de guerrilha, que percorria rios, pântanos, montanhas, desertos e selvas; territórios isolados e distantes entre si e a muitas milhas da metrópole. Uma guerra feita por um exército de homens pobres.
    Salazar, como o Calígula de Suetônio, declarava diárias guerras ao deus Netuno. E punha seus exércitos a catarem conchas.

XXXIV

O salazarismo foi uma espécie de síntese moral dessa forma de imperialismo, uma ditadura católica, repleta de espiões.
    Tortura e repressão, uma polícia secreta implacável, um Estado cínico e moralista, o moralismo cristão levado ao extremo. Portugal dos anos 1960 era um lugar lúgubre, onde o governo praticava, com incrível anacronismo, um jogo fascista de poder. A prisão de escritores, como Agostinho Neto e Luandino Vieira, em Angola, Paranatinga, Orico e Macambira Braga,

em nossa província, eram a mostra desses delírios da repressão.

XXXV

O senhor Malaquias tem a inteligência apurada dos vigários bons ouvintes. A obsequiosidade solene dos franciscanos de corda. A ternura de um menino-rei de pastorinha. Com ele não jogo o xadrez, tal como faço com o senhor João. Porém, acompanho-o no seu percurso sinuoso através dos quintais do Anfão, enquanto ele cuida das plantas — ou deixa-se cuidar por elas, nunca bem soube como isso se passa —, alimentando-as com a água da bica e com mais alguns elementos minerais, desses que se vendem em lojas especializadíssimas ou em tabuões obscuros das feiras, umas granículas verdes, um tanto fosforescentes, a bem dizer que seriam feitas de energia atômica ou num laboratório espacial que orbita no entorno de Marte. E não só: mais alguns elementos transporta o senhor Malaquias no seu percurso sinuoso através dos quintais do Anfão. Uma caixinha com insetinhos vivos, para dá-los a comer às suas plantas carnívoras. Uns alhos amassados que enterra na sola de raiz dos grandes tajás. Um balde com água serenada, recolhida zelosamente na véspera, com a qual rega seu canteiro de alfavacas. Uma bisnaga de um pus de tinta roxa, que aplica, como um unguento, nas feridas de algumas árvores.

Acompanho o senhor Malaquias no seu percurso e escuto sua narração profunda. Ele sabe de muitas coisas e não tem receio das coisas que não sabe. Mesmo quando não está falando, é possível escutá-lo. Tão sábio é o senhor Malaquias que fala ainda que esteja mudo, e, assim, é por isso que se faz justo pensar que falará sábias palavras, mesmo quando morto for.

O senhor Malaquias ri-se da melancolia dos répteis. Não é de seu caráter deixar-se levar pelo não ser das coisas. Tem a razão aguda dos fatos, e não a dispensa por acaso. Nem, tampouco, pela ausência de fatos intermediários que componham a narrativa da razão das coisas. É tolice incomodá-lo com assuntos semelhantes.

XXXVI

Nós, os dragões de pedra, reptílicos e indomáveis, eternos na duração fria da pedra, temos o suficiente tempo para produzirmo-nos a autognose. A vossa aprendizagem, humanos e descontinuados como são, está destinada a ser dolorosa e lenta.

O senhor João, velho e diabético, olhava de soslaio para o grande réptil no meio de sua sala. Porém, por mais que desejasse lhe desaprovar as palavras, sentia um desejo profundo de reconhecer a verdade delas, por custoso que fosse. Afinal, colocando os fatos, o que reconhecia vinha a ser as palavras de uma criatura inexistente e enunciadas por essa própria criatura... sabidamente inexistente.

"Sempre senti vergonha de mim, mas não exatamente culpa."

As guerras, tanto a Guerra Colonial como as guerrilhas contra a ditadura brasileira, no entanto, poderiam ter-lhe dado algum respeito de si mesmo... se nelas tivesse lutado.

Ah, os odiosos dragões. Ah, se Salazar não impusesse tanto respeito, e se os militares brasileiros não fossem tão ameaçadores... O senhor João permanece em silêncio. O imenso dragão cruza as pernas e espreguiça-se. Aguarda alguns segundos e então olha novamente de soslaio.

XXXVII

Esta casa tem a tristeza de muita gente morta. O dragão pensa alto, mas não é escutado. Miguel entra no quarto que fora de seu pai. Seu fantasma ainda lá estava. Miguel o percebe, mas não lhe dirige a palavra. Caminha até o armário. Abre-o, segue abrindo as caixas superpostas umas às outras, irregularmente. Procura um objeto qualquer, um documento, uma averbação, um talismã. Procura-o num armário onde

se guardam caixas e caixas sobre caixas. Um armário do passado. Não se sabe o que procura, mas, se lá está, lá está, enfim. E enfim procura. Não repara no pai, que permanece sentado na grande poltrona vermelha,
Nem depois que estou morto tu falas direito comigo,
"Impressão tua, pai, sempre falei corretamente",
Não te dás a esses trabalhos,
"Estou ocupado, procuro uns papéis, se pudesses me ajudar seria bom",
Ajudo como posso,
"Se podes, ajuda, então",
Procuras o que, exatamente?.
Miguel não encontra o que procura. Ignora o pai delicadamente, com a vontade de dizer-lhe que fique morto, enfim, de uma vez por todas. E que se vá para o lugar onde os mortos habitam, seja qual for esse lugar, haja neles poltronas vermelhas ou não, armários ou não, filhos a cuidar ou não.

A Miguel não agrada ter um passado como tem. Um passado desse tipo que tem: gorduroso, invariável, gasto. O dragão caminha ao lado de Miguel, sem se dar a ver. Compreende-o.

XXXVIII

O senhor João joga o xadrez com excessiva lentidão. Entre minha jogada terminada e a sua por fazer há sucessivas desconcentrações, que o levam da geometria do jogo às lembranças irrecorríveis. Não chega a ser ele que evoca o passado, mas o contrário, na prenhez de um tempo vertical, que reproduz o tempo do tempo. O passado que o evoca tem-lhe muitas coisas a dizer e algumas a recitar. Ele não diz, a mim ou a outros de seus interlocutores, sequer a quinta parte dessas coisas. Reserva para si a parte melhor, mas, suponho, igualmente a parte que não deve ser dita. A sua parte condenável. Ou suscetível ao julgamento dos homens. Percebo que há, no fundo disso, o inconfessável arrependimento dos pequenos males que causou, ou dos silêncios que impôs, bem como o roteiro de seus conflitos com o seu deus das pequenas coisas.

A relação que tem com os netos é de reservado e cerimonioso silêncio, de forma anvexa à relação com os filhos, tumultuada.

Depois do tempo dos filhos vem o tempo dos netos.

"Dentre os netos, se costuma dizer, é provável que um nos continue",

Dentre os seus, qual seria ele?

"E quem sabe?"

E seguiu pensando consigo mesmo: o ausente Felipe? O quieto Miguel? Isabel, que não está? Rodolfo ou Júlia, que pertencem já a um outro mundo? O tempo de cada um tem sua propriedade e parece seguir com independência em relação ao tempo que é o teu.

XXXIX

"Sabe, amigo dragão, a culpa nunca é de quem a tem. Eu por exemplo, que a tenho em demasia, não a sinto, não a percebo. Ter culpa não equivale a senti-la. Ter e sentir não são verbos de objeto coincidente. É por isso que a regência do verbo ser, *ser o culpado*, não se completa na regência do verbo estar, *estar culpado*",

Do que se arrepende, se é que se arrepende, então? — pergunto ao senhor João, pensativo ele está e lentamente responde, como se a resposta lhe fosse soprada por um senhor João mais adentro do que ali estava,

"De fato, não me arrependo, não tenho expectativa alguma, nem quanto ao passado nem quanto ao futuro. Nunca pude tolerar esses pensamentos afetivos da pequena educação, impregnados de romantismo vão e de carolices. Sempre percebi que a moral e os costumes apropriados são terrivelmente pobres para que devam ser levados a sério",

Então o senhor não se arrepende,

"Nem mesmo saberia do que deveria arrepender--me. Porém, acho lamentável ver que cobram de mim, com um silêncio impetuoso, categórico e acusador, que eu devesse guardar gestos e atos de arrependimento",

Compreendia bem o que o senhor João dizia. Ao longo de minha existência pude perceber como a contrição dos arrependimentos constitui o principal teatro dos homens. O passe-acordo para que sigam adiante. O bloco-notas para que tenham alguma história.

"O que não quer dizer que não reconheça minhas responsabilidades e..., sim, e culpas, se se quiser falar dessa maneira",

São coisas diferentes?,

"Não de fato, mas o termo culpa constitui uma percepção arcaica, e certamente religiosa, da ideia de responsabilidade",

E quais seriam, essas responsabilidades?,

"Depois de um certo tempo só se preservam as responsabilidades que temos para com as pessoas de quem gostamos; no meu caso, minha família, é claro, e talvez alguns amigos. Algumas vezes, antes de dormir, costumo enumerar as responsabilidades que me são, ou me foram, atribuídas por meus filhos e netos",

Há uma lista, uma relação?,

"Se for da sua curiosidade",

É de minha tarefa, encarregado, como sou, de cuidar da sua casa e de seus quintais,

"Veja, estimado amigo, tenho até mesmo um filho que se matou para afirmar que sou culpado da sua infelicidade",

É sua maneira de ver as coisas?,

"Sim e não. Não posso esquecer que, ao matar-se, Maurício me atribuiu a culpa de não ter sido um pai suficientemente próximo, ou íntimo, para que pudesse compreender seus empenhos, suas militâncias."

XL

"Meus três filhos se empenharam em lutas sociais que eu próprio não tive, apesar de tê-las, de certa forma, sob uma roupagem um tanto arcaica, um tanto literária, claramente indissociável de um ideal político mais sistemático", diz o velho João ao réptil seu amigo, como se pronunciasse um discurso formal a uma plateia sonolenta e como se fosse a récita do seu legado ao mundo,

"Meu filho mais velho, Maurício", continua, "era um libertário. Sua causa era a independência associada ao socialismo, um ideal romântico e imponderável — evidentemente estes Estados nenhuma competência tiveram, ou têm, para ser de alguma coisa independentes, posto que não têm sequer a independência de si mesmos." E uma longa pausa faz para, enfim, concluir com certa contundência, "Infelizmente, também era um religioso, embora não no sentido material desse termo, e sim no seu sentido espiritual, propriamente, que, de fato, é o de um homem com ilusões."

O réptil fixamente observa o movimento das pupilas de João. Suas orelhas estão atentas, levantadas na direção do velho, procurando perceber o menor dos ruídos que faça e que possam dizer talvez mais que a coesão das palavras que pronuncia,

"Meu segundo filho, Antônio, tinha a mais difícil das lutas: a da sociedade justa. Na sua visão, a independência em relação a Portugal ou ao Brasil seria um evento completamente irrelevante. A verdadeira obra seria uma conquista socialista e internacionalista. Ele nunca acreditou nas nacionalidades e nos nacionalismos; sempre foi um universalista. Semelhante a ele, a mulher do Maurício, a Selma. Havia uma grande ponderação na luta deles, mas igualmente uma ilusão. Provavelmente por isso sua derrota tão profunda",

Outra pausa. Seu olhar fixou algum ponto no chão.

"Enfim, meu terceiro filho, Carlos, dele se pode dizer que lutava apenas pela ideia de democracia, acreditando que a partir daí todos os males seriam previsíveis e combatíveis. Sempre foi o menos inteligente dos meus filhos, como demonstra uma ideia como essa. Obviamente todos sabemos que a democracia é um discurso pronto para evitar que as pessoas se tornem um pouco inteligentes e que se deixem de disputar de fato."

O senhor João, sem dizer mais, se levanta, caminha até a estante, procura sem atenção um livro que não sabemos qual é, dele se esquece, encontra outro, toma-o, revira algumas páginas e lê para o réptil um trecho qualquer de um poema que não saberemos qual teria sido.

XLI

Uma grande inércia envolvera o senhor João durante toda a sua vida e por isso mesmo espantava-se, sempre, ao constatar a militância política dos três filhos: não de um, o que explicaria a eventualidade fortuita, mas dos três. Estava certo de que essa militância vinha de suas próprias ideias e visões de mundo, afins, todas elas, embora por caminhos diferentes, aos compromissos dos filhos, mas o fato é que nunca incentivara, neles, um envolvimento maior do que o que ele próprio sempre tivera. Os velhos amigos sempre lhe reprovaram a incoerência. A virtude de tantas ideias grandiosas, de tanta cultura, de tanto humanismo, de tantos discursos e escritos desconstruindo as tramas da dominação colonial, as tramas da geopolítica brasileira e as tramas das outras variadas formas de dominação às quais se sujeitam os homens, se tornava nada, ou um pouco menos do que isso, diante da sua inconstância.

O senhor João não lutara na Guerra Colonial. Mais tarde, silenciara diante da ditadura brasileira. Para alguém que, antes, tivera ideias tão claras em relação a esses processos, o silêncio e o isolamento ao qual se dedicou soava estranho e grotesco. Uma contradição intolerável para sujeitos de uma realidade mais cartesiana, inclusive para seus três filhos, todos menos contraditórios que o pai, certamente menos sábios e, talvez, menos valentes.

Em relação a eles, o senhor João julgava que o mal que tinham era o de penderem para o mundo que lhes vinha da parte da mãe; um mundo cheio de males e culpas, mas também de cartesianismo, que males e culpas não são fatos apenas de medieval ignorância, mas igualmente do uso da razão. Da razão burguesa, ao menos. Essencialmente, de um mundo menos nobre que o seu. O senhor João vinha de uma família de poucas posses, mas nobre. A casa do Anfão e umas terras, que vendeu, foram o que lhe restou de uma herdade que era prévia às formas de riqueza das burguesias. O réptil ria-se disso, dos desassossegos do senhor João, de sua incúria e dos preconceitos que ele nutria contra a burguesia.

XLII

Um pouco Deus não tem, senhor João?, pergunta o dragão, já percebendo a resposta que receberá,

"Eu acredito em Deus, mas tenho certeza de que ele não existe; toda consciência é miserável",

E se se disser que ele tem formas inumeráveis, as de não se ser inclusive?,

"Então assim respondo que já cruzei com ele numa esquina e que, desligados como éramos, não nos reconhecemos e não nos cumprimentamos, o senhor Deus e eu. E poderei também dizer que já o vi na paisagem de um dia chuvoso e premido contra o belíssimo ventre de uma puta, que mo oferecia, na mais celestial das paisagens, certa vez, nos dias em que eu era bem jovem e tinha interesse no ventre das belas mulheres",

Com o que vai impressionar a Deus, se ele for um moralista,

"Suponho que não o é, que se o fosse lá não se colocava, premido contra um ventre",

Quem sabe é o senhor,

"Todos nós o sabemos, que não o digamos."

XLIII

"Há uma imensa variedade de vantagens em se ter uma pátria desse tipo, além do fato de que ela não é nossa e, portanto, não precisamos sentir, em relação a ela, calafrios ou êxitos de paixão",

É sempre desse tipo a vantagem de ser estrangeiro,

"Sobretudo quando se pode ser estrangeiro na própria pátria",

Sobretudo, sim, mas não gostaria de, digamos as coisas desta maneira, não ser obrigado ao benefício de uma tal vantagem?,

E respondeu, o senhor João, com pouca segurança de si, "Não",

Nós, os dragões, não vemos do mundo a existência, apenas a essência, por isso creio que entendo o que me diz; diz que a essência está em não possuir, ou ser possuído, por coisas como pátria, identidade e sobrenome,

"Não sei, não sei, mas acho que a vantagem de que falava, e, talvez, conjuntamente, a virtude da essência, estejam, simplesmente, em me sentir à vontade para poder criticar, sempre que quiser, a violência que é inerente a toda pátria, identidade e sobrenome",

Mas não seria, a violência, também ela, uma essência? E talvez a mais essencial das existências?,

"E quem sou eu para saber uma coisa dessas? De qualquer forma, na posição em que me encontro, que é a de um velho, fraco e doente, já para a qualquer dia se ir, é que a vantagem em ter nos documentos a inscrição de que se é brasileiro, bem sabendo que não é isso o que se é, nos autoriza a falar que para além desses mitos torpes de simpatia, generosidade e cordialidade, o que há é a caveira de um Estado violento",

A escravidão,

"Toda a história do país é violenta, a escravidão, sim, e a inexistência de uma apologia, sequer de uma apologia, sincera, do interesse comum; bem como a pouca inteligência da política de esquerda, sempre tão arraigada a essas mesmas falas e dizeres e, assim, sempre incapaz de perceber a violência a tudo inerente",

Melhor se calar, o senhor João,

"E por que o faria?",
O alcança, quem sabe, não o fazendo, a referida violência brasileira,
"Perigo não há, não serei ouvido, e se escrever não serei lido. Vivemos distantes demais do Brasil, tu e eu, para que possamos ser interessantes."

XLIV

O réptil indaga ao senhor João se ele não se deve botar na rua, caminhar, ver as gentes que lá andam. Observa que pouco, ou nunca, sai de casa o senhor João, que não disputa interesses, que se acanha do convívio social.

"É que me convém que esta seja uma cidade suja e chuvosa. Não gosto de sair de casa, e tanto a podridão e o esterco das ruas como a chuva, que somente se interrompe pelo acaso de nuvens atrasadas, me fornecem as desculpas necessárias para que eu não saia, não precise cumprimentar as pessoas e para que possa ficar em casa, com meus livros, vez ou outra usando a passagem secreta, em minha estante, que me leva a Lisboa, para que lá possa respirar um pouco de ar puro, e, é claro, caminhar invisível pelas ruas, também sem nenhuma obrigação, invisível como vou, de cumprimentar pessoas",

Não suporta o senhor João o mundo,

"A vida é apenas um fato complementar à nossa real existência",

É um metafísico o senhor João, um metafísico de casa fechada,

"De fato, o que sou é rabugento."

XLV

Há na pequena, na menor gaveta da grande cômoda preta da saleta do Anfão, a curiosa fotografia do quinto neto do senhor João. O filho único de seu filho Maurício, Felipe, filho também da desatinada Selma. O que sempre vivera distante, em Lisboa, em Paris, n'algum lugar de um passado vesgo, Felipe o seu nome, a ele dado sem sequer o consultarem, ao avô, se convinha que assim se chamasse.

O problema sempre fora a Selma. O filho Maurício a amara movido por uma dessas paixões inconsúteis, juvenis, exacerbadas. Próprias de moços que se deram poucas perversões, poucas dissipações e que, por isso, tinham quase nenhuma experiência de vida. Seja da experiência para dormir com as mulheres sem ter de engravidá-las, seja a experiência para não confundir paixões e acasos amorosos com a adequação efetiva dos seres com quem se pretende coabitar ao jeito como se vive e ao ser que se é.

Maurício sempre fora retraído, tímido, de pouco namoro, de pouca revelação. E de instintos guardados.

Conhecer a Selma foi-lhe como uma explosão. E junto com isso veio a militância política, a luta contra a ocupação brasileira, o apoio às lutas de independência da África portuguesa, o encontro com o socialismo internacionalista e a guerrilha, junto com outras pessoas que lutavam não apenas contra o regime militar, mas para a fundação de partidos socialistas e de sociedades democráticas.

João não consideraria, anos antes, que o filho pudesse se envolver de tal maneira com a política. A princípio, considerava que tinha sido levado a isso por causa da namorada, a misteriosa Selma. Porém, quando esta mesma lhe relatou que fora Maurício que a trouxera para o movimento, e não o contrário, começou a compreender que no silêncio do filho havia bem mais a descobrir do que as superficiais informações passadas na vida familiar, no quotidiano, na vida inteira.

Naquele momento, ainda nos primeiros anos da década de 1970, João percebeu que o que havia sido, quinze, vinte anos antes, a sua própria militância, não alcançava sequer uma terça parte do que propunha Maurício. Sua militância havia sido utopista e pobre. Era a militância de quem julgava ter direito à independência, a uma nacionalidade, a superar os vínculos coloniais com Portugal. Era uma militância que lia poesia e, pior, que escrevia poesia. Percebeu que nunca havia tido uma porção sequer de pragmatismo para compreender o mundo real. Para si, o Brasil nunca fora a pátria beligerante que depois se demonstrou. Tratava-se de uma nação irmã, prestes a oferecer ajuda para a nova nação de língua portuguesa que se fazia surgir.

Por outro lado, nunca fora um internacionalista, como o filho. Frequentou o Partido Comunista e acreditou na união dos sovietes, em Stálin, na direção única, na nomenclatura. Maurício por sua vez, praticava um socialismo crítico, como o seu nunca fora. A começar pela teimosia em criticar a forma política dos sovietes. A criticar Stálin e seus sucessores todos, e, inclusive, o Partido Comunista.

Maurício falava de Trótski e resgatava gente banida, como Plekhanov, um historiador reles e medíocre, ao olhar do senhor João. E, ainda pior, fazia críticas a Trótski e a Plekhanov, dentre outros, numa falta de ordem com a qual não estava acostumado e nunca estaria. Havia uma grande distância entre as formas de militância e os tempos vividos pelos dois.

Uma distância agora maior, com o neto desconhecido.

Felipe nunca mais retornara. A fotografia, na menor gaveta da grande cômoda preta da saleta do Anfão, curiosa, fazia suspeitar que se parecia mais com a mãe do que com o pai.

XLVI

Lia-se nos livros novos da escola que, de fato, sempre foram brasileiras aquelas terras. E ainda se lia que Portugal apenas tomava conta delas, enquanto o país brasileiro se ocupava de outros problemas e tratava de crescer e se fortalecer. Para que, então, já convenientemente poderoso, viesse zelar pelo que sempre fora seu.

Lia-se também que estava na hora de corrigir as bobagens que se falavam e que se tinham por certas, todas erradas e algumas delas torpes, insidiosas até mesmo, coisas de gente menor e burra como éramos, como por exemplo o fato de que insistia-se em denominar de uma dada maneira o que sempre fora denominado de outra, ou como o fato de que a guerra civil de 1835 fora causada pelo desespero da gente do lugar em ser aceita como parte do império brasileiro.

Lia-se nos livros novos da escola que estava o Brasil a nos libertar, por recuperação de posses, da tarefa demasiado difícil de gerir as riquezas do lugar, as suas montanhas de ferro, as luas inteiras de manganês, cassiterita, bauxita, as reservas de água doce e as imensas florestas. Lia-se neles, ainda, que prestavam-nos agora o favor de abrir rotas, estradas, de construir usinas e nos represarem os rios, de trazer gente brasileira para povoar as matas e criar nossas reses e, enfim, de ensinar a língua portuguesa correta, a falada na televisão feita no Rio de Janeiro, com a qual devíamos nos ocupar, presentemente, e corrigir nossos desenganos, nossos desatinos, tal como se diria a gentios de antigamente que devem agora, agora que a Europa lhes deu o benefício de padres e bispos, corrigir a sua alma e deixarem-se condenar pelos pecados torpíssimos que sempre tiveram.

XLVII

Como aquela vez em que o senhor ministro desejou conversar com o senhor João, "Preciso da tua ajuda, João, somos amigos de muitos anos, estudamos juntos, vivemos juntos a mocidade, tu sabes como vão as coisas, é preciso agregar apoio ao projeto e fortalecê-lo."

O senhor João recusou a proposta de ajudá-lo e desdenhou das boas causas evocadas. Disse ao amigo que a história era uma séria bobagem e que agradecia sua imensa consideração.

"A história, João? A história não é senão o sintoma da nossa enfermidade. Esquece-a, se queres que ela lembre de ti. Ignora-a, se queres que ela te reverencie. Tu me dizes que tens compromissos com a história? Com qual história, precisamente? Com qual sintoma da tua enfermidade?"

O réptil riu-se bastante desse diálogo, quando soube que ele acontecera. O amigo ainda tentara explicitar quão diferentes eram, uma e outra, a história que é a do Estado e a história que é a das gentes.

"O Estado, João, está além da política",

O réptil refletiu e comentou, As vaquinhas daqui já não têm nenhuma esperança de Cristo, se é que ao menos lembram-se da sua ancestral que lambeu a manjedoura e que figura nos presépios.

E o amigo do senhor João concluiu o seu discurso,

"Na política há sempre que ter guardado um corvo em uma caixa, dize lá se não é verdadeiro isto, hein, meu caro amigo? Um corvo que te surpreenda e que te aproveite o tempo, a ventura, a pança, o voto. O único futuro possível está na Anexação. Não vamos querer que poetas nos governem, não é mesmo?"

O senhor João saiu sem se despedir do velho amigo. Nunca mais se viram.

Mais tarde, enquanto o réptil divertia-se, disse-lhe,

Há que se fazer uma teoria do Estado que é o nosso, não acha?

XLVIII

Há sempre um momento na vida em que se diz,

Vou embora, estou cansado, já nada há aqui para mim, e nesse momento se faz com que se encontrem pessoa e lugar, história e geografia. Ah, momentos felizes de negação, que nem todos sabem nem podem saber. Miguel confessa à sua irmã, Isabel,

"Gostava de brincar de Eu sou o Senhor dos Pecados",

E Isabel nada responde. Permanece em silêncio, irmanando-se à eternidade.

Sem que percebam o réptil, o dragonídeo de pedra que habita a sua casa, atravessa correndo as paredes da sala onde estão. Entra na sala de trabalho do avô de ambos, que dormita, já é tarde daquela noite e o acorda com um empurrão e com sua expressão de susto.

Que é da tua saúde? O que achas de que a criadagem entre toda em tua sala para chamar-te de fascista?,

O senhor João não se incomoda, reconhece mais uma peça que lhe prega o companheiro,

"Nunca vires tua face aos corvos", murmura. Ajeita-se na poltrona e fecha os olhos. Recorda de um evento da infância, quando sua avó, percebendo que, também ele, gostava de brincar, na infância, de Eu sou o Senhor dos Pecados, repreendeu-o furiosamente, e lhe ordenou,

"Fica humilde outra vez, agora, imediatamente."

Estava entre o sono e a vigília, o senhor João. Sua infância, ocorrida num tempo que já nem mais era, era uma lembrança partilhada com algum esquecimento.

O réptil desistiu de acordá-lo. Empurrou uma poltrona para a ter em frente à janela que dava para o jardim, lá fora a lua alimentava as plantas, e sentou-se, enfadado, um pouco cansado já de esperar que terminasse a noite ainda em seu começo.

O velho João continuava dormitando, sonhando agora com outro ocorrido insignificante de há muito

tempo, quando, numa taberna, no Moncovo, um sujeito um pouco embriagado lhe dava a seguinte lição,
"Vira-te dos corvos a Salazar e dá a ele a tua cara para que ele te cuspa, se quiser fazê-lo."

XLIX

Diz o réptil para si mesmo, enquanto caminha adentro das paredes da casa do Anfão,
Consegues imaginar isto aqui distante realmente de Lisboa? Eu não, que para mim não há nada, aqui ou em Luanda, que perdure sem Lisboa. Há cidades que nasceram para ser a continuação de cidades anteriores, numa relação de vassalagem que lhes perpetua o couro do corpo.
Ah, por aqui tudo é demasiado torpe. Nada vale a pena. Os intelectuais são da pacotilha do real furado. A esquerda é uma comadre. As elites são um tipo de burrico desmiolado. Os conservadores são pândegos. Os *chefs de cuisine* são uns trogloditas embalsamados — do uso da palavra bálsamo, para esclarecer. Os juízes são necessariamente corruptos. Os vereadores são múmias emolduradas. Os deputados são do cu fodido pela piroca azeda do genro do delegado. Os senadores fazem uma pantomima dublada. Os bispos são sempremente bêbados desmiolados, todos eles uns vegetais. Os boticários requentam seus bálsamos na banha de anteontem e todos mentem, impunemente,

a respeito de tudo, todo o tempo, o tempo inteiro. A cidade, conquanto capital provincial, corresponde às nalgas sebentas de um paquiderme retardatário da própria espécie. Trata-se do cu do mundo, e já nem há mais grão que alimente o bestiário.

L

Toda casa velha tem segredos. Alguns estão cavados numa parede. Outros permanecem esquecidos atrás de livros. Ou dentro de vasos decorativos, desses nos quais se largam objetos sem vida, para que apodreçam no esquecimento de si mesmos. Há muitos segredos no Anfão, mas aqui se trata somente de um deles. O dragão estende sobre o senhor João seu curioso olhar e aguça as pontas caídas de suas orelhas verdes,

"A moça Selma, veja bem",

Escuto o que desejar que eu escute, já o escutei mais de uma vez,

"No xadrez os peões, ladinos, estão sempre prontos para tomar a diagonal e enviesarem seu caminho, numa rota sempre ofensiva, mas também esquiva",

O dragão correu seu olhar pelas fotografias das gentes da casa que se punham entregues a molduras velhas e a porta-retratos gastos, todas elas dispostas sobre uma prateleira. A esposa do senhor João, já morta, seus pais, seus filhos, muita gente morta. Os fatos e os fastos do passado, as medalhas que se penduraram em peitos heroicos, a delenda das grandes tristezas portuguesas, todos muito bem mortos agora.

"Dentre meus netos, sei bem que o futuro pertence, unicamente, aos filhos do Carlos. O Rodolfo e a Júlia fazem parte desse mundo novo. Eles eram muito novos quando aconteceu a ocupação brasileira. Não lembram de nada. Nem moram aqui na casa. É deles todo o futuro",

Não tem memória quem não nasceu da violência,

"Todos os outros estão tão mortos quanto vivos",

E o que me dizia da moça Selma?,

"A mulher do meu filho Maurício? Coitada!, sinto muita pena, muita compaixão por ela. A história aconteceu com ela sem que tivesse tempo de compreender. Lembro muito bem do seu olhar, puro e assustado, muito surpresa pelo fato de ser assim o mundo e de estar tudo aquilo acontecendo com ela",

Não se pode adiar sustos ou medos para o século da frente; são coisas que só acontecem no seu presente,

"Mas abraços se adiam, afetos se adiam, em nome de qualquer coisa. Sinto por ela certa compaixão",

O dragão, uma espécie abstrata, compreendia pouco e mal aos seres humanos.

"Penso que deveria conversar agora com o Miguel."

LI

"Me chamou, avô?",

"Sim, o Malaquias queimou o café, mas não há jeito, sempre é desta maneira",

"Já até estou acostumado, mas o que era?, era isso?",

"Não de fato, é que cheguei à conclusão de que é necessário que partas e queria te dizer logo isso, para que depois não me arrependa, nem de tê-lo dito nem de ter deixado de dizer",

"Mas que parta, exatamente, para onde?",

"Que partas desta casa. Que saias logo, que te libertes de toda a rigidez da gramática, do compromisso de estares aqui comigo, que fujas, enfim, que avances diagonalmente, que ganhes o mundo",

"E que tipo de conclusão é essa? Ela vem de onde, e vem por quê? De onde, isto, agora?",

"É apenas uma conclusão a que cheguei, depois de pensar muito. Sabe, Miguel, esta cidade e esta casa já não são deste tempo. Tudo mudou, e vai seguir mudando. A história não vai voltar para trás nem ser compensada. É preciso reconhecer que se perdeu. Os mortos estão se acumulando aqui, eu dentre eles, o Malaquias um outro, e até o dragão de pedra do frontão do portão, um réptil dos mais melancólicos, entre outros como há. Tu e tua irmã estão vivendo entre mortos e precisam escapar. Ela, a Isabel, eu sei que irá, há nela um começo disso. Mas é contigo que eu me preocupo. Tu precisas saber que não és guardião de nada."

LII

Na escola, o menino Miguel percebia que, para além da cidadela na qual habitava, todo o mundo estava a mudar. A cidadela era o minúsculo polígono dobrado por mangueiras ou por histórias, um espaço minúsculo, cercado por muralhas invisíveis e completamente apartado da cidade miserável, de estivas e casebres, ao redor. Lá nesse espaço a história era mais lenta e as ideologias vicejavam através de espelhos. Na cidadela, tudo tendia a demorar-se. Lá, ignorava-se o mundo de fora e a rapidez da história era apenas uma nesga de vento que raspava as suas muralhas.

Toda a vida de Miguel e de sua família se passava na cidadela. Lá ficavam o Anfão, o colégio onde estudava e as ruas e bairros nos quais se dava toda a sua vida e onde moravam todas as pessoas que conhecia. Era quase proibido ultrapassar aquelas fronteiras, ou ver além delas, mas, por alguma razão, apesar disso, Miguel conseguia perceber que as coisas que ocorriam do lado de fora se davam num tempo diferente.

A condição colonial tende à pequenez, ao mesquinho, ao absurdo. As elites, intelectuais e econômicas, tendem a ser cooptadas pela potência colonial. O espaço público se torna um satélite da metrópole, reproduzindo debates e disputas alheios à experiência social vivenciada pela colônia. O espaço político é preenchido por usurpadores medíocres, já que foi deixado vago pelas elites econômicas e intelectuais. Os processos sociais, geográficos, culturais são revestidos por uma experiência discursiva alheia, que se orienta por uma vivência exterior. E isto é nossa província hoje. Isto é um não lugar. Este é um não lugar, dito para bem além da ideia de não lugar que os sábios usam, a qual refere outra forma de experiência social. O não lugar no qual hoje habitamos.

Miguel se esquece, caminha na praça, se perde nas referências superpostas que lhe são dadas por um mundo alheio, retorna ao Anfão, retorna à cidade, subrrepticia-se no desvão de um lírio, amalgama-se na ilusão da carne. Fode. Imiscui-se à cidade alada, aderindo a um relógio de tempo que sempre está atrasado. Fode outra vez, atrasado por um referencial de tempo que não é o seu nem, tampouco, o da parceira com quem se dá a foder, que não é seu nem dela, que não está entre ambos, que não há.

LIII

Entra na sala de trabalho do senhor João o velho Malaquias. Sua respiração afobada lhe trai o sentido e as horas. Nos poucos segundos de silêncio que se seguem, João abandona a leitura e olha para Malaquias com gravidade,

"Quem tem filhos, tem cesilhos", repete Malaquias o que dissera há pouco,

"Diga lá, homem, o que houve?",

"Vosso neto, que acabou de voltar da Europa",

Já Felipe caminha no corredor que levava à sala de trabalho do avô, estando já parado atrás de Malaquias, já o olhar cruzando com o do avô, a quem não vira desde mais de vinte e poucos anos.

Um cortejo de anjos azuis atravessa os corredores do Anfão. Atrás deles caminha um enforcado. Um lagarto repousa sobre uma pedra e reflete sobre o destino dos homens.

LIVRO III

A confissão

Capítulo I

A história de Felipe

Caminhando pela cidade, Felipe percebe que, ao redor, muito se decompõe; seja pelo descuido e pela pobreza, seja pelo gosto do que seria, para alguns, o novo, o dever mudar o que era em direção a esse novo. Não possui memória alguma da cidade, mas dela se sente uma parte, ou o que seria o ser uma parte dessa parte que supõe.

"Isto, um dia, foi um Trem de Guerra", diz-lhe um senhor que passava e que percebeu seu interesse por um prédio já inclinado pelo peso de maus-tratos e descuidos e pelo qual Felipe parecia se interessar. Aproxima-se o senhor e lhe fala mais sobre o prédio e sobre o Trem de Guerra que fora no seu passado, antes de completar, "Este, vai se acabar em dois anos, se não muito".

"É uma pena",
"É mais um que se vai, esta cidade se sepulta",
"A gente daqui não se incomoda, não faz caso?",
"Tanto se lhes dá."

O senhor que fala usa óculos com lentes muito grossas. Traz consigo um guarda-chuva preto numa das mãos e, na outra, uma pasta de couro, preta igualmente. Tem ares de professor, ou de notário; é negro, a calvície lhe avança. Ele cala-se e olha para o prédio, ocorrendo a Felipe que tem a postura de quem se despede de um amigo morto. Felipe permanece concentrado nas paredes que ali se inclinam, o musgo devorando-as de cima, o lixo na rua devorando-as de baixo,

Este,

Pensa, mas se esquece logo do que pensava — esses lapsos que temos — e se vira para o senhor que há pouco lhe falava e que, no entanto, já partira, para lhe dizer alguma coisa, já três passos vai ele à frente, Felipe o alcança e diz,

"O senhor me indicaria, talvez, já que parece conhecer história, onde eu posso comprar livros que tratem da história da cidade?",

O senhor se retorna; tem o obséquio das atenções aguardadas,

"Que tipo de livros procura?",

"Que tratem, de fato, das coisas. Ainda ontem comprei um livro acreditando que seria razoável, julgando-o pela boa edição, pelas referências numerosas e pelas ilustrações, que tinham boa qualidade, mas não mencionava certos eventos senão com evasivas...",

"Tal como o período colonial, a guerra de independência, a Anexação, a Cabanagem e o regime militar, não é? Conheço desses aos montes, são a maioria", disse o homem que tinha ares de professor ou de notário, a Felipe,

"Exato",

"Isso que diz é o que ocorre por todo lado. Sem que seja proibido falar sobre essas coisas, fica sendo mesmo assim proibido, sem que haja uma ordem para não o fazer, sem nenhuma imposição, como se houvesse um controle invisível de ordem moral, uma vergonha muda, um receio silencioso...",

"Uma proibição inconsciente?",

"Sim, há uma prática curiosa por aqui, a da autocensura inconsciente; e junto com ela há a ignorância..., uma alimentando a outra, mas, enfim, se deseja encontrar livros que escapem dessa ordem moral é preciso ir, para isso, aos lugares certos. E é claro que posso indicá-los, claro que sim, e ainda vou lhe dizer quais são as perguntas que deve fazer para consegui-los, porque é preciso fazer a pergunta certa, teria um pedaço de papel para eu anotar o endereço?",

Felipe o tem e o senhor que tem ares de professor ou de notário tira do bolso da camisa uma caneta e faz meia dúzia de garranchos que contêm tantos números como letras e traços, quase um hieróglifo, e diz, enquanto Felipe, recebendo a anotação, a lê, a testa um pouco franzida,

"Não são hieróglifos", e ri-se o senhor que tem ares de professor ou de notário do estranho da sua escrita, "tem ali à frente o largo de Sant'Anna, bastando seguir em frente que encontrará a rua que está aqui escrita, é uma livraria de livros usados, um sebo, que fica colado com a capela do Senhor dos Passos. Pergunte pelo proprietário, o senhor Eduardo, um gato branco estará sobre o balcão, brinque com ele se gostar de gatos e logo virá o patrão. Diga com estas palavras, Procuro livros da história, e daí ele irá perguntar sobre o período, o ocorrido ou a vida acontecida que lhe interessam",

"Da história?",

"Exatamente, da história, nunca de, sobre ou a respeito de história; da história é o que deve dizer. Se disser outra coisa receberá livros desinteressantes, ou dessas ficções que, sem pretensão de sê-lo, substituem certas verdades por outras",

"E por que os livros da história não são vendidos juntamente com os livros de história?",

"Talvez porque já haja uma superposição demasiada entre as narrativas vivenciadas para que se permita que elas se misturem, igualmente, no narrar das narrativas escritas, ou renarradas, se assim for melhor para entendê-lo; é o que eu deveria pensar ou dizer, mas o fato é que o que penso é que, talvez, isso simplesmente ocorra porque há muito receio, ainda, de contar em voz alta a história, e que é por causa disso que se prefere falar das histórias que são essas outras",

O olhar do senhor que tem ares de professor ou de notário deixa que Felipe perceba que há entrelinhas e inversos na sua fala e que é também obséquio seu que o sugira e continua,

"Essa história, essa outra, a que nos foge, é preciso ir buscá-la lá onde não está", para, logo em seguida, com um simples aceno com uma das mãos, seguir o seu caminho e deixar Felipe pensando sobre como são várias outras as coisas que fogem, junto ou não com a história, e que tardam a se fazerem encontrar, porque, sendo evidentemente tal o seu desejo, ou a sua necessidade, essas outras coisas, a par com a história, com essa história, entre as outras, conformam coisas que são, sobretudo,

                      difíceis

de dizer.

Caminhou pela cidade e enfim encontrou a livraria do senhor Eduardo, colada à parede da capela do Senhor dos Passos, tal como indicado pelo senhor que tinha ares de professor ou de notário, e, antes de chegar ao livreiro e de lhe pedir os livros que seriam os da história, se deixou caminhar, ao acaso, entre os balcões e estantes de livros usados, por muitos antes lidos e relidos, e, sem dar muita atenção aos livros nos quais tocava, enumerou, em silêncio, as coisas suas

que eram de natureza da história, daquela história,
e que também de si fugiam,
   a história que não lera,
     o filho que não fora,
       a vida que não tivera,
         a família que não tivera,
           a cidade onde não vivera,
todas essas coisas sobre as quais dizer é
   difícil.

Capítulo II

A história de Malaquias

E não me venha dizer que esteve a ver aparições. Não haverá aí nada de estranho, a julgar pelo que podemos saber sobre o mundo, ao menos sobre o mundo como ele vai, neste momento. Não, ainda não é a velhice que me orna com seus adjetivos, não tenho ainda milênios de idade, não estou para estátua, não sou sandeu ainda, embora a surdez me deixe gago e duas imensas cataratas se acumulem, azuis, nos meus olhos. Muito já vi de pouco. Sempre morei aqui, vi daqui os dias bons e maus, estou no pórtico do portão e nesta árvore, ao mesmo tempo incógnito e presente, sou um tonto de mim mesmo. O moço me pergunta sobre o réptil? Conheci vosso pai muitíssimo bem. Ele também perguntava-me sobre o réptil, ele também.

Também é palavra que se repete sem custo, é palavra bonita, que está na minha boca por inútil. Vosso pai ele também, ele também vivia para réptil, desses que por aí estão, melancólicos de si mesmos, surdos talvez, a escavar milímetros nos muros, nas paredes e talvez ainda nos espelhos. Quando se está morto está-se para réptil. Não sou sandeu, não tenho história. O que sei é que está-se para lagarto, as finas unhas a arranharem sutilmente a linha que separa a vida de o que não é a vida, a escavanharem um muro, parede ou espelho. Réptil eu seria também, não fossem minhas obrigações. O moço quer saber da minha história? Pois não a tenho. Não tenho não, não tenho história, não me apasmalho para mim mesmo, não sou sandeu de mim. São estes dedos os que arranham as paredes de vossa casa, esta mesma na qual vivi desde criança. Aquele quarto que está ali viu-me crescer e guardará o meu fantasma para a eternidade, sim, conheço-a, a eternidade é feita de musgo e silêncio. Vosso pai, que nela vive agora, se a percebe, saberá dizê-la. Pergunte-lhe, se pode. Escute-o, se pode. Répteis falam por meio de toscos pensamentos. Se quer mesmo saber, foram eles que nos avisaram, por meio de seus toscos pensamentos, que ali estava caído ao chão o vosso pai, a contorcer-se, já quase morto, o último fio de vida na ponta dos dedos e no olhar, um fio unindo esses dois pontos do corpo. Não hei de esquecer aquela hora estranha. Fui o primeiro que chegou. Vi o vosso pai caído ao chão, o corpo contorcido e rígido, as mãos a quererem se fechar, como se fossem agarrar a qualquer coisa, os olhos abertos, mas já olhando para o invisível, a boca como se desejasse se fechar e sem o conseguir, como se mordesse uma fruta ela também invisível. E por todo lado aqueles lagartos, a morderem o corpo de vosso pai sem dele tirar nacos, como se pudessem repartir entre si a sua alma, a disputarem nacos de alma, a apressarem-se, a sobreporem-se, a retornarem correndo para dentro das paredes, a retornarem ao corpo, carnívoros do invisível. Pois saiba que eu bem que quis espantá-los, Passem, passem, seus merdas, berrei, agitando os braços, e tomei vosso pai em meus braços enquanto pedia ajuda. Mas isso foi questão de alguns segundos, porque a ajuda já chegava, todos os que estavam na casa haviam, como eu, escutado os toscos pensamentos dos répteis e já caminhavam na direção do corpo do vosso pai. Por inútil, porém, porque era uma ajuda que já não ajudaria. Em meus braços vosso pai tremia-se de seu último esforço. Seus dedos desfechavam-se e seus olhos faziam um último movimento, abrindo o olhar a uns poucos centímetros apenas e que ia de um ponto qualquer a qualquer outro ponto no teto do quarto. E ali estava ele terminado, réptil talvez destas paredes.

 Esta, e não outra, é a vossa casa. Há aqui todos os defeitos do mundo, mas aqui a vida vai sendo vivida. Trata-se de uma troca. Dá-se o mundo como ele vai pelo mundo que almejara ter-se sido. Uma troca. Vede aqui a triste sina. Vossa sina herdada, sendo vossa família a realidade mais palpável, e, se me permite, tenho por cá meu pensamento de que isto aqui bem é a coisa chamada casa, uma casa do meio-dia. Esta a vossa casa, como vos disse, donde emparedar-se ao mundo antigo, desejosa e complicada, reles mas sabedoriosa, arrogante num suspiro dentre outro, devedora a si de uma coleção de medalhas invisíveis: vosso nome, vossos livros, vossos cães que sejam mesmo os do meio-dia, a história vossa, e isto tudo com o mesmo desejo de todos de fazer-se gente no cruel mundo de hoje em dia. Casas e cães do meio-dia se devem perpetuar; o moço, o moço deve-se também fazer perpetuar. Se desejasse casar, o moço, haveria de encontrar uma moça rica sem qualquer dificuldade, porque moças ricas são interessadas desses mistérios de meio-dia que aqui habitam, os quais se pudessem chamar enigmas, histórias, memórias, endechas.

A casa já a tem, a uma endecha, moço. E tem seu nome, o Anfão. Chama-se Anfão esta casa. Quem lhe deu o nome não sei, não imagino. É uma casa velha. As paredes que têm acumulam umidade, raios rompem-lhe os muros, puídas são as telhas. A pintura nova tem ar de velha em dois dias apenas. As plantas do quintal crescem desordenadamente; o poço, no quintal, tem certo ar de eternidade. Não um ar pacífico, tal como se imagina que seria o ar da eternidade, mas um ar revolto, instigante, provocador, como não se imagina que é, mas que de fato é, a eternidade. Está ali no poço velho, nesse umbigo profundo. Ali tudo parece começar e terminar. E tal como o poço é velho, é velha a casa. Impossível renová-la. Impossível destruí-la, impossível recomeçar. Por isso lhe digo, não se é maior do que uma casa dessas, e quando ela pesa-lhe nas costas, deve-se obedecer-lhe, ali estando a condição de estar, de ser, se é que dessas condições se deseja fazer uso. Pode não ser o caso do moço, havendo sido liberado desses deveres por seu pai, mas é o meu caso, que mesmo sem ser dono, sem ter o direito de mandar neste lugar, acabei me deixando ficar pela vida toda. Tenho o espírito mais fraco que o espírito da casa. Deixo-me comandar, sou dócil, fraco, imbecil. Tal como não foi vosso pai, e, sabe?, tenho para mim que a morte que ele se deu foi como um sacrifício feito para o moço.

O vosso pai contorcido ao chão. E seu estranho testamento. Ordenou que suas tripas fossem dadas a comer aos pássaros e bem revoou sobre o Anfão um milhar de andorinhas. Vossa avó cumpriu o desejado, espalhou as tripas de vosso pai sobre a mesa de pedra do quintal e em poucos minutos nada mais havia ali, tal é a fome desses pássaros. E não muito depois vossa avó também se foi. Toda casa tem vontades e a gente da casa lhes obedece. Eu lhes obedeço. Se não se obedece a uma casa dessas, ela o vem devorar. Aqui sempre estive. Não tenho por aqui deveres precisos, não os tive jamais e não os terei. Vim parar nesta casa porque era afilhado de uma irmã do bisavô do moço que morreu de difteria e que foi esquecida por todos menos por mim. Deixaram-me aqui para passar uns dias e fiquei para sempre, ocupando-me do que queriam na cozinha, o amolar das facas, o correr ao talho para comprar um quinto de alcatra, o encontrar coisas perdidas, o abrir portões e depois fechá-los. Tenho hoje noventa e oito anos e faço ainda as mesmas coisas, rego as plantas, sim, mas não o suficiente para dizer-me jardineiro, não entendo de bulbos, vivo por viver, mas como quero, namorei umas quantas das moças que trabalharam aqui, a primeira delas chamada Socorro. Eu tinha dezesseis anos e ela vinte e um. Ela escolheu-me. Pediu-me para ajudar-lhe a estender roupas no varal e a cada vez era uma oportunidade para encostar em mim seus seios. Seus seios duros e grandes, quase visíveis por detrás da blusa úmida pelo lavar das roupas.

"Tu ficas hoje com a tua dinda e no outro dia eu venho te buscar", dissera-me minha mãe, sabendo com certeza que era a última vez que me via, durante a vida pelo menos,

"Venha cá, Malaquias, que eu quero ver o que sabes fazer, se é que sabes fazer alguma coisa", e não, eu não sabia nada, ignorante como sempre fui, ela despindo a blusa de costas para mim, as costas plenas e fortes, em poucos momentos a visão de seus seios a aproximarem-se de meu rosto — de que parte do meu rosto? —, de minha boca, para uma inimaginável conjunção, "E ouve bem o que tua dinda tem para te dizer, faz o que ela te mandar fazer, obedece tua dinda",

"E não é que sabes mesmo fazer alguma coisa?", repetia a moça incontáveis vezes, os raios do céu cruzando-se em sobressalto, até dizer-me a mais imponderável das palavras, enquanto apertava meu sexo ainda dentro de minha calça, "Mete".

Meter, mas o quê, e onde, meu sexo? o qual ela apertava, e onde? em qual dos espaços, das planícies ou dos vales de seu corpo? Minha mãe teria morrido anos mais tarde num acidente de barco, mas feliz porque eu estava encaminhado, cria de uma casa de bem, fazendo meus estudos, ainda que parcos, porque gente como eu, que abre e fecha os portões, é bem sabido, não está destinada a estudar. E vi assim os anos passarem-se, amolando as facas, correndo ao talho, observando as irregularidades na alma dos empregados novos e amando algumas das moças que trabalhavam por aqui, mas sempre no maior dos segredos, sem que isso incomodasse a qualquer pessoa.

"Tome a bênção de sua dinda, menino mau."

Minha dinda logo morreria, mas eu estava para muro, para pingente, para parede da casa, para espelho manchado, para roldana de poço, para perna de tesoura perdida no quintal e que servira a cortar panos um dia, para nada e para tudo, o moço há-de saber, tendo-se assim passado minha vida, mas é bem verdade que, agora, a este momento, sei muito bem que todo esse tempo se resume na confusão e na mistura daquelas duas vozes, tão diferentes e tão fortes, que a épocas diferentes disseram-me, "Mete".

E, "Fica agora com tua dinda que outro dia eu venho te buscar", nisto então se resumindo minha vida, nesses dois momentos, se posso bem os escolher, porque são eles que, insistentemente, martelam-se em minha cabeça, minha mãe e a lavadora de roupas vinda de Bragança para o serviço doméstico da casa. Mete, fica. Fica, mete, se eu então pudesse escolher entre as duas palavras que falarei quando morrer, e já para logo morrerei, seriam essas as duas. Quantas vezes já não as soprei ao fundo do poço? Ou seja, adentro desse umbigo comum a todos nós, o moço inclusive, que giram em torno do umbigo desta casa?

"Escuta-me, onde estiveres, caminha até aqui, atira-te, deixa-te cair, não tem medo, cairás eternamente porque não tenho fim, cairás por dentro de um canal escuro e úmido, úmido e quente, não dói nada, verás como não dói nada."

Não acreditaria em mim o moço se dissesse que o poço do Anfão fala comigo. Fala consigo também, se quiser escutar, pois não? Ele recita o calendário e reproduz falas que foram ditas no passado e ainda recita o futuro: um vazio poderoso, um silêncio feito pelo vento que passa, empurrando as samambaias, atravessando esse canal escuro e úmido em que ele converteu-se, escute, escute, as crianças em aldrabice, os trapos rasgados para passar no chão, as tenções feitas por minha madrinha de repetir os doces, vosso pai a estudar piano, vosso tio a ler ruidosamente, vosso avô a vestir com a dignidade estática de um rei mago de presépio, um cão feroz e outro manso, "Malaquias, onde estás?",

"Estou aqui, sim senhora", um cometa de vidro no teatrinho do jardim, a senhora vossa avó ordenando a casa, o ruído do coração de vosso pai, doente, o médico repetia, em diástole e em sístole, o coração dele repetindo-se num infinito convergente,

"Malaquias",

"Estou vindo",

os morcegos retomando seus lugares nas mangueiras, porque amanhecia, fazendo-o ruidosamente, o soro iodado da mãe de vosso avô, o éter com o qual, uma vez por ano, lavavam as varandas, a crença profunda de que é com os odores que se vai salvar o mundo,

"Estás hoje aparvalhado, Malaquias?",

"Não senhora, vim correndo",

os que linda estás, os que horas fazem, os aonde vamos, os imaginar daquela gente, os não esqueças de dar bom-dia e boa-noite, os continuas peganhento de tanto doce que comes, os proíbo-te de matares, de amares, de fugires, aquelas vozes todas, do fundo do poço,

"Malaquias, vai ao talho para buscar um quinto de alcatra",

"Malaquias, rega as plantas do jardim, mas não muito os tajás, vê se não esqueces de não regar muito os tajás",

"Malaquias, dá outra demão de tinta no banco do jardim, e vê se misturas com água, para não ficar muito forte nem muito feio",

"Malaquias, o portão, estão chamando, não escutas?, ficaste surdo, Malaquias?",

"Malaquias, vem aqui que eu quero ver o que tu sabes fazer",

Saiba o moço que estão quase nas horas de eu ir embora. Eu era muito alegre, antigamente, mas hoje em dia estou ficando triste. Já não tenho forças para ser alegre. Um dia, já quase lá, estou eu também entrando naquele poço,

"Malaquias, que horas são essas?",

"São horas de ir-me embora", que horas são?,

são horas de anteontem,

que horas são?

são horas de criar vergonha,

que horas são?,

são horas de não ter mais pressa,

que horas são?,

são horas de fechar a boca,

que horas são?
são horas de trancar a porta.
"Perdoe-me o moço o meu cansaço, o que queria mesmo saber? Ah, sim, queria saber sobre vosso pai, não era? Quase esqueci. Ele também perguntava-me sobre o réptil, ele também."

Capítulo III

A história de Isabel

Esquecer as coisas mais bobas do mundo, bem como a repugnância que me causavam, qual das duas tarefas a mais difícil eu não saberia dizer, embora pense que se pudesse me treinar para o controle da repugnância sumiriam do mundo as suas ideias bobas. Porém, não seria exatamente a isso que me dedico? Não seriam esses os meus esforços permanentes? Não seria isso o que fiz a vida inteira desde aquela vez em que,

     noite adentro, duas ou três noites, uma adentro da outra,

                      vieram os guardas e me acordaram, um deles dizendo, Calma, menininha, não é nada, estamos apenas procurando uns bandidos que fugiram e que podem estar escondidos por aqui, na tua casa,

                        mas nas minhas
gavetas?, dentro dos meus brinquedos?, dentro do
meu pijama?

(a mão rugosa e fria do policial, feito o casco de uma
tartaruga)

e lá fora o grito da minha mãe, o silêncio do meu pai,
o barulho de um armário caindo e meu irmão Miguel
olhando para o policial com ódio, com tanto ódio que
parecia que era ele o bandido que tinha fugido,
            Tu és o bandido, Miguel?, tu viraste
bandido?, por que tu viraste bandido, Miguel?,
            o meu irmão Miguel, em geral pacífico,
calmo, amedrontado, olhando e de um momento para
o outro se atirando sobre o policial para rasgar-lhe a
pele do rosto, os dedos, sem medo algum, penetrando
os olhos do policial, seu grito, o sangue que lhe saía
dos olhos, meu irmão Miguel passando sobre mim em
voo e arrebentando-se no armário do quarto, outro
policial levantando, com suas mãos de pedra, o meu
primo Rodolfo, ainda uma criança de colo, para que
outro, com uma faca, rasgasse o seu colchão, talvez
que o bandido estivesse ali dentro,
            o dia seguinte,
    "Tiveste um pesadelo ontem, Isabel, gritaste, pediste ajuda ao papai do céu",
    "Foi um pesadelo?",

"Foi",
"Cadê o Miguel?",
"Foi para a escola",
"E meu pai?",
"Foi levá-lo",
"E minha mãe?",
"Está na sala, e mandou te acordar, senão o café esfria."
A casa arrumada, ordenada, mas de outra maneira e ao primeiro gole de leite aquele amargo na boca, aquela repugnância monstruosa, a certeza de que não fora um pesadelo, mas o desejo profundo de crer, de crer e esquecer, o mesmo desejo que me revirava, me fazendo impotente, sem poder lutar contra ele ou o que quer que fosse, envergonhada, enojada, sem poder mais aquelas coisas que eu não conhecia, não compreendia, não tolerava,
  como na escola,
    quando diziam que meu pai era comunista,
  na rua,
    que meu tio matara-se,
  na escola,
    que meu outro tio era alcoólatra,
  na rua,
    que meu irmão era doido,
  na escola,
    que minha tia era puta,

      na rua,
           que meu pai era ateu,
      na escola,
           que meu tio fora preso,
      na rua,
           que eu era baixa, gorda e feia,
                a vontade de tudo esquecer, de tudo limpar, o desejo absoluto de esquecer-me daquele dia em que, numa festa de família, havendo bebido mais do que podia, meu pai falou que Jesus Cristo,
      (era bicéfalo)
           que Deus cobiçava a boca de Maria Madalena e que o Espírito Santo era um pequeno-burguês,
           que a Virgem Maria era uma invenção obscura da culpa dos cristãos e meu tio Maurício, quando ele ainda estava no meio de nós, falando sobre os militares com sua ironia,
           Minha amiga Annamaria, em seu primeiro desaparecimento, o sargento chama-a para depor e lhe pergunta o que de bom fez pela ciência a União Soviética,

  "O senhor sabia, sargento, que por lá foi que se inventou o sistema *tar*?",

  "O sistema *tar*?",

  "Não conhece?",

  "Não!",

"É um sistema usado para medir a inteligência das criaturas: o indivíduo de inteligência mediana equivale ao metro-tar, entende?, enquanto que aquele muitíssimo inteligente é o *kilotar*",

"Sei",

"Pois é, sargento, enquanto que a criatura que ocupa o grau mais rasteiro da escala da inteligência humana vem a ser o *militar*",

"Para dentro com a moça", respondeu o senhor sargento, com um gesto de rapina nas mãos,

Ou os amigos de meu pai, quando vinham (para se esconder em minha casa) — seriam eles os bandidos? — aqueles seres bizarros, que impediam a minha vida de correr normalmente, que desejavam impedir-me de acreditar em Deus, de, simplesmente, viver com a liberdade de não pensar, passar meus dias sem a culpa por não pensar em todas aquelas coisas que, no fundo, não me diziam respeito e sobre as quais não desejava refletir; coisas que eu não entendia e não gostava,

aqueles sujeitos calados e tristes que nos visitavam ou que passavam temporadas escondidos em nossa casa,

como o sujeito com os pés quebrados que morou no nosso porão durante dois meses

e que tivera os tendões de Aquiles cortados com um golpe certeiro e único de uma machadinha, a eficiência interessante e criativa dos militares, durante a sua tortura, e que, desde então, tinha os pés completamente flácidos, precisando ser carregado nos ombros de meu pai e de meus tios, seus amigos de infância

            ou a mulher de olhos tristes, que acordava à noite porque as mãos lhe doíam

          e a quem enterraram agulhas sob as unhas, por meio de uma rápida, inesperada e certeira martelada.

 Pois sim, esquecer as ideias bobas do mundo, esquecê-las, esquecer-me de tudo, perder a família, fugir da família e de suas histórias, viver normalmente

          mas o casco de tartaruga, a mão do policial sobre meu sexo, o grito de minha mãe e o silêncio do meu pai, o ódio nos olhos do meu irmão, o sistema tar, o homem sem tendão de Aquiles, as agulhas sob as unhas da mulher, a farfalha da escola, o leite amargo, azedo, o gosto de nojo que chega à boca.

Capítulo IV

A história de Maurício

Quando, meu filho, o preto disse,
          Agora chega, vimos já que o menino não quer colaborar,
                  Não resisto à dor, eu respondi, pateticamente, a repetir uma frase que minha mãe dissera de mim em minha infância,
                        Ah!, então o menino não resiste à dor?,
                    a grossa gargalhada ecoando atrás de mim em gargalhadas menos entusiasmadas, respeitosas talvez da gargalhada forte do preto, tributárias dessa, três?, quatro?, quantas seriam elas? Eu desconfiava que havia gente atrás de mim e aquelas gargalhadas eram a prova, o quarto escuro, o frio, a umidade,

      Então o menino não resiste à dor?, e o que faz?, chora?, chama a mamãezinha?

 Minha mãe referia-se ao rasgo no meu pé aberto há pouco por uma placa de metal enferrujada e submersa na poça de lama sobre a qual eu decidira passar correndo, mesmo havendo pensado se deveria fazê-lo, mesmo diante das imposições urgentes do momento, a pira, a brincadeira, o fato inconsútil de a poça de lama formar um atalho para que eu fugisse da mãe atrás de mim e que era nessa ocasião o meu irmão Antônio, então eu pensava como fui meter-me nesta poça,

      como agora eu pensava, atordoado, como fui meter-me nessa história?, como deixei-me apanhar?, pois sou covarde,

      Felipe,

      e não resisto à dor; e nisto pensando senti o tapa na orelha, não: nas duas orelhas, inesperado e cuja força imensa teve o poder de me lançar no mais profundo silêncio que já me ocorreu, atrás de mim a pequena plateia de carrascos rindo, rindo-se de minha fraqueza,

      tal como ria-se, mesmo que sem o dizer, sem o expressar, a enfermeira que se preparava a consertar meu pé naquela outra ocasião, mostrando-me fingidamente a agulha curvada na qual se atava uma linha preta molhada no mercurocromo, a fazer isto às costas de minha mãe, que não encontrava coisa melhor a dizer que, Coitado, não suporta a dor,

Quinze pontos, disse a enfermeira, desejando amedrontar-me,

a puta, a cachorra, a cínica, trinta buracos no meu pé, calculava eu em silêncio. Porém, não senti dor e não berrei e sequer mexi-me quando ela enfiou a agulha curva pela primeira vez no meu pé, mergulhando então neste mesmo silêncio que senti mais tarde e que sempre me pareceu ser meu único refúgio, o lugar no qual algum dia habitarei, tão logo cessem os mal-estares que, depois de minha morte, me acometem,

efeito demorado do excesso de barbitúricos que ingeri para morrer, pois, se não sabes, os mortos continuam escutando as coisas como enquanto vivos e por vezes mais coisas ainda do que podiam arcar seus miseráveis ouvidos de carne, e não sendo senão outro o desejo superior que tenho que o de deixar de escutar, deixar de todas as formas de interagir com tudo o que faz, de merda, este mundo de merda, a boa lembrança, a boa lembrança que me fora esta porque, tal como olhei para a enfermeira nos olhos, sem chorar, sem franzir a testa, desmentindo a pobre de minha mãe, que desejava ver em mim, embora por amor, alguém mais fraco do que eu, deveras, era. Olhei naquela hora para o preto filho da puta que começava a me torturar,

"Vejo que os militares deram aos gorilas funções mais apropriadas",

disse-lhe, olhando-o nos olhos, recuperando a dignidade que, por amor, roubara-me de mim minha mãe, pronto para afundar no mais profundo silêncio sabido pelos homens, pronto para, lentamente, chegar à morte, percorrendo na sua direção os caminhos obscuros da dor, desta dor bateu-me com as costas da mão a face, duas vezes sua mão maior que minha face, provocando-me uma dor obtusa no pescoço, lançado repentinamente à direita, Bates-me na face esquerda mas atinges-me a direita, não tive tempo de preveni-lo, mas consegui olhar em seus olhos tal como naquela outra vez olhei aos olhos a puta da enfermeira, esse gesto simples que revela a todos os torturadores, que tem o poder de mostrar a eles os filhos da puta que são e de impor-lhes que mintam para si mesmos o que não lhes é sem esforço, dado que inteligência não têm, desta vez acertando-me no queixo, com o punho, um murro tão forte que me jogou a cadeira para trás, fazendo-me cair de costas, as mãos atadas uma a outra, e bater com a cabeça ao chão. E então, um dos espectadores de minha agonia, qual uma hiena afoita diante dos ensinamentos da mãe, correu para chutar-me os rins, duas, três vezes, o prazer estúpido que teve com esse gesto escorrendo da boca pela saliva, descontrolado, fora de si, a besta magra, desnutrida, filho do regime,

"Babão!", eu lhe disse, e a besta magra enfureceu-se, mais ainda porque os outros riam. Levantou-me do chão pelos cabelos, quase não tendo a força necessária, e deixou-me cair sobre sua própria perna, arqueada, de modo a receber meu flanco no joelho, a nosso lado a plateia ainda rindo e algum gaiato ironizando o companheiro,

                Babão, Babão, o que não me espantaria é que tenha pego por apelido, o que mais ainda o encheu de fúria, fê-lo xingar-me de coisas que eu não entendia e pôr o pé na minha garganta, o que me teria matado mal iniciada a sessão de tortura, não fosse o preto grandalhão o retirar,

                mãe zelosa da presa e cuidadosa da cria, loba desgraçada, levantar-me mais uma vez, pôr-me sentado de novo na cadeira e jogar-me ao rosto água gelada, uma jarra ao menos, já dormia eu?, sentia, ao menos, a garganta empatada, como se o pé do Babão ainda lá estivesse,

"Não era o menino que não aguentava a dor?, pois até que está aguentando muito, minha flor. Vamos ver se aguenta agora esta maquinazinha",

Choques elétricos. Puseram em meus pés dois fios desencapados que levavam a uma manivela. Muito já gasta, por sinal, a qual o preto girou levemente para começo de sua conversa, há mais de trinta minutos eu estava apanhando, os choques subindo lentamente pela palma de meus pés, pelas pernas, alcançando a coluna vertebral, a sala escura, fria e úmida, a besta magra e babona apaziguada no seu canto, as risadas de sempre, o preto troglodita, quando eu percebia, instalando seus dois fios desencapados no meu sexo e este profundo desejo de morrer, tão forte, tão intenso, que me acompanha mesmo depois de morto.

"Vamos ver o que faz o bimbinho do menino quando sente dor",

Um cabo contornava meus testículos e outro acomodava-se à glande do meu sexo. O preto começou a rodar a manivela lentamente. Os choques, finos, delicados, interrompendo-se por vezes, tiveram o efeito de rasgar em duas partes a minha alma, mas também o de intumescer um pouco meu sexo, dando motivo para o gorila dizer, já sabendo com certeza desse efeito, talvez comum a todos os homens,

"O menino está gostando do carinho, não é?, vamos ver agora se gosta da punhetinha",

e começou a girar com força a manivela. Os choques sucessivos me fizeram desmaiar. Um novo jarro de água na face, o frio, a umidade, a escuridão de sempre e novos choques, há três horas eu lá estaria?, há dez horas eu lá estaria?, talvez que há só quinze minutos, meia parte do meu corpo eu já não sentia. Novos choques leves, mas ao meio deles uma cria do preto jogava-me ao sexo, sobre os fios desencapados, ou ao peito, ou à cabeça, copos e jarros d'água, e os choques se espalhavam pelo corpo todo, insuportáveis. Novamente desmaiei.

"Eu falo, digo o que vocês quiserem",

"Mas ninguém está querendo saber de nada não, meu filho. Nós já sabemos de tudo",

Novos risos, mais frio, mais umidade, mais escuridão,

              e então, meu filho, decidido estando que eu morreria, que se não fosse ali seria logo à frente, porque desses fossos de escuridão não se foge de modo algum, pude deixar-me guiar pela memória, pelo pensamento fácil e inconsútil, que efluiu do núcleo de minha dor, tal como uma música de câmara que começa a ser tocada, a sala ainda no escuro, no escuro da sala aqueles monstros destruindo-me, batendo-me, rasgando minhas costas com a ponta de um arame, já não mais sentindo dor, e costurando-me a sangue-frio, a música elevando-se, puxada por um violino principal e dois outros secundários, elevando-me a alguma espécie de céu, ao céu da morte, provavelmente, a lembrança de ti, que já então eu renegara, que tinhas pouco mais de um ano quando se passaram essas coisas,

      Felipe,

             a lembrança de minha mãe, Maria, ensinando-me meu nome, o qual eu achava tão difícil de falar, a lembrança de que eu roubava os doces da cozinha e abria as janelas que deviam estar fechadas, de minhas simples peraltices, que nunca mereceram castigo, mas também os primeiros encontros com a pobreza do mundo, com a miséria do lado de fora da nossa casa, cercando-a, e tudo, e toda a cidade, a memória da casa do Anfão, tão simples mas ao mesmo tempo bela, de sua grande varanda e da mata que a cercava, e da ilha onde passávamos nossas férias, de tua mãe também a lembrança e sobretudo a de seus desinteresses, das várias coisas que ela reprovava ao mundo com uma generosidade infantil, amando-me tal como se fizesse uma permuta, trocando o que era amor pelo que, em mim, era interesse, era o estar disponível de algum modo à forma como ela me desejava, a cada tempo mais consciente de sua condição frágil, por ser mulher talvez, seu imenso susto, por exemplo, quando viu-se observada pelo réptil, certa noite,

     o ato contínuo de puxar os lençóis para cobrir-se e seu grito, nos azulejos da parede daquele quarto de hotel, porque era em hotéis que eu encontrava-me com tua mãe, como deves saber, o réptil olhando-a, impassível, mas tendo nos olhos um interesse que não era frio,

     embora se diga que o sangue dos répteis é frio na medida em que o de nossa espécie é quente e que, quanto mais gélido for, mais preparado está o animal para o ataque de sua presa,

     eu retornava do banheiro e o que vi foi tua mãe atirar sobre ele um travesseiro, vi-o voltar-se sobre si mesmo e adentrar a parede tal como uma mancha de tinta, tal como uma pequena nebulosa,

     um fenômeno do absurdo do mundo, desses que se acredita, apenas, enquanto está acontecendo,

e a lembrança de tua mãe dizendo-me que nascerias, não me importando muito a evidência de que era a mim que ela escolhia para ser teu pai, talvez porque eu estivesse muito ocupado, por aqueles dias, talvez porque, e é preciso que saibas, não tinha eu vontade de o ser,
   desculpa-me,
      sou de todo modo um desses fracos a quem não se deve penas, cães lambidos e impotentes, dinossauro aleijado, cego pobre de igreja, sempre o fui, uma dessas pobres criaturas a quem nada preserva a ideia de se ver em pai, exemplo miserável do que Deus pode querer aos homens, minha vida podendo ser resumida naqueles desvãos de felicidade que tive, o abrir de pacotes de um brinquedo ganho na infância, o encontrar dos seios da primeira namorada, a alegria propiciada pelo suicídio certeiro, preciso, purgativo, bem próprio aos infelizes que, como eu, não se podem dar outra morte que não a dos químicos excessivos,
   Eu falo o que quiserem,
   Mas já não queremos nada, minha flor,
   Mas eu falo, eu conto tudo,
      Mas nós já sabemos de tudo, já temos todos os nomes, e agora mesmo, aqui bem ao lado, está uma moça sendo entrevistada, uma moça que o menino conhece bem,
   tua mãe,
      Filhos da puta!,

(algum dia, juro, mato-os, dinamito com a existência de todas as forças de merda das armadas deste país de merda),
 E ela disse que te conhece, ela nos deu teu nome, ela te alcaguetou, a filha da mãe, ela nos disse que tu fazes parte do movimento guerrilheiro 6 de Janeiro, ela fodeu contigo, seu merda,
 Tua mãe, tal como daquela vez em que tão bem a vi, em que tão bem falei com ela, quando lhe contei as histórias que se deve contar aos seres, ao menos três vezes ao dia, ao meio-dia, à meia-noite, às seis da tarde, tua mãe,
 Ela falou teu nome quando enterrei o amigo aqui na buceta dela,
 O amigo-aqui constituindo um pedaço de pau rudimentar,
 Na buceta dela,
 a mesma pela qual saiu o teu filho, seu veado,
 do qual vamos dar cabo,
Nunca antes, como agora, o conhecimento do mundo. Não pude, porém, lutar por ti, como inútil pai que sou, na sala ao lado, aqui ao lado, a certeza de que nada mais terá sentido nem jeito que seja, a certeza bem viva de que tudo o mais restará sereno e plácido tal como sempre aconteceu na sala de estar de minha casa, filho ignóbil da alta burguesia belemense que sou, ignóbil,

Quer o menino sentir o amigo-aqui na bunda? O mesmo que fodeu a noivazinha do menino?

absolutamente mais nenhum sentido tinha a minha vida,

diante da humilhação da tortura,

diante de minha impotência,
Maurício, eu precisava pedir-te perdão, Antônio lhe disse horas antes da sua morte, E por que tu precisas fazer isso?, Porque nunca fui um bom irmão, desde quando não aceitava que brincasses junto comigo, desde meu olhar de complacência, desde tudo que não partilhei, por ciúme, E por teres deitado com a Selma? Por isso não me pedes desculpas?, Sobretudo por isso, Guarda as desculpas, não me fazem falta, Escuta, Não, não escuto, não preciso de desculpas, mesmo porque não me incomoda o fato de teres deitado com a Selma, escuta, a dizer a verdade o fato que me incomoda é o de ter feito isso sendo o meu irmão, e é por ti que eu lastimo, e não pela Selma,

"Selma, dás-me teu pescoço para que eu o beije, tuas coxas para que eu aperte, teu ventre para que eu morda? Dás-me?", em qualquer canto da casa, com um tom inesperado e casual que repetia sempre, tal como naquele bilhete que deixou ao morrer,

Vou morrer, isto é fato, e nos próximos dias. A Selma guarda um filho meu e esse menino deve receber de vocês tudo o que não receberei

235

eu mesmo. Quanto a mim, só quero que me enterrem e me esqueçam. E que ponham um guarda-chuva no caixão e um bocado dos meus livros. E que, se puderem, deem para os pássaros um pouco das minhas vísceras.
    E isto é tudo o que disse ele?
    É tudo!
        Tudo e mais nada?
            Exatamente, que o enterrem, com um guarda-chuva em seu caixão, e com seus livros preferidos, e que deem aos pássaros do quintal um bocado das suas vísceras,
                Há mesmo gente que vive para a paspalhice,
           Com um guarda-chuva no caixão!
        A mim quereria um doce, para não desejá-los na eternidade,
            A mim um pão, que é a comida de Cristo,
    Escutem, vou morrer nos próximos dias e isto é fato. Esse menino que a Selma tem é meu. Deem a ele minha parte na casa, só quero que me enterrem e me esqueçam. Escutaram?
    Que me esqueçam.
        É o desgosto dos pais!
        Filho assim é melhor não tê-los!
        Matou-se, quis morrer,
            E pôs no mundo um filho órfão,
           E de mãe que nem me conte,
        E agora lá está,

Com o guarda-chuva no caixão.
E então o menino não pode ver sangue? Nem o próprio? Pois olhe aqui para esta seringa e para a agulha que vai nela. Esta se toma numa veia azul, bem grande, bem grossa,

o amigo dizendo-me, meses mais tarde, e lá na cadeia o preto filho da mãe dizendo que faria contigo, Felipe, a mesma coisa que estava fazendo comigo, independentemente da idade que tinhas, Felipe, que tua mãe ficaria presa, que tu nascerias na prisão, que serias torturado como nós fomos torturados assim que nascesses,

A bela e lúgubre visão de meu próprio sangue sendo bombeado pela seringa, misturado a água e, logo mais, a um líquido amarelo, da cor do ouro. O injetar das seringas em meus joelhos, a memória da tortura e de seu complemento, aquele ao qual nenhum sentido dá à vida. O pensamento de que não mais te veria, tal como, de fato, aconteceu, e o desejo profundo de que não sonhes, meu filho, de que não acredites, como eu acreditei, por ingenuidade, que o gênero humano é essencialmente bom e precisa ser libertado, de que não creias que este país existe, de que não creias que para alguma coisa servem os militares, toda forma deles, dos que são capachos aos que são cães de fila, para que não creias nessas grandes ficções que são a liberdade, a vida, a justiça,

nunca mais te vi, veria, verei; espero que me perdoes, teu pai,
que precisa ir.

Capítulo V

A história de Miguel

Como tu, não conheço esta cidade. Não a compreendo, não lhe pertenço e mal sei andar por ela sem me perder. Chego mesmo a sentir vergonha dessa minha ignorância. Maior vergonha sinto quando perguntam-me onde nasci e quando dizem que não tenho o sotaque daqui. O fato de haver sempre aqui morado e de deixar-me seduzir por ela, de chegar mesmo a amá-la, embora de modo não convencional, se comparado ao amor efusivo de meus contemporâneos, constitui-me um fenômeno inexplicável. Que dizer? Que dizer-lhes? O que sobra é a explicação tosca de que sou produto do exílio de meus pais, que esconderam-se no Anfão durante o regime militar e cortaram contato quase completamente com a cidade, deixando-me por mundo uma biblioteca enriquecida por redondezas habitadas por estrangeiros. A mim e a Isabel. Como tu, Felipe, vivi também no exílio. Não obstante ser um exílio voltado para dentro, um exílio interno, amargo como o teu e talvez mesmo ainda mais, porque continha a crueldade de uma proximidade iminente e o temor de que, a qualquer momento, tudo pudesse tresandar. Nosso exílio rompia-se apenas para a ida ao colégio e para a casa dos nossos avós maternos. Porém, um como outro eram suficientemente preenchidos por não ditos e por proibições de comunicação. Assim, de modo algum essas saídas do Anfão serviam para nos dar a conhecer o mundo. Não, nosso exílio não rompia-se. Ele conformava-se por um longo círculo de vícios, porque durante o regime militar era impensável dizer sinceramente as coisas, no que se convertia minha vida, sendo eu criança, num longo círculo de coisas não ditas. O ódio e o medo silenciando a tudo, silenciando ao mundo, silenciando a vida.

Tudo ao meu redor era silêncio. Fazia-se de silêncio aquele meu exílio. Eram longas horas sem ter o que fazer, sem ter com quem falar. Era o Anfão uma floresta erma e minha casa, ali, um longo corredor de salas e quartos, grande o suficiente para que eu pudesse passar os dias sem cruzar com ninguém, nem com minha irmã, nem com meus pais, nem mesmo com os fantasmas do lugar. Acho que posso dizer--te, Felipe, que é por causa disso que tudo em mim, ainda hoje, é solidão. Há apenas uma chance de eu me relacionar com as pessoas: o trabalho. Fora disso, é tudo impossível, porque não sou ninguém, não me reconheço.

Por isso não seria exagero dizer que tudo em mim é solidão. Minha vida até os dezessete anos, contando aí, portanto, os dias intermináveis e importantes da infância, não foram senão a soma fantasmagórica de minhas exclusões. No colégio como na família, a todo lado. No colégio, quando os amigos me sabiam filho de gente ruim, de comunistas, o que soava ainda mais bizarro por causa da nossa boa condição. Na família, quando os tios de meu pai não falavam conosco. No colégio, por meio do olhar retorcido dos padres. Na família, por dentro dos armários trancados e proibidos. No colégio, através de suas mensagens cifradas. Na família, na comida servida, nos cabelos, nos poros do corpo, nos aniversários em que propositadamente chegávamos atrasados, para evitar maior convívio; tudo exclusão.

Sou contemporâneo de nada, porque não tenho nem amigos nem referências maiores que me deem um ser, ou meio ser que seja. Não compreendo o que me cerca, sou extemporâneo a tudo, ao mundo. Ainda ontem me lembrava de quando me falava sobre seu mundo uma moça que julgava me amar enquanto que eu não poderia lhe dar as evidências desse mesmo sentimento, as quais, naturalmente, ela pedia — esse mundo dela pertencendo a uma esfera de alegria e de presentidade que eu não sabia, o dia do Círio por exemplo, essa substância terça, essa alegria superior à minha compreensão e à minha condição essencial de ser apenas mais alguém, e não alguém, de não ser e tanto e, não obstante, poder dobrar o Atlântico para dizer que a amava eu também, sendo de uma outra forma, pela comoção talvez, que acreditava no Círio ou em Nossa Senhora.

Se falo sobre solidão é porque se trata de uma experiência que é durável em mim. Nunca tive com quem falar com sinceridade, nunca pude fazer amigos. Tudo em mim é uma certa forma de convivência social polida, fria e distante que, por mais que seja sincera e plena de boas intenções, nunca permite aos outros que se aproximem, que se cheguem, que estejam à vontade. Tudo em mim é linguagem. Sou vítima do português que não falo e do mundo que não compreendo. Tudo em mim é matéria refletida. Penso que o mundo é inútil e que o ser humano é, em sua essência, um animal cruel e bestial. Não acredito em muitas coisas. Há dias em que não acredito em nada. Não acredito em mim, sobretudo. E por isso mesmo sempre idealizei a hipótese de ter um irmão secreto, desses que dizem as novelas que vivem escondidos, criados por conventos e casas de agregados, um irmão a quem a condição geminiana transpõe meu ser. Invento-te, meu caro Felipe, tal como tu inventas teus répteis e tuas metempsicoses. É nossa condição. É o que resta a fazermos, seres humanos e miseráveis que somos, já aqui dizendo a morte que nos terá, agora logo ou daqui a já, que nos terá de toda forma, tal como terá a tudo o mais, a todas as pessoas que vivem felizes e a todas as pessoas que vivem infelizes, que nos terá como nós a temos, em nosso pensamento de todo o dia.

Como todos sabemos que não é o mundo alguma grande coisa, dessas que nos incitam os romances velhos a dizer que são conquistas a fazer, o que temos a fazer é considerá-lo apenas a parte de algo que não vemos e de que não saberemos inteiro. Não acredito que se possa perceber essa totalidade, nem a do mundo qual é nem a do mundo numa parte apenas que dele se dê; e se vivo em paz com minha alma é por ser ela feita de uma matéria gomada, dessas que amortecem os impactos com o mundo, mas vejas, vejas bem, Felipe, que absolutamente nenhuma dessas coisas é importante. Meu único problema é a linguagem. Gostaria de ficar muitos anos a fio a enumerar as coisas que conheci e das quais me lembro, mas se trata de um projeto bem inútil. A família, por exemplo, da qual tanto desejas saber, é um projeto inútil enumerá-la. São apenas ternos, camisas e saias que flutuam no ar de alguma sala, sem afetos expressivos.

A certo momento, devendo eu ter, então, a idade de uns catorze anos, iniciei de forma sistemática, embora dispersa, meus estudos sobre história e literatura, os

quais envolviam, simplesmente, a prática da leitura oblíqua. Já então podia perceber que as coisas ao meu redor não compunham um horizonte ameno, bem como também percebia que não possuía, absolutamente, nenhuma arma com a qual pudesse domar o mundo. Com efeito, não sendo arma a literatura que eu lia, nem a história que eu sabia, porque a ninguém feriria no caso de precisar servir-me delas como meio de defesa, restava-me viver ao acaso, fraco como sempre fora, esperando escapar com vida das fúrias ao meu redor, todas elas inconsúteis, pois dessas rusgas era feito o mundo de então: de ralhas e de silêncios solitários. Inconsútil o mundo que me cercava: a todo lado pessoas se odiavam, sem crença qualquer de que devessem superar esse ódio, tal como eu gostaria que acreditassem dever fazer. Todas elas muito ciumentas umas das outras e do mundo que eu via. E eu refazia em listas a sua forma: as casacas no beiril da cama, o muito dinheiro que tinham servindo-lhes de mão esquerda, os eu acho que diziam, as damas feito chimpanzés amestrados com laçarotes na cabeça, os homens feito porquinhos esfolados e no meu espírito a vontade suprema de trair,
    de trair
a minha classe social. E fazendo-o, certamente, na medida em que, já aos catorze anos, não tendo mais nada a lhes dizer, nem deles a ouvir, permaneci calado, havendo por isso quem me lembrasse estranho, não

dado a amigos, o gosto incompreensível me havendo, a muita informação a ser pressentida em mim, mas não, por cortesia,

a ironia, gênero de humor do qual não me senti jamais capaz, embora fosse moeda ali, ainda que pobremente e da qual, se eu pudesse fazer uso, haveria de ter feito um uso mais enriquecido.

É exemplar meu desconhecimento do mundo, este não servir para nada, este não saber de nada, este não ser aonde, este não ouvir a quem. Resta a literatura a fazer e, ao fazê-la, fazer-me. Porém, não creio que caiba escrever para ser lido — isto constituindo uma espécie de traição à literatura. Ela cabe a cada um segundo o seu fazer-se, dado que permite fazer transposições.

Capítulo VI

A história de Selma

sendo eu os halos de meus seios, porque halos sempre imaginei que eles conformassem, constituí-me a um só tempo nicho, pele, silêncio e intumescência. E desse modo constituí-me como um espaço vazio, prestes a ser projetado por qualquer outro ser, homens normalmente, se desejadores de fazer preencher

            nicho e pele   daquilo que queriam, a mim, de mim, em mim, tal como foi grande e indescritível aquela sensação de vazio quando puseram um pano em minha boca,

            ao qual eu tentei morder, rasgar e empurrar com a língua, sem no entanto conseguir, ali sabendo com toda a certeza que nunca mais poderia impedir, quem quer que fosse, de colocar igualmente

um pano em minha boca, muito bem sabendo que, a partir dali, já não poderia mais nada fazer para salvar-me, ao meu redor o silêncio dos homens e ao redor do silêncio dos homens o silêncio intumescente de deus,
  e a navalha que aproximaram dos meus olhos,
   e a faca de cozinha que me fizeram ver antes de vendar-me,
    e suas palavras: Vamos furar teus olhos, Vamos furar teu útero,
e depois a navalha cega, a faca cega igualmente, a riscarem minhas pálpebras, meu sexo, a água morna que delicadamente — delicada pode ser a tortura, refinados podem ser os torturadores — deixaram escorrer por meus olhos e por meu sexo, dizendo-se uns aos outros,
    O sangue dela é vermelho,
     e seus risos, Não matem meu filho,
    Fura a barriga dela,
    Eu gritava através da mordaça, Não matem meu filho, matem-me se quiserem, mas não o meu filho, a faca cega, ou talvez um pedaço de pau, atravessando minha vagina, procurando meu útero, aquela angústia superior a todas as forças que eu já havia acumulado e utilizado em vida,
    Fura a barriga dela,
vamos, fura, vamos ver se também é vermelho o san-

gue desse filhinho da puta que está aí dentro, vamos lá, mais tarde, quando eu pude fugir, e ainda chorando, no avião, jurei nunca mais retornar, nunca mais ter a menor vontade de querer saber qualquer coisa que fosse a respeito daquele país miserável e autoritário, que havia produzido, financiado e legitimado minha tortura, a crueldade da minha tortura, tal como produzira durante séculos a escravidão, tal como produzia tanta exclusão, tanto preconceito, tanta ignorância, tanta crueldade, tal como produzia intelectuais capazes de achar belo aquilo tudo, intelectuais bem pagos pelos que sempre torturaram, bem entendido, intelectuais capazes de achar belo o que chamavam de essência nacional, tropicalismo, morenismo, identidade, enfim, identidade que tortura, mata, escraviza, mutila, talvez como toda identidade deseje fazer, ou faria, se o pudesse e sem bem compreender por que a única coisa que eu pensava, ao ser retirada da sala onde se passava a tortura — e depois de ser jogada a uma pequena cela abafada e escura, — bem como quando depois eu partia, enfim, tendo meu filho nos braços, ao meu lado, naquele avião, a única coisa em que podia pensar era a respeito daquela tarde na qual Maurício levara-me a sua casa e apresentara-me à família,

        "esta é a Selma",
      "oi",
          "como vai, Selma?",

muito bem, obrigada, obrigada por vosso filho a vir até aqui, mas na verdade não estou bem nem um pouco, obrigada, por ter vindo e por estar aqui, não queria conhecer-vos, pois, sabem?, não sei cumprimentar, e tampouco sei o que dizer em qualquer outra situação, nem sei como sentar-me naquele sofá, nem onde colocar minha mãos, nem como olhar-vos, e é por esse motivo que não, não estou nada bem, nem sei como me convenceu o vosso filho de chegar até aqui,

"Que faz a Selma?", perguntou entrando na sala o pai,

"Ela é uma amiga do Maurício", respondeu a mãe, com uma delicada ênfase na palavra amiga, uma ênfase que parecia falar outra língua no lugar da nossa,

"Eu não perguntei quem é, ora bolas, mas o que faz",

"Faço o magistério", respondi,

"Que bom! Tem visão de futuro, sabe se preparar, hoje em dia ninguém mais sabe se preparar",

"A Selma sabe",

"É isso que eu queria dizer, justamente, uma moça que faz o magistério sabe se preparar, sabe pensar na vida, no futuro. Só espero que não seja comunista, como o Maurício",

"Mas é, e foi justamente numa reunião do partido que a conheci",

"Já imaginava, e acho que estamos indo bem por esse caminho: conhecem-se em reuniões clandestinas, mas a moça pensa no futuro, faz o magistério. É comunista, mas faz o magistério, é ou não um bom caminho?",

"Não liga para o meu pai, Selma, o esporte dele é falar por paradoxos",

Conheci aos poucos a família: o pai, a mãe, os dois irmãos do Maurício, o Antônio e o Carlos, o senhor Malaquias que era por ali alguém que tudo fazia, que pensava em tudo. Algum dia mais tarde conheci Marília, a noiva de Antônio. Eu não era educada como eles. Nada era cortês e gentil no meu modo de falar, e, a fundo, eu estranhava o fato de que o esporte de alguém fosse falar por paradoxos.

E aos poucos aquela família foi ocupando-me, preenchendo-me, a disputa dos dois irmãos, Maurício e Antônio, envolvendo-me sem que eu soubesse que era uma disputa, o amor estranho que Maurício sentia por mim, marcado por desdém, por meias palavras, por egoísmo,

"Meu irmão vai querer dormir contigo",

Dizendo-me aquilo como se fosse uma coisa corriqueira que tanto se lhe dava, eu cogitando se ele me testava,

"Te importarias se isso acontecesse?",
"Não",

Para logo em seguida encostar-me numa parede, apertando-me,

"Selma, amor da minha vida, dás-me teus seios hoje? Para que eu possa tocá-los, beijá-los e pô-los inteiros na minha boca?",

Mãe, conheci um moço bonito e rico, e inteligente, sabe, mãe, parece que eu vou ser muito feliz, parece que o mundo, que ele está se abrindo cheio de novidades e de coisas bonitas, sabe, mãe, sabe que vale a pena pensar num mundo melhor?

"Fura a barriga dela."

"Oi, meu nome é Selma."

"Esse menino que a Selma carrega é meu."

"Faço o magistério."

"Que faz a Selma?"

"Que faz a Selma na sua vidinha?"

LIVRO IV

Eskhatheia

Capítulo I

A condição colonial

Ali onde tudo faltava, do bom senso a um pouco de riqueza, se dizia que lá, onde nada faltava, havia um rei que comia porcos todos os dias. Mais porcos ele comia, outros mais desejava comer, a ponto de um dia acabarem-se os porcos do país, fazendo-se necessário ir buscar os porcos do lugar onde tudo faltava. Porém, faltando também os porcos, a esse lugar onde tudo faltava, o grande rei incomodou-se. Não podia passar sem porcos, que lhe arranjassem os porcos, e já, que não deve faltar nada onde nada nunca faltou; e admoestou seus ministros, seus embaixadores e seus generais a resolverem logo a questão, porque a demora resultava numa contradição insustentável, a tal ponto insustentável que o rei passou a temer uma rebelião, uma revolução ou uma ruptura terrível na maneira como tudo sempre se passava. E ele disse a seu governo, Se lá onde tudo falta perceberem que falta algo cá onde nada deve faltar, poderão considerar possível uma inversão na ordem das coisas. Porém, mesmo tendo consciência da gravidade da situação, nenhum dos auxiliares do rei podia fazer alguma coisa para mitigá-la, porque se encontravam, efetivamente, diante de uma realidade inelutável, o não mais existir dos porcos, fato que resultava o mesmo em todos os lugares e que, mais do que essa verdade, desvelava aquela outra, igualmente real, que era a de que o lugar onde nada faltava já não era mais tão infalível, tornando-se, igualmente, um lugar onde coisas faltam.

O homem negro terminou a sua história e sorriu para a plateia, que restou por alguns segundos absorta na metáfora usada, talvez prosseguindo-a por intermédio de alguma experiência. Em seguida vieram os aplausos e o homem negro, que vestia um terno azul e que tinha um ar de professor ou de notário, sim, lembramos que foi ele que ensinou a Felipe, no passado, como deveria adquirir os livros que seriam os da história, dentre os demais que excessivamente inúteis eram, e disto logo se lembrou Felipe ao ouvi-lo, e então ele, contando os aplausos que lhe ofereciam com gestos de mãos, se ofereceu para responder as questões que porventura houvesse. E a primeira delas veio de Isabel, que estava sentada entre Felipe e o avô de ambos, o senhor João,

"O senhor, que teve a experiência das independências africanas, que as viu de perto, teria visto alguma possibilidade de que nossa província tivesse conservado também a sua? Como a diferença de contextos teria tornado isso possível ou impossível?",

O senhor com ar de professor ou de notário, que agora saberemos ter por nome Sebastião Nogueira A. e que igualmente agora saberemos ser professor, e não notário, sorrindo outra vez respondeu, como se reencontrasse uma velha amizade, com as mãos gesticulando,

"Ah, essa questão... sempre ela nos aparece, e olhe, moça, à força de tanto respondê-la, a resposta já vem de pronto, e essa resposta é que não, de modo algum uma independência política teria sido possível, no contexto dos anos 1960 ou 1970, quando o Estado brasileiro, alinhado como estava aos Estados Unidos, e no auge do seu impulso expansionista, teria permitido que isso acontecesse. Se do lado de lá o contexto era o de uma África em formação, ou melhor, em processo de adequação ao modelo ocidental de Estado, aqui se tinha uma América Latina já organizada sem espaço para mudanças geopolíticas. Nossa província já tinha seu lugar nesse espaço americano, e esse lugar era o de colônia. Na sua atemporalidade, de colônia europeia, tornava-se colônia brasileira. A independência teria trazido uma instabilidade perigosa, sobretudo se se apegasse ao passado, à efêmera experiência da autonomia havida durante a guerra civil de 1835, algo intolerável, obviamente, no auge da guerra fria; não se esqueça de como Cuba penetrava no imaginário do continente e, também, de como a influência do Partido Comunista Brasileiro era importante."

Outra pessoa da audiência indagou mais sobre a condição das independências das colônias portuguesas e outra reveio à questão da Anexação, e o professor Sebastião Nogueira A. comentou que, enfim, a chance de uma efetiva autonomia se fora com a deposição dos governos cabanos — os governos autônomos possibilitados pela guerra civil de 1835.

"Conheço o professor, encontrei-o uma vez na rua e ele me indicou uma livraria", diz Felipe, em baixa voz, para o avô,

"Coincidências que dão o pão ao espírito. Mais ainda teremos a conversar, durante o jantar."

Iam todos jantar na casa do senhor João. O professor Sebastião Nogueira A. era um amigo seu de juventude. Historiador, era conhecedor das profundezas da história local e um nome bem considerado na vida política local, que prestava atenção, algumas vezes, nos seus julgamentos sobre o comum das coisas comuns. No caminho para o Anfão comentaram o encontro fortuito do passado e Felipe pôde agradecer-lhe pelas boas referências de livros. O professor estava curioso por reencontrar Miguel, que não pudera vir à conferência. Tinha muita consideração por esse neto do senhor João, a quem prezava pela disciplina e pela disposição, e com quem tinha assuntos em comum, sendo ambos historiadores de formação. O professor Sebastião tivera um percurso comum a alguns intelectuais de nossa cidade: com a Anexação, partiu para o exílio e conservou a nacionalidade portuguesa. Recusou-se a se tornar brasileiro. Viveu nas colônias da África e acompanhou suas independências. Em seguida, viveu em Lisboa, tão logo os regimes dos novos países africanos de língua portuguesa se tornaram autocráticos. Mais tarde, por fim, retornou à nossa cidade, como estrangeiro. Como estrangeiro legal, na cidade onde nascera e vivera por muitos anos.

Admirava muito o Miguel, que, nesse tempo, fazia seu doutoramento, em Lisboa, com uma tese sobre a história do pensamento autonomista na África portuguesa, especificamente sobre o diálogo político entre as vozes lusófonas e francófonas que escreveram sobre a independência. Miguel, que estava de passagem pela cidade e tinha muito a fazer, não pudera vir à conferência, mas estaria no jantar de logo mais.

Quanto a Felipe, tinha nas mãos um livro, há pouco dedicado a si pelo professor Sebastião. Chamava-se *Eskhatheia*, curioso nome do qual agora pedia, ao próprio autor, uma explicação. Sorriem o senhor João e a moça Isabel, que dirige o veículo. Evidentemente conhecem a razão de ser desse nome estranho, e é por isso que sorriem. O professor explica a razão que tem nessa escolha,

"Nossa cidade possui um problema de identidade, porque tantas são as suas homônimas, mundo afora, que não há como se considerar que esta aqui seja a autêntica. Por certo o lugar cabe à outra, na Judeia, mas que cidade é essa, não é mesmo? E o que tem ela a ver aqui conosco? E, ainda, quem disse que a cidade que esta refere é exatamente a da Judeia? Não seria, talvez, a freguesia lisboeta de onde partiam todas as conquistas?",

"Sim, mas o que significa Eskhatheia, e qual a relação com esta cidade, qual seja ela",

"Pois então, no grego do tempo de Alexandre significava *fim do mundo*, de onde vem a palavra escatologia, destino final, fim das coisas. Sabe o moço que havia, na alta Pérsia, precisamente na Bactriana, lugar onde hoje o que há é o Afeganistão, uma cidade que se chamava Alexandria Eskhatheia?",

"Não sabia, mas ainda não percebi a relação",

"É que havia, nos tempos de Alexandre, igualmente, dezenas de povoados, cidades, bairros e lugares nomeados Alexandria. Havia a mais famosa das Alexandrias, a do delta do Nilo, é claro, mas ela não foi nem a primeira nem a última cidade a ter esse nome. Alexandria Eskhatheia, que hoje é Kandahar, era apenas mais uma delas, mas ostentava este nome curioso e intrigante: Alexandria do Fim do Mundo",

"Intrigantes problemas da homonímia", comentou Isabel.

"E da identidade", disse Felipe, pensativo.

O livro do professor narrava eventos e fatos obscuros da história da cidade. Era o livro de um historiador aposentado, de um historiador intrigante.

Quando chegaram ao Anfão foram recebidos por Miguel e pelo outro neto do senhor João, Rodolfo, o filho de Carlos, que muito pouco vinha a casa.

A Felipe, que já vivia na cidade há dois anos, por essa época, ocorreu que todo esse tempo se resumia em alguns instantes do tempo presente. Ao chegar lá, ao passar mais uma vez pelo portão onde havia gravado a imagem do dragão, ao passar ao lado do poço, que lhe constituía de alguma forma um enigma, por alguma razão lhe ocorreu que estava no tempo presente, no tempo presente de si, enfim. Como se todos os momentos fossem tributários deste. Não é o gênero de pensamento que sempre se tem, mas é algo que alguma vez se pensa, quando por acaso se pensa que há alguma agoridade no instante no qual se habita — um pensamento talvez comum a todos —, e se nos perdoe se aqui se escreve no presente, que tempo literário não é,

"Curiosamente me ocorreu agora que este momento já aconteceu", diz Felipe a Isabel, não sendo bem isso, no entanto, o que realmente deseja dizer,

"Isso sempre acontece", Quando se cruza este portão, ou certos portões, completa o réptil melancólico que por vezes é um dragão, O tempo, diz ele, tem apenas uma matéria possível, que é a matéria do presente; as demais são derivadas.

Entram todos na casa e lá se servem as bebidas e os jantares e todos conversam sentados ao redor da mesa. O professor Sebastião tem muita vida ao lado do senhor João a contar. Muito viveram no passado comum e isto agora é um comum presente. Contam vários casos e histórias da mocidade na Eskhatheia que foi a deles e conversam também sobre o tema ausente da questão federativa, que talvez seja, de fato, o tema da condição análoga à história não acontecida, ou ainda o tema da autonomia, da condição colonial, que é experiência de todos ali.

É o senhor João, a dado momento, quem indaga,

"Que pensam vocês que há de diferente ou de igual nas palavras autonomia e independência?",

Percebendo que toda família de nossa província, em torno de uma mesa, já discutira a questão, o senhor João, renovando-a, que se mesma é, também se renova com as presenças do professor, um grande nome dentre os que tratam do assunto, e do neto apartado Felipe,

"Não há diferença alguma", apressa-se Isabel. Faz-se atenção para o que ela diz, "Autonomia é um eufemismo que ajuda a dissimular uma reivindicação de independência",

O professor recosta-se em sua cadeira, sentido o alívio de encontrar alguém que pensa como ele, porque no fundo, mesmo não vendo possibilidades concretas de que uma autonomia tivesse existido, como se viu na sua conferência, restava acreditando na necessidade de dizê-la, de lembrá-la, de considerá-la, embora não, talvez, de lutar por ela; mas Felipe intervém,

"Mas não acha a palavra independência um tanto romântica? Um tanto em desuso? Um tanto imprática, ou imprópria, para o nosso tempo? Não acha que considerá-la como perfeitamente semelhante ao termo autonomia não constitui, isso sim, um efeito retórico, adequado a um contexto do passado, mas não ao nosso?",

"E o nosso contexto qual seria?",

"O de uma sociedade mundializada, globalizada", respondeu Felipe,

Ia Isabel completar seu pensamento, mas o professor não se contém, e apressa-se, o dedo apontando para o alto,

"Cabe perceber que é na dita sociedade globalizada que, por paradoxal que seja, mais proliferam as reivindicações identitárias... A questão identitária explode, neste tempo!",

Felipe responde ao professor, "Justamente, concordo inteiramente com o professor, mas também percebo que as reivindicações pela identidade tomam formas variadas, atualmente, e não se resumem a esse aspecto do ser ou não ser independentes", e, diretamente à prima Isabel, "não que a forma de uma independência deixe de ser um caminho possível para contemplar uma identidade, um desejo ou uma reivindicação de identidade, mas me pergunto se é preciso reduzir dessa maneira as coisas",

Felipe desejaria, de fato, reduzir toda identidade a um desejo de autonomia e, em seguida, reduzir todo desejo de autonomia a um desejo de independência, muitos sendo, dessa maneira, os desejos, e desejos sobre desejos conformam enigmas, talvez quimeras. O primo Rodolfo, quieto, mas completamente incrédulo de todas essas questões, do final da mesa onde está colocado, se pergunta, "Por que tanto falam desses assuntos inúteis, dessas ideias sem osso, quimera não é palavra que se costume usar", mas o sentido nos traduz o que lhe anda pela cabeça, ri-se um pouco guardando para si todas as asneiras que julga escutar e brinca de espetar o pão com um garfo de sobremesa,

"O que o Felipe diz é que estás sendo binária e simplista, Isabel", diz Miguel, e dá a sua opinião a respeito do jogo de palavras lançado pelo avô, "A palavra independência é megera e possessiva, ela exige autonomia; não há independência real sem autonomia real", concordemos, embora isso não tenha sido dito na mesa de jantar da casa do Anfão, que estamos falando a respeito de processos reais, ainda que ideais, de independência e de autonomia, e não de independências precárias, que provavelmente são a maioria, dentre os eventos desse tipo, mas o termo lançado sobre a mesa, tal qual um prato novo e quente que se sirva, esse terminho que é a palavra real, odoriza o entorno e alimenta a fome dos espíritos, Real, ia dizer Miguel uma outra coisa, mas se confunde e se interrompe,

"Real, mas pode haver, e acho mesmo que é o que ocorre em quase todos os casos, uma real independência sem uma autonomia real", a palavra autonomia é generosa, ela não é possessiva dos fatos,

O avô intervém, enquanto o professor, sem que o demonstre, segue se irritando com a falta de idealismo que a conversa vai tomando,

"Aqui eu estou de acordo, porque temos as lições da história, cá entre nós, quantas independências levaram, realmente, a autonomias? O próprio Brasil é um caso desses. Querem coisa mais ridícula de uma independência feita pelo herdeiro de um reino, que em seguida proclama, do nada mais absoluto, a existência de um império?",

O professor concede e ri-se. Há, na sua existência, um gosto profundo em perceber o ridículo da história brasileira — destacando-o entre todos os possíveis ridículos de todas as histórias, que todas elas ridículas são, como se sabe, sempre que narradas como justificativa de algo, e isto se dá porque não há indivíduo seu conterrâneo minimamente informado que não deixe de sentir uma nesga de mágoa em relação ao Brasil, particularmente em relação ao colonialismo de serpentina, sem teoria e sem inteligência, do militarismo brasileiro — outra sensação que se costuma ter na parte do mundo na qual estão, sobretudo ao redor das mesas em que comem as pessoas dessa parte do mundo e todos igualmente riem, mesmo Rodolfo, que, dentre todos ali, é o que melhor se sente "brasileiro", quase na coleção de exemplos desse tipo permanecem e quase aí terminam a polêmica iniciada quando Miguel retorna ao confronto das duas palavras e diz,

"O professor falou, há pouco, em identidade. Talvez seja essa a palavra que devamos questionar, e não autonomia ou independência",

"Concordo", diz o professor, "que de fato o termo independência não faz muito sentido numa sociedade como a nossa, e que tudo ao redor parece ser interdependência, mas confesso a vocês que essa palavra alimenta o meu espírito. Não fosse ele o espírito de um velho desusado, eu me deixaria convencer pelas ideias dos moços",

"Velho desusado eu que o sou", reivindicou o senhor João, e todos riram. Na mocidade a ideia de independência, tal como ocorrera com o professor Sebastião, alimentara, igualmente, o seu espírito, mas também o disputavam os imperativos universalistas do humanismo, de certo existencialismo, talvez, e essa combinação lhe constituiu um paradoxo: desejar uma independência em relação a Portugal era algo elementar, mas quando a projeção do resultado recaía sobre um particularismo, sobre uma proposta ainda muito vaga de qualidade, e aqui evitamos o termo identidade, inoportuno como é, ou como era, em seu tempo, essa independência soava pequena, parca, falsa, "Em nossa juventude, a ideia de independência estava aliada à ideia de autonomia, eu penso, e por isso fazíamos uso dela como um pouco mais de folga",

"E isso tanto para a independência em relação a Portugal como para a que se desse em relação ao Brasil?", perguntou Isabel, Para mim tudo se sobrepunha, pensa ela, e talvez seja por isso que eu prefira a hipótese de que independência e autonomia são palavras equivalentes, o professor discretamente olhando-a, tentando ler seus pensamentos, "Equivalentes pelo muito que delas não se tem",

"Não lhe parecia natural, meu avô, que a independência de Portugal significasse participar do Brasil, fazer parte de uma comunidade americana de língua portuguesa?",

"Não, Rodolfo, de fato, natural não era; o que havia era que, em certo momento, fez diferença considerar a independência como um projeto, digamos assim, pobre de espírito, um projeto incapaz de contemplar os desejos mais profundos, que eram os que diziam

respeito à conquista de condições de vida dignas para todos...",
"Um projeto socialista?", Felipe,
"Um projeto humanista?", Miguel,
O avô não respondeu. Já se retornava à sobremesa que restava, um bolo com neves, um doce gelatinoso, uns pastéis de Santa Clara,
"Na África quase tudo deu errado...", Rodolfo,
"É uma visão", cortou o professor Sebastião, "mas ao menos os africanos ganharam o direito de construir sua própria experiência... o que equivale, na minha opinião, a construir autonomia. E, nesse sentido, independência coincide com autonomia... Sem a independência ela não teria sido possível",
"Sabem, a África é um caso com muitas facetas, ou melhor, são casos diferentes, às vezes radicalmente, entre si, mas há um exemplo que demonstra que nem sempre as independências são o projeto mais universalista ou democrático que é possível", diz Miguel, e o avô diverte-se,
"Uma afirmação contundente do meu neto mais contundente",
"E qual é esse exemplo?", pede Felipe, e a atenção de todos se volta para Miguel,
"O caso da África francófona, em particular da antiga África Ocidental Francesa. A descolonização da África francesa, com exceção dos países do Magreb e de Madagascar, foi um recuo no projeto republicano,

a bem dizer, no projeto da própria revolução histórica que a França liderava, desde o Iluminismo, passando por 1789 e por todos os esforços do século XIX; da própria ideia republicana, em sua essência",

Outra vez é rapidamente cortado, agora por Felipe, que tem autoridade por ser um pouco francês, como todos sabem, e que talvez dele esperassem uma palavra de ponderação, "Mas não há como não dizer que a França tenha sido uma potência colonial iluminista", desdobra a palavra com uma ironia, ri-se disso o Rodolfo.

Responde-lhe Miguel, "Todas as violências foram cometidas, sim, pela França: o escravismo, as próprias conquistas no século XIX, sobretudo na Argélia e na África ocidental, as condições administrativas impostas às colônias e a repressão contra os atos de resistência",

"Durante toda a história da Argélia, mas também na Costa do Marfim, no Cameroum e de maneira muito sangrenta em Madagascar, logo após a Segunda Guerra", completa Felipe, que há de ter estudado sobre o tema na escola francesa e que se espanta com o que o primo diz, Isabel o completa,

"Então como podes dizer que o colonialismo francês foi um projeto iluminista? Isso não tem propósito",

"Toda colonização consiste numa história paralela e ao mesmo tempo contraditória, mas a colonização francesa é mais contraditória que as outras, porque teve duas motivações completamente opostas: de um lado o mesmo espírito do capitalismo sem escrúpulos de todas as colonizações e, de outro, a crença republicana na missão nacional de difundir pelo mundo as luzes da sua experiência histórica",

"Não sei se se pode acreditar que essa segunda dimensão realmente existiu", Felipe responde, incomodado.

"Estão vocês caindo na cilada de associar o Iluminismo a uma coisa positiva, mesmo tu, Felipe, que antes criticavas o cartesianismo, fonte terçã do referido Iluminismo. Por princípio ele existiu menos no Estado do que nos espíritos individuais, é claro; mas também no Estado, porque, vejam bem, a República colonialista francesa, quando comparada às demais forças europeias, soube ser mais pragmática a respeito da diferença: os investimentos em infraestrutura feitos nas colônias francesas foram muito superiores àqueles feitos em outras colônias europeias, e não estou me referindo, somente, à infraestrutura produtiva, estou falando também de escolas e hospitais",

"Mas do jeito que o menino fala fica parecendo que ninguém, na África francesa, estava desejando a independência, quando sabemos que houve vozes, hoje clássicas, que a pregavam, como Senghor, o grande poeta do Senegal", respondeu o professor, rindo-se disso o senhor João, que sabia que era aí o ponto em que o neto Miguel melhor se ocupava,

"Enfim trazem ao baile a literatura, mãe de todas as verdades, e que meu neto, por generosidade, sabendo que nesse campo não há aqui quem lhe vença, vinha evitando usar, meu amigo Sebastião acaba de abrir as portas para a entrada da sua armada e não sabe disso",

"Mas Senghor",

Miguel organiza a entrada em cena de seus argumentos por um pequeno instante de tempo a sua fala, A história melhor seria contada se fosse pela literatura, afinal nada além de um discurso pobre de estilo é o que a política é, se comparada à literatura,

"Mas o que pregava Senghor era um espírito, uma liberdade pan-africana, e talvez mesmo um espírito dos povos que então se diziam *não alinhados*, ou terceiro-mundistas, se se quiser, e não o espírito nacional do Senegal. Senghor não se apequenava na mediocridade dos nacionalismos", diz, com isso indignando o professor Sebastião, que não julgava que nacionalismos possam ter mediocridade, mas antes que houvesse reação, Miguel continua,

"Porém, melhor do que Senghor, é Delavignette, o autor que mais me interessa, quem melhor coloca essa situação",

"Não o conheço", e de fato ninguém ali conhecia o autor ao qual Miguel referia. Ele o descreve, a sua obra, bem como os elementos que permitem trazê-lo ao tema da mesa. Diante de um protesto de Isabel, recoloca a questão,

"Permitam que eu inverta a situação, para explicar melhor meu ponto de vista: e se a ilusão estiver em que as pessoas se acreditem com autonomia e que façam a secessão quando, na verdade, isso apenas leva a uma condição dissimulada de liberdade? A liberdade real, ou a autonomia efetiva, não estão, a meu ver, no fato de que uma nação se diga independente, mas nas reais condições de exercer essa independência — e tal coisa só é possível por meio disso a que podemos chamar de ideia republicana. Essa ideia estava sendo cultivada e coletivamente construída quando a descolonização iniciou. E quem fez a descolonização, na África negra francesa, não foram as colônias, mas a própria metrópole",

Felipe, melhor que os demais conhecendo a história francesa, lembra que, De fato, o general De Gaulle apareceu como o grande liberal, o homem com visão de futuro, que propôs às colônias que se tornassem independentes, e Miguel continua,

"Pois bem, o fato é que isso a que chamam de descolonização é, na verdade, apenas um truque semântico, utilizado para dissimular a continuidade da exploração colonial. De início, o que os povos africanos queriam não era a independência, mas a igualdade de direito aos franceses. O que acontece, e é isso que explica tudo, é que a maioria da classe dirigente francesa era radicalmente contra essa igualdade. Significava tornar a França um país com 25 milhões de mulçumanos, um país mestiço e, ainda, colocar no panteão greco-latino as culturas africanas. Em resumo, quem fez a independência da África Ocidental Francesa foram as elites metropolitanas, e não os povos africanos. De Gaulle agiu de acordo com o interesse dessa classe. Bem certo é que havia um imenso debate, em África, sobre a independência, não vamos esquecê-lo. Porém, é importante notar como o horizonte de ideias, em torno da independência e da chamada descolonização, foi comutado sem maiores dificuldades entre as elites francesas e as elites africanas",

Miguel lembrou de uma aula que ministrara a respeito do assunto. Sendo a didática um evento possível em aulas, mas raramente em torno de mesas, pois o diálogo, à custa da rapidez e das tensões que acumula, em geral não permite a clareza das ideias, não pôde, no entanto, usar os recursos ali havidos. Apenas disse,

"Há um grupo de fatores que o senso comum acata como sendo o das razões verdadeiras da descolonização, e há um grupo de fatores em geral desconhecidos". E mais não pôde dizer, deixando de completar todo o sentido que restara à aula referida — o que não nos impede de trazê-la para aqui, sendo um pouco o que segue, aquilo que lá dizia Miguel,

Do primeiro grupo, fazem parte a tragédia geral da violência colonial, com seus episódios de racismo, de escravidão, de imperialismo, e de expropriação de riquezas; fazem parte também o consenso, nos anos

1950 muito festejado, de que os povos têm direito de governar a si mesmos; de que a França estava enfraquecida após a Guerra; de que dúzias e dúzias de intelectuais africanos formados na França retornavam aos seus países com ambições de renovação e, também, de que o general De Gaulle era uma espécie de descolonizador visionário cavalgando no cavalo branco da marcha hegeliana da história. Do segundo grupo, o dos fatores desconhecidos da descolonização, fazem parte dinâmicas ideológicas inconfessáveis pela iluminista França: o receio de conferir igualdade republicana aos africanos; a realidade de um general De Gaulle menos hegeliano e mais pragmático, que desejava ter mais dinheiro para investir na metrópole e não tanto na sempre carente África, e, enfim, esse conflito mental com uma dimensão civilizacional, caro à grande maioria dos nem tão republicanos franceses, que desejavam evitar a mestiçagem do país e preservá-lo no tripé branco, cristão e greco-latino. Durante a Quarta República se reforçou um discurso republicano, mas essa dimensão, que se podemos dizer democrática, também podemos dizer idealista, fracassou,

"Sim, mas e por onde fica o Iluminismo, de que falávamos antes?", perguntou Felipe,

"Cabe vê-lo como uma forma do poder, e não como uma ordem de pensamento que seria superior a outras, por sua capacidade racionalizante, como muitos de nós tendemos a ver", respondeu Miguel, e no mesmo lapso de tempo em que Miguel lembrava-se dessa aula, o senhor Sebastião trouxe ao pensamento algo que lhe pertencera no passado, quando fora mais idealista. Ele guardava consigo uma nostalgia dos seus anos jovens, época na qual em geral se acreditava que a liberdade tem relação com a autonomia, Estranhos tempos, pensou consigo mesmo, nos quais se substituíram os desejos de autonomia por novas formas de vassalagem, na sua opinião sutis em demasia, e de toda forma variáveis, não ousava dizer — pois os jovens eram maioria na mesa —, e então guardava para si essas ideias, Este neto do amigo João, por exemplo, o que se chama Miguel, compreende que a liberdade consiste no acordo entre iguais, nos quais todos cedem e ganham, uma ilusão rousseauniana e infantil, que tem em conta que o poder é uma força necessariamente traiçoeira; já o neto que tem o nome de Rodolfo, este, por sua vez, tem que a liberdade é um estado, um plateão, alcançado por meio de um acordo no qual uma das partes consente em seguir a outra, esquecendo-se, ou talvez não sabendo, que a liberdade de um sempre tende a cobrar mais da liberdade do outro do que fora acordado antes que cobraria; e o terceiro neto, o estrangeiro Felipe, por sua vez, assente que a liberdade pode não ser nada além de uma percepção pessoal a respeito das escolhas alheias.

Pensa consigo o senhor Sebastião, Se se fosse convidado a dar nome aos bois se diria que o primeiro dos netos idealiza um retorno à condição colonial que tem por base um Portugal que jamais existiu; que o segundo defende uma condição colonial em que a submissão se dá ao Brasil; e que o terceiro imagina uma federação, sem desconfiar que o termo é apenas recurso retórico dos que querem dominar ou ser dominados e que fora do horizonte de uma confederação nenhuma reunião de iguais tem equilíbrio. Todos muito tolos, pobre do amigo João, que tem netos tão demasiadamente tolos e que deve ser muito infeliz por causa disso. São três formas de vassalagem, e no fundo a mesmíssima coisa são.

O professor carrega as cores de seus achados, como se vê, não é bem isso o que nem um dos netos do senhor João afirma, mas um pouco de razão não deixa de ter, porque razão é coisa que porta sobre a verdade de quem a tem, e não, objetivamente, a uma verdade comum a todos.

Miguel continua falando sobre as vicissitudes da Quarta República francesa e claramente o moço Rodolfo o considera um idealista, chamou-o muitas vezes de sonhador nas discussões que algumas vezes tiveram, e o menciona sem palavras, mas por meio do olhar, carregado de falsa condescendência, alguns o percebem, o professor Sebastião o percebe, a moça Isabel o percebe e Felipe também o percebe, porque percebeu que o rapaz porta, sobre si, a mesma forma de olhar, condescendente de sua estrangeiridade e de sua distante familiaridade, e enquanto Miguel ainda fala, o professor, com discrição, pousa o olhar sobre Isabel, Ela tem a sabedoria que falta aos homens, pensa com seus botões e velho mestre, É a única que compreende a natureza do poder e que sabe que a liberdade coincide com a autonomia, tanto a do corpo como a do espírito, é a neta que se salva do amigo João, já não há razões para que ele seja tão infeliz,

"A questão pode não estar presente de maneira objetiva, mas, de algum modo, ela se faz presente nas coisas que se fala por aí", diz ele,

"Sei, há sempre uma hora do dia em que ela aparece",

"Essa questão tem certa atemporalidade, ela acompanha a história desta província. Não sendo formalmente colocada, ela o é dialeticamente, porque a condição colonial, presente em toda a nossa história, a enuncia",

Isabel indaga, então, se o senhor professor Sebastião se referia ao tema hegeliano da dialética do senhor e do escravo, "Mas justamente, essa experiência acompanha nossa história",

"E não pensa que é uma experiência de todas as pessoas, uma experiência própria da história humana?", pergunta Felipe ao professor,

"Sim, claro que sim, mas há quem tenha vivenciado, também, um pouco do que seria o escapar desse ciclo, ou que tenha ao menos tido a ilusão de fazê-lo",

"Miguel, tu",

mas lá não se ouve o que diz, e duas horas mais tarde, na sala do Anfão, quem resta é apenas Miguel e o professor Sebastião, que muito se consideram e muito têm a dizer ao outro, o professor mais lhe pergunta a respeito de suas pesquisas,

"Então me conte do seu trabalho, em Paris. Trabalha também com Camus?",

"Sim, certamente, um escritor como ele não poderia ser esquecido quando se fala do que eu trato",

"Ainda que sua percepção da questão da Argélia tenha sido um tanto dúbia?",

"Há quem o diga, mas..., sabe?, meu interesse maior não é por Camus ou por Senghor, que são nomes bem conhecidos, entre outros, mas sim por esses autores menos lembrados, como Delavignette e Ouologuem",

"Não conheço, de fato, esse primeiro de que fala, mas Ouologuem, se bem lembro, não é aquele escritor envolvido num caso de fraude?",

"O que lembra, o professor, é o escândalo; se esquece aí da literatura",

"Então de fato é?",

"É", fraude é palavra que esconde a acusação de plágio, pensa Miguel da situação de Ouologuem, nascido no Mali e cujo livro *O dever da violência* recebeu, em 1968, em Paris, o prestigioso prêmio Renaudot. Assunto que desvia a atenção do interesse do livro.

"E o que diz lá, de interessante?",

"Ele descreve o regime colonial por meio de uma metáfora provocadora; diz que a colonização foi um estupro durante o qual o violador sussurrou palavras de amor... o que fez com que a vítima caísse apaixonada",

E, com isso, fez uma oposição entre o caos anterior, cheio de guerras tribais, escravidão, massacres e suplícios, e a sujeição colonial, que considerava branda, diante desse caos, apesar de tudo, pensa Miguel consigo mesmo,

"A dialética do senhor e do escravo",

"Talvez essa impossibilidade de que as revoltas se façam, mas de qualquer forma Ouologuem foi, sempre, e independentemente das acusações de plágio, um autor muito criticado",

"E o que lhe interessa, nele?",

"A metáfora, talvez a coragem de fazê-la",

"Mas acha que ele tem razão?",

"No campo da razão é o outro escritor que leva, Robert Delavignette; Ouologuem não preza a razão, mas isso não importa, não é um valor decisivo, o da razão, mesmo porque a metáfora sempre a desprezou, a razão",

"E que razões tinha Delavignette?",

"Sua ideia central era a de uma real federação com a metrópole",

"Sei, o discurso republicano! Mas sabe, de fato não acredito nele, todo federalismo resulta num poder instável e amplia as disputas",

"Ou as fragmenta, criando falsas disputas e disputas ilusórias",

"O caso que é o nosso",

"Sim, o que é o nosso caso, e o que nos obriga a conviver com os fantasmas da história, que são tantos que nem conseguimos mais diferenciar o que foi verdade e o que foi mentira; a Guerra Civil de 1835, por exemplo, que matou um terço de toda a população provincial, ou mesmo mais, é transformada numa simples revolta contra a Regência, nada mais ridículo",

"E ninguém tem razão",

"Ninguém a tem, e fica a história sendo uma razão bastante vaga."

Capítulo II

O retorno de Miguel

Exilado desde sempre numa cidade morta e na casa obscura do Anfão, Miguel reencontrou Paris, a capital do mundo. Tudo ao seu redor sempre fora silêncio. Silêncio e vento úmido. Pouco de mais para se dizer um júbilo; pouco de menos para curar suas feridas. Quando, enfim, as palavras se desnudaram, e ele pôde abrir mão do que seriam as suas heranças — ele que nunca clamara por elas, nem as desejara —, foi-lhe permitido deixar, enfim, aquele mundo. Sua cidade sempre lhe estivera como um acaso atormentado e demasiado pesado. Sempre lhe fora uma consciência imposta; e uma memória impostora. A pátria, quem lha dava, era o acaso de haver lá despertado. Não a pedira. Nem a pátria nem a história — excessivamente pesada, longamente reescrita.

Aqui está Miguel, então. Não sem muita ignorância e não sem medo, desce do trem em Châtelet, doente imaginário como é, ansioso, partido pelas saudades que tem e as que não tem, e sobe as escadas da estação. A cidade primeiro se apresenta é pelas luzes, que se confundem com muitos pombos que por lá voam, com o movimento de casacas e pessoas à sua frente, atrás de si, por toda a parte, apressado busca os óculos ao bolso, tira-os de sua capa, põe-os e divisa, enfim, o lugar, desconcentrando-se do movimento intenso e tomando dos bolsos cheios um mapa, desses que em Paris se distribuem aos milhares, posto que o formato da cidade é ícone por lá, e localiza-se, está em Châtelet como se disse, e, sim, não vinha a ser trem, mas metrô, o metropolitano da cidade o que tomava. Paris se punha dita, como sempre, em conjuntivas miragens, muitos sendo os ícones dessa representação, alguns incompreensíveis a si, por há muitos anos, por nunca, ter voltado.

Paris ocupava um campo da sua memória que, talvez, cogitemos agora o que mais à frente será falado, equivalia a um campo comum da memória de muitos homens, mas isso, por peremptória ser toda memória, conturbava-se de modo indecifrável, É isto Paris?, perguntava-se, ao sair em Châtelet, o ícone, as casacas andantes, sons e cores em superposição,

"É Paris como imaginavas?", perguntara-lhe há alguma hora Felipe,

"Eu imaginava isto sim, embora tivesse em mente uma cidade vinda da literatura",

"Pensavas nas duas cidades?",

"Nas duas, uma por bom senso e outra por ser leitor",

"Todas as cidades penetram-se",

"Têm esse fundamento, por estarem destinadas ao encontro, a crescerem tanto que se encontrem todas",

"Não existe que uma cidade em todo o mundo."

Reflete que seja talvez Paris, porque não há qualquer razão para que Paris não esteja em todas as outras cidades. Em seguida, pensa se é possível viver nas duas cidades ao mesmo tempo, com bom senso e literatura. Miguel acostuma-se, afinal, à luz de fora e à multidão passante de Paris e segue seu rumo, que será um museu e uma livraria, ainda mais tarde. Pensa em muitas coisas nesses dias, enquanto busca alugar apartamento. A imensa dificuldade de o fazer, numa cidade como Paris, interpõe os demais assuntos da sua vinda, todos superpostos e, nesse momento, embaralhados.

Distante ficava a sua estranha cidade. Povoada e ruidosa, essa cidade virava uma floresta escura quando entrava na sua casa, na casa do avô, onde morava. Distante, ficara a irmã a cuidar da casa. Da casa, do avô, do pai morto que habitava um quarto no segundo andar, do velho Malaquias, de salas e livros, de móveis e cortinas. Tudo aquilo estava morrendo e não deixava nenhuma memória. O tio deseja vender a casa para que lá construam um prédio novo, desses de trinta andares, coberto de vidro. E, além de tudo, ficava o avô quase a morrer, velho como estava, diabético, de cuidados difíceis. Sua consciência pesava, mas precisara vir. Sua vida precisava avançar, e o que vinha fazer eram estudos importantes, que não podiam ser adiados.

Miguel não luta por heranças; ao contrário, tudo organiza para que seja livrado delas. Há no fundo do que é um instante que aguarda a morte do avô. Que se vá para o outro mundo, com sua casa, com seus filhos mortos, com seus dragões e escudos imaginários. Tudo isto não se diz, mas é o que aguarda Miguel. O que mais deseja é estar longe do Anfão, daquela cidade, floresta escura, daquele país imaginário no qual lhe puseram a habitar. Muito desejava ter vivido a vida do primo Felipe: ter-se ido, simplesmente, ou ter sido levado. Crê que o Anfão, que o avô, que os répteis melancólicos da cidade e que todas as histórias e memórias que o cercam constituem uma batalha já para sempre perdida. Todas as guerras e todas as mortes já foram feitas. Muito mais não há para si, e por isso, simplesmente, aguarda que todos estejam mortos.

Cinco horas da tarde já são, Felipe está agora à porta do seu quarto, no hotel. Miguel o imagina, porque o primo, Felipe, está agora no distante lugar onde ambos nasceram. Algum atraso naquela hora e um atraso maior de alguns anos, cumprimentam-se, formais, mas acabam por se abraçar, a intimidade para isto ressurgindo das cartas que trocaram durante os últimos anos e porque são primos, ou talvez irmãos, ou, talvez ainda, a mesma pessoa, afinal. É a primeira vez que se veem. As cartas trocadas refletem uma grande proximidade intelectual, a qual chega mesmo a impressionar. Sem se conhecerem e sabendo bem mal um do outro, aconteceu-lhes de ler os mesmos livros ao mesmo tempo e outras coisas semelhantes. Aconteceu-lhes de elegerem em simultâneo os mesmos temas de interesse. O exílio, por exemplo,

"Pois tu sabes, vivi eu também exilado, apesar de não ter saído da cidade",

"Ao contrário de mim",

Contrários imperfeitos, que apenas fazem sentido se compreendidos no contexto em que são falados.

Ao sentir que retornar à cidade — pois retornar à cidade, em seu caso, significa, simplesmente, fugir da cidade — lhe permite uma liberdade real, nunca antes percebida, recorda as muitas prisões em que esteve, durante sua imensa e lenta vida, entre elas a pior de todas, a escola, o medíocre colégio marista. Havia lá na escola um padre-mestre que indagava,

"Não se vai querer que poetas governem a cidade, não é mesmo?",

Nunca ninguém respondia à sua pergunta, e tantas vezes ele a repetia, tantas vezes o silêncio de todos os ouvintes a negavam. Gostaria de retornar no tempo para, enfim, lhe responder, dizendo que,

"É claro que não, óbvio está que o que é dos sonhadores está guardado, tal como o que é das crianças é o doce que se lhes dará, e dessa matéria, a que guardada está para mais tarde, o que sei é que o doce que se tem para depois é o que nos dá a paz precisada para que o mundo siga seu curso sem maiores desencontros",

De lhe dizer ainda que sua pergunta continha a hipocrisia das respostas não aguardadas. Tinha muita vontade de retornar aos tempos do colégio e indagar aos professores, Digam, quando souberam que eu era um imbecil? Foram informados por meus pais, por parentes ou pelo padre confessor? E indagar à primeira namorada, eternamente insatisfeita com sua falta de experiência para as coisas do namoro, E tu, quando tu o soubeste? Quando, enfim, soubeste que eu era um imbecil? E até mesmo ao médico que usou de uma colher de ferro gigantesca para puxá-lo do ventre de onde não estava, ainda, disposto a sair, Dize tu, enfim, grande apressado, quando foi que tu soubeste que eu era um imbecil? Foi quando me puxaste pela cabeça? Foi quando cortaste o cordão umbilical, aquela corda de sangue com odor de amêndoas fervidas? Foi quando olhaste para os olhos amedrontados da minha mãe? Para o olhar apastacento do meu avô? Quando te deste conta da ausência ignóbil do meu pai, daí concluindo que o filho de um imbecil ausente será por certo, na melhor das suas poucas e condescendentes hipóteses, um ausente imbecil? Ou, ainda, para concluir com o mais distante que se possa indagar a Deus, o Obscuro, Quando decidiste, tu, que me porias imbecil?

Gostaria, ainda, de retornar no tempo para indagar aos répteis que atravessam a cidadela se era culpa deles a temporalidade tão vã, obtusa e hipócrita que lá se tinha; mesmo sabendo que os répteis nada responderiam e que continuariam a olhar o mundo e o tempo que passa pelo mundo do alto da sua frieza de pedra. Os répteis não falam, mas continuam. Mastigam as lesmas e as bestiolas que devoram, e o fazem lentamente, com uma fome que não se tem, como se fosse o tempo vivido do mundo que mastigassem, a continuação das horas que mastigassem, envolvendo o tempo na sua saliva, as lesmas e as bestiolas ainda vivas a serem mastigadas, o tempo indo e voltando entre seus dentes, a vida e a morte voltando entre seus dentes, coisa que me ocorre quando, interposta a metempsicose, eis-me aqui, em Miguel,

E, tal como eles, tampouco vocês me responderiam, se eu lhes perguntasse. O que queriam que pensasse ou fizesse se me fosse dado retornar ao mundo, retornar à cidade? Se me dessem de volta o pedaço da minha cauda que foi cortado, o pedaço de vida levado, o cão que nunca tive, as amizades que não ocorreram, a experiência que não tive e, sobretudo, todas as infinitas partidas do jogo de xadrez que tomaram um rumo errado em relação à estratégia que não empreguei?

Eu não retorno à cidade. Não, senhores, senhoras, eu não retorno à cidade. É a cidade que retorna a mim. Não consigo me esconder da sua matéria. Posso ir viver bem longe, posso estar em Lisboa, em Paris, em Ishtar ou em Kandahar, e, nesses outros lugares, adotar outra identidade, fingir-me até de morto, posso ir viver nas catacumbas, usar disfarces, dissimular o odor que tenho com unguentos, posso até ser feliz que, em alguma hora, em algum momento, a matéria da minha cidade irá, aos poucos, se erguendo dos solos ou descendo dos céus, altercando-se com as paredes verdadeiras do lugar, envolvendo-as como uma raiz que se move com a força que têm certas cobras de matar, de tudo apropriando-se, em tudo enroscando-se, a tudo devorando com sua bestialidade eterna e lenta.

Eu não retorno à cidade, é ela que retorna a mim. Nunca poderei fugir nem me esconder da sua possessividade, e essa evidência é da mesma natureza que sabem os corais e os líquens do fundo do mar, presos eternamente às suas pedras e submersos numa eternidade furiosa de mares que se revoltam.

Escrevo a meu primo Felipe e lhe confesso que ir a Paris é uma pequena e reptílica ilusão, e ele responde que é necessário fugir dessas ilusões, para isso devendo encontrar algum alçapão, ou ao menos uma criatura transcendental com a qual se dialogue quando for a hora. Há inúmeras coisas que vivem dentro de paredes, disse Felipe, pensando certamente no réptil. Inúmeras coisas exiladas.

Espera Miguel, no hotel, que passe a chuva, urgências não o obrigam a sair. Chove em Paris; chove também na alta fantasia. Pode esperar chegar o meio--dia, e aí sim, terá de sair, e até lá se dedica a pequenas e desimportantes tarefas, dois cafés já tomou e evita o terceiro, que mal fará por ser um exagero, numa só manhã ou menos que isso, tomar o terceiro café, sobretudo se forte, como prefere, amargo e sem açúcar; refaz suas contas, toma notas para histórias, tenta usar a internet, mas a máquina escangalha, devido à chuva talvez, espera, escolhe alguns folhetos de turismo para ler, mas tanto o incomoda esse tipo de publicidade que apenas os folheia e devolve-os a seus lugares; esta sim a distração, encontrar o lugar dos dez folhetos tomados num panfletário com mais de cem ofertas. Senta-se numa poltrona ao lado de uma grande janela. Um pássaro preto sobrevoa o plano chuvoso da cidade e Miguel o avista pela janela. Quisera um raio de sol, um pequeno calor, seu corpo não foi criado para o frio, quisera um sopro moroso de vento, como ao equador se tem.

Esta cidade não deve mais ser, pensa, e agora não é a respeito de onde está que pensa, mas da sua cidade. A chuva densa que cai em Paris a evoca, Ela deve perecer nas águas que a cercam ou sumir-se de vez nos matos que a percorrem, pensa. Está que não deve mais ter heroísmos, está que deve perder sua memória. Está que não houve e não haverá. E deve ser de vez esquecida a sua condição; e sepultados os seus secretos santos; e lacradas as portas das suas casas mais antigas, quando estas não puderem vir postas abaixo. Ela deve perder sua esfera política; e permanecer muda. Muda e inebriada por um cálice, uma fumaça, um tambor, um visgo. Em carne. Nua e faminta. Ignorante. E, sobretudo, sem memória.

Fica decretado que não será possível amá-la ou nela encontrar sequer um quinto da felicidade reivindicada por qualquer ser que olhe em sua direção. Por qualquer ser que enfrente o primeiro passo em direção a ela. Ali, a amargura e o medo serão eternos. Fica decretado que a cupidez a regerá e que a mentira será responsável por povoar as histórias que lhe contam na infância. Fica ela condenada, enfim, a ser uma colônia eterna, dos outros e de si mesma. E nesta pedra, escrevo isto, nesta pedra que não se esqueça; nesta pedra — exatamente.

É com frequência que Miguel se perde em imaginações teleológicas e se persuade da finalização dos lugares, das pessoas e das coisas, como se o que regesse o curso do mundo fossem as palavras de São João, o evangelista.

Escrevo a meu primo Felipe e lhe confesso que vir a Paris é uma pequena e reptílica ilusão, já o disse e

também já disse que ele responde que é necessário fugir dessas ilusões, Sei bem, sei bem que deixar a cidade é outra pequena e reptílica ilusão, posto que há um de nós que fica quando o outro sai,
E que sai quando primeiro retorna,
Penso que isto é meu simultâneo,
Ou meu duplo,
Quantas vidas se viveu em simultâneo?, pergunta-se Miguel, bem sabendo que Felipe dormirá ainda, lá sua outra vida, seu pensamento, e aqui a máquina humana de pensar de lá. Muito há a fazer, reflete, as humanas coisas atrasadas, atrasada a literatura, seus estudos, muito a ler e para isto bem vale Paris, anima-se, lembrando que há inúmeras bibliotecas e livrarias aqui, esta sim a cidade que deseja habitar, leitor defeituoso e voraz, malgrado a prática de superpor as literaturas e combinar as histórias e, pior que tudo, afeiçoar-se às bibliotecas, associado ao lido e ao local em que leu, estratégia que eternizou, em seu coração, as coleções etnográficas do Museu, repleta dos clássicos do passado século ainda que vazia dos bons livros atuais, pobre de atenção como é, de quem lhe deve a atenção, atendo-as aos cadafalsos dos porões de sua rocinha, ou sua biblioteca própria, na casa de seu avô, o Anfão, onde o aguardam seus livros da infância e juventude, das altas literaturas advindos ou das literaturas atuais, incursões ousadas, isto é, ousadas por bem dizer, porque, passada a modernidade, muito se

pode esperar de nossa tolerância, instituição branda sendo a autocrítica, que nos dá que tenhamos as noções mais simples do relativismo e uma compreensão da transculturalidade que amalgama o capitalismo e a globalização, não sejamos hipócritas, não sejamos, porque tolerâncias passam.

Não serão, as tolerâncias, mais que a percepção do forte, a percepção do mais forte que nós?, com o qual não se pode medir forças, ao menos em determinada conjuntura? Tolerâncias passam, mas há-se de convir que literaturas altas há em todas as direções e que chegam de todos os referentes quinhões do mundo, globalizado ou não. Já o sol se põe um pouco e a chuva amaina, chuvisca, como diria sua mãe, que dessa palavra bela tanto usava e nisto pensando, põe o agasalho, desce ao elevador, deposita a chave do quarto à portaria e sai às ruas. Toma o devido cuidado com as calçadas de Paris, por serem lisas ao seu hábito de andar e por não ter visto ainda o seguro de saúde, isso como o preocupa; coisa que só verá depois de alugada a moradia — muitas serão ainda as providências a tomar nas burocracias francesas, talvez piores mesmo que as brasileiras e mesmo porque, há uma semana, o mal pisar a um batente, de dez centímetros apenas, ao que parece, quase o invalida, que a repentina dor ressoou ao cérebro como um estalo, como se o dia se dividisse em dois, uma paramnésia ou um eclipse, ficando até hoje a mancar, o pé ainda inchado e o médico talvez incompetente que lhe figurou uma receita que funcionou mal; a impossibilidade de encontrar outro serviço médico, por não conhecer onde, sem contar a perda do precioso tempo, isto muito o incomoda, e são tais as suas necessidades de segurança, e ele sabe e cultiva isso, que é um tormento a incerteza de assistência médica, por parco e ridículo que seja o problema. Toma o devido cuidado de andar pela vida, cabendo a seus estudos também essa função, a de garantir-lhe conhecimentos e um diploma a mais, de importância, o que lhe possibilitará, no tempo hábil, mais trabalho, estabilidade, segurança, embora claro esteja que essa dimensão prática com que encara seu trabalho e sua formação não seja a única nem a mais válida para si, porque há o gostar do que faz, há a paixão que impera na tomada das decisões e na escolha dos caminhos e, sim, há uma impetuosidade em seu escrito que afronta a leitura parcial de seus propósitos, talvez porque seja gêmeos o signo que tem pelo nascente, leito de Apolo e Dionísio, espaço de ambivalência.

Pelas ruas de Paris andando, Miguel não pode deixar de perceber a sequência dos prédios locais, como por exemplo a rosada cor das construções históricas bem-cuidadas, polidas, e o ar etéreo que tomam as gentes, as mulheres sobretudo, que têm o recurso da maquiagem. As ruas da sua cidade, portuguesa pela índole e pelo nascimento, são cobertas de limo, o qual estende-se às paredes, esverdeando os prédios mais antigos, que não contam com mais cuidados do governo ou de seus particulares. Por certo o clima dos trópicos, úmido como é, dá o mote dessas cores e estado, e isso digo porque o labirinto da arquitetura velha é assunto de Miguel, em razão talvez de seu temperamento, que é solitário e que busca identidades nesses prédios solitários, nisto não envolvendo o clima tropical e úmido, que no comum dos pensamentos faz incentivo ao comportamento extrovertido, e isto se for lícito comparar a introversão de alguém à arquitetura, mesmo que a uma arquitetura de reentrâncias e labirintos.

Num café de Paris, ouve a conversa desatenta de dois moços. As diminutas mesas, ou melhor, tabículos disfarçados em mesas, possuem também esta função: a de dar a ouvir, aos curiosos, boas conversas, ao que se confessa que foi essa a primeira vez que Miguel usou dessa possibilidade, não estando lá para isso e não possuindo particular interesse no alheio, bem entendido, o que se demonstra com a razão que lhe despertou o assunto dos rapazes, de resto interessante, no qual se dizia de Paris e da multidão de pessoas que aí vivem em busca de sonhos, com pouco dinheiro, e em como era essa uma circunstância admirável, admirável por bela, e inserida num contexto histórico que tem feito de Paris um repositório, há séculos, de tais gentes. Os dois moços mesmo, pelo que percebeu Miguel. Um deles comemorava o fato de haver locado um apartamento. Homem de sorte, pensou Miguel. Falaram disso, um pouco, e Miguel descobriu que ele viera a Paris para, igualmente a estudos, fazer um doutorado. O outro escrevia livros, e viera a Paris para escrever melhor, curiosa coincidência essa, o fato de que os dois resultavam num completo Miguel, que já há muito da conversa, sempre em espanhol, percebia, afinal, que os dois talvez fossem pedras do Ghoûl, do réptil, ilusões, demônios pequenos,

"E o que tens escrito?", o doutorando perguntou,

"Pequenos contos, muitas anotações, ainda não sou capaz de escrever algo mais longo ou de qualidade mais sólida",

"Escrever é um trabalho",

"É necessário muito tempo e muito ensaio, e não ouso dizer que sou escritor",

"Compreendo, é um rótulo",

"Precisarei dedicar-me mais e, quem sabe, ganhar algum dinheiro com isso para ousar usar o rótulo, há muito que aprender",

"Sei como é, me acontece assim também, sem que seja doutor, não posso me dizer ainda um profissional, é como se me faltasse o ritual de escrever uma tese",

"São os ritos iniciáticos do nosso tempo, fazer uma tese, fazer um livro",

"Ao menos do nosso campo de trabalho",

"Mas escuta, vamos brindar ao teu apartamento, não é?",

"E ao teu livro, ou pelo menos ao teu trabalho de escritura",

Imaginariamente Miguel brindou com eles, refletindo sobre os fatos da vida que atestavam a existência de realidades paralelas. Miguel chegara à cidade profundamente desgastado com as dificuldades brasileiras, dizendo a nós, mais de uma vez, que então vivia-se, no seu país, uma guerra civil secreta, dada pelas medidas de uma violência social desmensurada, de um crescimento de todos os índices de criminalidade, e pela ingovernabilidade de um governo compromissado com um projeto de internacionalização do patrimônio público. Certamente que, por aqueles dias da chegada de Miguel a Paris, muitas outras coisas nos atinham. Porém, foi com alguma atenção mais peculiar que acompanhamos o que se passava a Miguel, naqueles dias, e sua reflexão sobre a metempsicose. O termo era estranho para nós. Almoçávamos juntos na vez em que a palavra surgiu, num longo discurso proferido pelo melancólico Miguel a respeito do filme a que assistira. Metempsicose vinha do grego.

"Paralelos. *Parallax. I never exactly understood...*",

Terminamos de almoçar e caminhamos à procura de uma torta de limão que Sara dissera conhecer nas proximidades. Não a encontramos. Após caminhar por uma hora alcançamos a ilha de Saint-Louis e sentamo-nos em algum lugar para um café. Miguel lembrou-se do que Felipe lhe dissera por carta, certa vez, a respeito da ilha de Saint-Louis,

"Mora por cá o Demônio",
e também mo dissera, justamente numa vez em que caminhávamos por essa pequena ilha.

Dias mais tarde, ao acaso, meu olhar deixou-se perder nas borragens de tempo, poluição e história de uma parede, e de lá dentro cri que me olhava o demônio. Quando acaso percebi que estava, justamente, à ilha de Saint-Louis, locação suposta desde o tempo de Montaigne, mas me calei, deixando para alguma outra vez contar esta história, furtando-me, narrador indeterminado, que habitei Paris em muitos tempos e de muitas maneiras e que, apenas, apareço porque a evocação do daemon o permite.

Meu caro Miguel, escrevia Felipe em uma carta, estive procurando as referências que me pediste sobre o Demônio (devo escrevê-lo com a inicial minúscula?) em Montaigne. Nada encontrei, apesar de elas abundarem, com objetividade ou não, na literatura francesa. Porém, se considerarmos o Demônio como não um personagem, mas como um processo, lá está ele em Montaigne. Como um sortilégio. A invisível ideia do Demônio como um processo (social, mental, sexual, *cela n'importe pas*) abunda em tudo o que tenho visto. O excerto que segue relaciona, em Montaigne, *ces paroles du démon*. Espero que faças delas um uso sábio e prudente.

"Escuta, se tiveres tempo gostaria que me encontrasses algumas referências sobre o demônio na obra de Montaigne, se tiveres tempo", dizia Miguel a Felipe n'alguma vez em que se falavam por telefone, dez anos atrás,

"Nenhum problema, posso ver, mas por que te interessa o Demônio?",

"Para escrever uma história sobre o duplo, ou melhor, sobre a duplicidade das coisas e dos estados que têm as pessoas",

"Sei, mas que tem o Demônio com isso?",

"Tem que ele é o duplo de deus",

"Sei, bem, na verdade não sei, e como assim o duplo de Deus?",

"Tu conheces a história da eterna duplicidade presente na reflexão cristã e judaica, o bem e o mal, o céu e o inferno, o belo e o feio, o ser e o não ser",

Encontrei o Demônio em Paris, ele habita a ilha de Saint-Louis, pensava Felipe, vou contar isso ao Miguel, cruzei com ele ainda há pouco, ele estava bem logo ali, vestia-se bem, o demônio, mas não percebi seu olhar, ainda hoje telefono a meu primo, isto há de ajudá-lo em seu livro, pensava ainda, pensava ainda agora, pensava sempre,

Jamais entendi, disse-lhe uma vez, esta história sobre o demônio, Não sei explicar, quando chegar a Paris o meu primo ele explica, Lembras, Felipe, da primeira vez que me falaste sobre?, Sobre o Demônio?, Sim, estávamos caminhando na ilha de Saint-Louis, Sim, isso é sabido, está em Victor Hugo, está sobretudo em Baudelaire, Sim, E tu me disseste..., Lembro, Mora por cá o Demônio, foi isso que me disseste, Lembro. Trata-se isso de um diálogo não havido, pois como se sabe Miguel e Felipe não se encontraram em Paris, sendo isso mais uma dessas permissividades que o daemon da própria literatura, condescendente, nos e lhes permite.

"E, ainda há pouco, de quase nada lembravas!",
"É verdade!",

Ainda há pouco Miguel caminhava n'alguma rua de Passy quando sentiu que o tocavam aos ombros. Virou-se, esperando encontrar algum conhecido da faculdade, mas não viu ninguém. Porém, percebeu que abaixo de seus pés havia a letra Y desenhada ao chão, e soube que havia chegado a hora. Estava chegada a hora de seu encontro, à boca do abismo o monstro o aguardava, havendo Paris ao seu redor, havendo a ponte Mirabeau e dez milhões de esqueletos, havendo ainda muita vida a continuar, havendo a conjuntura dos universais e em seu país longínquo havendo dois lagartos frente a frente, persignados, sem noção da existência, e algum pequeno homem cheio de indulgências, à sua frente o monstro encarnado, seus olhos principalmente, as cavas imensas a cada ponta dos dedos, a ossatura sempre oblíqua e os dentes em triângulos, mais simples figura que o terror feito pelo cinema, mas de qualquer modo monstruoso.

"De algum modo, é como se sempre tivesse vivido aqui."

Paris é um museu do mundo, a cidade ideal para quem, como eu, se distrai colecionando referências. Se recorto daqui uma imagem e não lhe tomo referência é porque não me interessa saber sobre a coisa, mas apenas saber a coisa. Esta imagem, por exemplo, aqui recortada. Ela mostra uma igreja alemã que tem paredes curvas. Não me importa saber seu nome, seu ano de construção, a que culto atendia ou mesmo onde se situa. Diz-me a memória que é na Alemanha, mais que isso não importa. Tanto faz. Se a tenho não é para aprender, não é para saber, é apenas pelo prazer de olhar e pelo prazer de colecionar. Felipe diz que o ato de colecionar o incomoda, talvez porque acarrete a responsabilidade inerente de guardar, proteger, responder pela coleção — e talvez a de classificá-la, digo.

Mas também respondo-lhe que procedo de outra maneira a minha coleção de referências: que tenho-a como se a uma coleção de bobagens, insignificâncias, da qual posso-me desfazer em um gesto. Além do que, parte da coleção está na memória, como se fosse uma coleção sem suportes ou, ao menos, na qual o suporte — ou saber sobre — não seja determinante do conteúdo. Na verdade do sentir, completa Felipe, de fato muito bem, porque não há mesmo como ser de outra maneira uma coleção pessoal, seja ela do que for.

Essa minha coleção consistia imaterialmente. Porque nos ícones, detalhes, formas, pensamentos. Andar por esse empório do mundo e da história e os ir colecionando, aqui uma crusilha de ferro, ali a capa de um livro, mais à frente uma palavra lida, uma ideia, o toque da água fria, o primeiro gole de um vinho ainda não provado. Uma vagabundagem iniciática, diria meu professor, a história nos chegando é por fragmentos.

Miguel segue imune pelas ruas. Segue sem lembrança da referência. Pontos cardeais, binômios e contos de suspense o espreitam, mas ele segue sem nada pensar. Pode seguir até o fim da cidade ou até onde haja solas a seus pés. Paris se lhe apresenta por metáforas, metonímias e metenas. Ele pode ouvi-las sem poder tocá-las. São seis horas em seu caminho e nessa hora o mundo se despe, lava-se e deseja repousar. E como o mundo se acalma há espaço para a memória. Mas a memória por vezes não está, não é, não tem; mesmo às seis horas da tarde.

E então, ali, tocaram-no aos ombros. Não viu ninguém, mas estava a letra Y desenhada a seus pés. E, então, soube que havia vindo de tão longe, havia atravessado o Atlântico para viver aquele momento, insignificante em tudo e pleno de idiotia, ignóbil o bastante para assemelhar-se à vida verdadeira.

Dizia-se no livro, aquele que lerá alguns dias mais tarde, quando estiver procurando referências sobre o demônio, Inclinai-vos, monstruoso Ghoûl, para que eu possa ver retornar ao chão a lágrima que cai do vosso rosto, E vós, arcanjos gentis, fazei mais este gesto por mim; levantai vossas tochas na direção desse rosto, E vede, vede quão pungente é a lágrima que cai.

    E, ao descer do trem em Châtelet, Miguel relembra-se do Ghoûl. Reconta-se a história do Ghoûl. Tratava-se de uma criatura fantástica cuja primeira imagem fora moldada no barro, vários milênios atrás. Encontra-o num livro antigo, numa biblioteca pública. Volto eu e encontro Miguel, pálido como se tivesse visto uma assombração. Ele me conta sobre o Ghoûl e eu descubro que tem nome o réptil: Ghoûl. Chama-se assim porque vem a ser uma metempsicose de um velho monstro cristão. "Somos cristãos por cultura", diz-me Miguel, que de fato possui uma rica cultura cristã, a qual impressiona-me. Há quem o associe a Maldoror. Encontra-se esse ser, ainda em nossos dias, no jardim das Missões Estrangeiras, para os quais se abriam, no passado, as janelas de um grande escritor, Sou Maldoror, a criatura lhe diz, Maldoror sendo palavra fácil de botar ao vento, e de, por isso, confundir. E, por esse velho livro, percebe que o Ghoûl nasceu em Córdoba, da união de uma serpente com um grifo. Ele tem trezentos anos. Suas fracas condições mentais permitem-lhe conservar, em seu semblante, apenas uma expressão. A qual escolheu sua mãe: o medo. O medo que provoca o medo, como o grito do assustado.

Como a face de Deus, disse-lhe seu pai, que era um deus, ele próprio, em sua espécie.
Encontro-o desenhado numa parede. Renovo suas cores desbotadas e a tal ponto que ele me fala: Então não sabias que o rosto de Deus demonstra o medo?,
"Não sabia",
"Pois sabes agora",
"Como teu rosto, por estes dias, se perceberes",
"Quiseram meus pais que eu demonstrasse o medo",
"Para assemelhar-se a Deus, certamente",
Tenho meus costumes e minhas vaidades,
"Talvez que Deus lhe escutasse, se ele há, no caso de que pedisse com jeito."
Descubro que são dezoito as minhas fidelidades e envergonho-me de que sejam muitas. Reconto-as no longo trajeto de metrô: dezoito, sempre, exatamente. Desço em Châtelet e caminho na direção da torre de São Tiago, cada vez mais envergonhado, talvez em penitência. Compro a um *bouquiniste* um livro que não lerei, sobre África, essa entidade distante que subitamente alimenta minha errância fetichista, essa errância de fé, os sapatos tiro-os e enxáguo meus pés numa água morna, e então recupero com forte desejo a lembrança de ir a Louvain para conhecer os arquivos Husserl, mas, sobretudo, para imediatamente perceber que as confusões que tenho em minha idade são muitas e intensas, porque a minha é a primeira geração

ocidental, desde 1848, a não estar comprometida com algum projeto qualquer de revolução.

"*Nam etsi descendero in infernum, ades?*", enfim, indago; e o Outro, o Duplo, responde-me,
   Sim.

Capítulo III

O retorno de Felipe

Vagueei em torno da cidade, conhecendo seus muitos prados, rios e olhos-d'água. Os pés molhados agradavam-se de assim estarem. Talvez porque fora da água que todos nós, répteis, um dia viemos. Um dia em nosso passado, cuja memória se torna pele. Ao menos assim eu sentia. Percorrendo aqueles prados numa velocidade extrema, eu acumulava um saber de mim mesmo. O saber de que minha existência consistia numa experiência linguística, pois não falando minha própria língua — por ter-me exilado do mundo —, tudo, a meu redor, era tradução. Tradução e cinema. As figuras, as imagens, as sílabas, disseminavam-se numa multiplicação exagerada. E nisto consistia minha existência: no ato de falar como fala um estrangeiro. No ato de recompor a impossível comunicação. Numa velocidade extremada, como no cinema. Estava o meu espírito embebido pelo sono, o que não queria dizer, no entanto, que eu tivesse sono. Tratava-se de estar meu espírito, e não eu mesmo, por inteiro, tomado pela sonolência. Como estamos, nós, répteis, longe dos mortais! Ah, como o estamos! E é esta a experiência dos exilados: não ter língua. O português que falavam os que estavam destinados a ser meus amigos não era o mesmo que eu falava. A tudo eu falava errado, predominando os artigos na minha língua, e de forma errada. Predominando igualmente uma geografia errada — e geografia é a mesma coisa que cinema. Iniciei-me vagueando pela cidade e com os pés molhados. Iniciei a composição de um mapa privado. Sinalizei nele, com setas de todas as cores, os lugares da cidade nos quais estive sem estar. Comecei marcando com um círculo azul a casa do Anfão e, numa outra extremidade do mapa, o lugar onde se colocou o túmulo de meu pai. Com triângulos vermelhos invertidos marquei os pontos onde minha mãe teve amor. Com um numeral oito na horizontal marquei o lugar onde ficava a casa de minha avó, lugar onde nasci. Com setas verdes assinalei as paredes azulejadas nas quais eu, já as conhecendo, poderia entrar e sair de minha condição de réptil.

 Um vento soprava morno, apressando meus passos e o tempo.

"Não festejam tua volta", dizia meu duplo, meu pequeno demônio, continuando a falar, com voz taciturna, "E isto não quer te pertencer". Imagino quem, ou o que, vem a ser, indago-o em pensamento e a resposta que vem embaralha-se em minha mente,
"Sou uma presença epistolar e venho buscar meu nome. Se leste a *Chanson de Roland*, lá estou",
"Então esta é a cidade?",
"Lá estou, como agora estou aqui",
"Não se parece com a cidade que imaginava",
"Ambas são, ao mesmo tempo, a cidade que imaginavas",
"A sensação me desagrada, mas é preciso fazê-lo",
"Vieste buscar teu nome",
"Ele se perde",
"Mas é preciso resgatá-lo",
Continuo caminhando, vagando em torno da cidade, conhecendo seus muitos prados, rios e olhos-d'água. Os pés molhados agradavam-se de assim estarem. Talvez porque fora da água que todos nós, répteis, um dia viemos.
"Nasceste em 1210, numa pequena aldeia, tu ainda lá estás", continua a dizer-me o Ghoûl, e, como nada respondo, ele insiste,
"É preciso evocar-me, muitas cosmogonias evocam a gênese do mundo como uma luta titânica entre duas forças opostas",
"Não sou pessoa",

"Mas dormes num mar infinito",
"Não condeno as regras, não atrapalho nenhum mistério",
"*Dobpla est*",
"O quê?",
"É como chamavam-me em Roma",
"Sobre que me falas?",
"Sobre esta esquina, atenção!",
"Mas não há, aqui, uma esquina!",
"Há, porém, o equilíbrio, que não vês, isto é a *axis mundis*",
"A que está por toda parte?",
"Certamente!",
"É preciso evocar-se",
"Chama a ti mesmo por todos os teus nomes",
"Esta cidade não a conheço, não a procuro, não pertenço a ela",
"Não precisas pertencer-lhe, ela já pertence a ti",
"E como se eu não tivesse para onde ir, não deveria ter voltado, minha mãe estava certa quando dizia para eu esquecer, Esquece e sê feliz, é o que dizia, agora, porém agora... esta cidade absurda, repentinamente materializada, entrou na minha mente e a ocupa",
"Vira a esquina, coragem",
"Para quê?",
"Vira e saberás."

E quando dobrei a esquina percebi que o tempo, tal como as dimensões a ele correlatas, não tinham a materialidade das outras coisas, e as múltiplas imagens que se passavam à minha frente, repentinamente, congelaram-se, uma delas dentre todas, a letra Y, exata e conclusiva.

Percorrendo aqueles prados numa velocidade extrema, eu acumulava um saber de mim mesmo. A primeira pessoa que procurei, ao chegar à cidade, foi Asra, minha antiga correspondente, a irmã de Henrique, filho de amigos de meu pai, um dos que estavam destinados a ser meus amigos, se não me tivesse cabido o exílio. Correspondi-me com Sara por quase dois anos e ela me ofereceu belíssimas descrições da minha cidade. No tempo da minha juventude, aquelas cartas muito me valiam, constituindo-se como uma das grandes fontes de minha melhor identidade. Ao chegar ao hotel, procurei o telefone que deveria ser o seu: o seu próprio, o de seu irmão, o de seus pais. Encontrei, mas do outro lado da linha apenas esclareciam que não existia lá quem devesse ter esse nome. Era bem o endereço de seus pais e de seu irmão, mas lá não havia Asra. E Asra alguma nunca houvera. Apenas Sara, e ela era outra, era a que estava em Paris.

Mais tarde, confuso como sempre fui de todas as coisas, não percebo o telefone que toca ao meu lado, muitas vezes. É do fundo de uma consciência estrangeira que, enfim, me recupero. Atendo. Sara. Sara me pergunta como vou. Pergunta como é a cidade sobre a qual tanto conversáramos. E, de novo, se estou bem.

"Como é retornar à cidade?",
"É como retornar à cidade", respondo.
E então ela me diz, "fazes falta…". Fecno os olhos. Fecho meus olhos. Desligo o telefone dizendo que logo voltarei, sem saber muito bem ao certo o que significa retornar. E então caminho até a janela. Lá fora é poderosa a chuva que desaba.

Mais tarde, recebo no hotel a visita de minha prima Isabel. Convida-me para um passeio. Entramos no seu carro e percorremos a cidade dessa maneira. Observo que é possível, de muitas maneiras, percorrer uma cidade. Peço que me leve ao prédio de polícia onde ficava o DOE, o Departamento de Operações Especiais, onde se fez a tortura aos meus pais. Ela não o conhece. Chamavam-no palacete Bacelar, não conhece de fato? Não conhecia. Não era uma memória sua. Pergunto-lhe a respeito da lenda do réptil. Também não conhece. Não conhece nada de minha história. Tampouco da história da cidade. Percebo que o passado conservou-se, em mim, pela graça do distanciamento. Isabel leva-me à vila de Icoaracy para beber água de coco. Tem sempre um sorriso de generosidade, mas não fala de si. Recordo de minha mãe falar-me que a família de meu pai era educada para ter reservas e que, por essa razão, jamais meu pai demonstrou ternura. Isabel explicou as virtudes da água de coco. Perguntei-lhe sobre seus estudos e ela respondeu que tudo caminhava bem. A palavra *caminhar*, como a usara, ecoou em minha mente, fundindo-se à ideia, que eu então desenvolvia, talvez com o saber, a respeito da história, do sentido da história. Por tantas vezes eu havia pensado que minha história pessoal compunha um equívoco, que caminhava em direção contrária ao sentido da história restante de todos.

Isabel achava curioso que eu soubesse tantas coisas sobre a cidade sem ter lá morado, Mais coisas que eu, disse, em seguida, com humor, completando que, Parva, como sou, é bem natural que conheça mesmo.

"Tem muita memória, meu primo, está sempre perguntando sobre prédios e ruas que eu não conheço, tem mais memória que eu e, no entanto, esteve fora tanto tempo!",

"Acho que a distância não apaga a memória",

"Talvez a faça em excesso, se digo é porque não nos parece possível, a nós, brasileiros, que alguém queira vir para o país, ou mesmo que goste de estar aqui, vejo que a memória que tem é de afeição, está retornando quando todos estão partindo". Isabel tinha razão.

E disso estava convencido. Não precisava ir mais além, na aventura dos diálogos com as inúmeras pessoas que interpelava, para saber que minhas memórias não eram compartilhadas.

Lembrava imenso a Miguel, o seu modo de falar. Compreendi que era da mesma natureza a impressão que passavam de estarem protegidos das cruezas do mundo, sepultados num excesso de bondade só muito própria aos que aprenderam a dividir, mas que acabava por constituir a fonte de suas dificuldades,

"Mas quem não as tem?", perguntei em voz alta,

"Perdão",

"Desculpe, pensei em voz alta, estava me passando à mente a ideia de que todos temos dificuldades com que lidar na vida, cada um a seu modo",

"Eu tenho, pelo que me consta",

Tinha Isabel o mesmo sorriso plácido, a mesma polidez de cravos e de espelhos,

"E eu as minhas", eu disse. Rimos ambos, e então, com um pouco mais de desenvoltura, indagou-me,

"Percebo que seu retorno é algo importante para si, desculpe se me intrometo",

"Não há problema, de fato é",

"É que não conseguimos entender como seja, digo, nós, os brasileiros, não podemos entender a motivação de quem queira voltar, neste momento todos partem...",

"É que eu parti obrigado",

"Mas não há de ter perdido grande coisa, escapou da polícia, da crise econômica, da falta de empregos, da corrupção...",

"Mas não da memória de ter sido levado sem vontade",

Esquivo-me pelos jornais do passado — deposita--me o táxi às portas da biblioteca pública da cidade e atende-me uma típica funcionária do lugar, caracterizada pela obsequiosidade desconfiada de todas as bibliotecárias. Peço-lhe os jornais do mês em que parti. Ocorreu-me a ilusão de ver noticiado que eu partia. Nada se dizia ali, porém, dos que partiam. Soube, no entanto, que o cinema Olímpia exibia a fita tal, que nada dizia sobre o mundo, e que a senhora dona Odalete de tal abria a sua casa às amigas íntimas, para a comemoração calorosa de seu natalício. Ocorreu-me que devesse ser uma grande devassa, a senhora Odalete de tal, posto que abria a casa às amigas íntimas, a nenhum senhor, portanto, e que a intimidade dessa amizade exigia uma comemoração calorosa, fechada, secreta, luxuriosa.

Ainda divertia-me, imaginando as cenas contingentes, quando veio-me o pensamento de que não se lia, naqueles jornais, notícias sobre o que se lhe acontecia ao redor, sendo que isto que acontecia eram coisas graves. Nenhum jornal é contemporâneo de si mesmo. Peço mais jornais e percorro ao acaso a memória dos dias em que não vivi na cidade. Esporadicamente, entrevejo notícias sobre o mundo real, aquele que se estendia além daquela realidade em pedaços que os jornais mostravam. Foi possível perceber, por meio das entrelinhas demasiado evidentes desses jornais, que o problema desse lapso de contemporaneidade não se devia a uma censura de verdade, imposta pelo novo regime, mas, muito curiosamente, à censura das próprias empresas, cordeiros voluntários e assustados da novidade — já certamente arcaica — desse regime.

Já em 1980, por exemplo, ocorreu de matarem um estudante em sala de aula, na universidade da cidade, e de o assassino não ter sido, sequer, detido. Em que pese o fato de ele ser um policial federal que vinha, misteriosamente, frequentando as aulas, e que as aulas fossem de Estudo de Problemas Brasileiros, o tiro foi considerado acidental e restou a paz na terra para contarem dela, suas histórias, os jornais. Contou-se que a pistola do policial estava — armada e destravada — na sua bolsa "capanga" — e que se há de dizer desse nome? — e que esta disparou acidentalmente, ainda que a um canto da reportagem um simplório agente do necrotério público balbuciasse que a necropsia feita indicava bem o contrário — fato reles, ignorâncias de um simplório agente de necrotério, como se sabe.

Tantas as bobagens publicadas, tantos os fatos fortuitos, que já não me estranharia se lá dissessem que um menino embarcava-se, com sua mãe, para o exílio, ainda que não se revelasse que o fato causador dessa partida fosse a obsessão, a persistência inconveniente do desejo do governo brasileiro em dar choques elétricos na língua e nos seios da mãe do menino e ainda que fosse sabido por todos que meninos não fazem isso de partir para exílios. Imagine-se de que maneira esses jornais se poriam a noticiar fatos cabais que ululassem à sua testa, a cura do câncer pela magia ou a ressurreição da carne em praça pública. Não, definitivamente não são contemporâneos de sua história, os jornais. E suponho que não era a ditadura que provocava isso, mas a detalhada falta de inteligência da máquina jornalística, a qual o mero rumor de uma ditadura dava livre curso imaginativo.

Achei bem interessante, por exemplo, o caso da prisão e morte de um senhor chamado Benedito Serra, afiliado à União dos Lavradores da Zona Bragantina. Antes de morrer a imprensa tratava-o por "o comunista Benedito Serra". Após morrer — detido pelas forças armadas e, curiosamente, de uma "forte hepatite aguda"", como informaram os jornais — passou a ser "o senhor Benedito Serra". É de supor que a morte o regenerou do comunismo. Feliz e inteligente jornal, que sabia dos mortos e que deles noticiava.

Não deixava de ter graça essa maneira circunstancial de contar o que se passava. Enquanto "hippies" tomavam as aleias do Largo da Pólvora e jovens se davam a práticas impudicas aos fundos da igreja da Trindade, "agentes vermelhos" espalhavam-se pelas ruas, indistintos dos "cidadãos de bem", prontos para tomarem-lhes um pedaço da alma. Logo estariam incorporados aos temores e augúrios da gente mais graduada do exército nacional que, exasperadamente, se lançava à tarefa de ocupar o vale, a custo de estradas megalômanas, abertura de pastagens na floresta e imigração forçada.

Visito meus outros primos. Rodolfo e Júlia. Não, não a Júlia, porque ela é invisitável. Envergonha-se de sua família arcaica. Por mais que a visite, ela está ausente. Finge-se. Evita falar de tudo o que refira a casa do Anfão, o avô estranho, a história dos tios, os suicídios na família, a obsessiva crença nos répteis... Tudo a envergonha. Inclusive eu. Eu a envergonho mais que tudo. Sou apenas um estrangeiro. Uma inconveniência. Tem lá o seu marido e a família que é dele. Evita-me mais que tudo. Não tem como me explicar. Reproduz os preconceitos e a obtusidade dessa gente. Os preconceitos, os medos, a ignorância.

Rodolfo tem alguma condescendência. Tem certo respeito por nossa história torta, por nossos profundos silêncios, mas não os entende. Coloca-me entre parênteses. É o mesmo que faz com o avô, com os tios mortos, com o Anfão, com Miguel e Isabel. Para ele, somos um quadro na parede. A história de sua família, da qual não é um contemporâneo.

É terrível visitá-los, conhecê-los. Quase insuportável. Eles pertencem a um mundo mais distante que meu exílio. Aos dois pergunto a respeito do réptil e vejo o quanto essa questão lhes incomoda. Não sabem o que fazer com ela. Não percebem como tratá-la. Nenhum deles têm passado. A história da qual participam iniciou com a Anexação. Nada há antes disso. Nada faz sentido antes desse evento.

E, tal como eles, o resto de nossa cidade, cidade vencida.

Meus primos Rodolfo e Júlia participam desse futuro pretérito, enquanto meus primos Miguel e Isabel participam de um particípio, e eu, no que me resta, participo de um aoristo.

Rodolfo e Júlia têm uma vida pródiga, e caminham firmemente em direção ao futuro. São eles que concertam a história.

Eu, quando retornei, encontrei a cidade que era uma cobra ressequida, quase morta, resfolegando, quase sem saber de si. A quem tinha meia visão se tratava de ver morrer um tempo. O fim do tempo de toda a história de solidão de nossa pequena cidade.

Vivi aqueles últimos dias, nos quais todos os santos eram o mesmo, no qual todas as almas se revelavam e quando todas as mulheres se persignavam, insatisfeitas de estarem, tristes de serem.

Em síntese, o que eu via ruir era uma pequena república burguesa, uma república na qual todos tratavam-se por tu e flexionavam o verbo à sua exaustão. Na qual todos eram contraparentes entre si ou assim se propunham que o pudessem ser.

Quando voltei à cidade lembrei-me de coisas que, não sei bem como, tinha podido esquecer. Desejei que se tratasse da pátria, da pátria perdida, nunca prevista, nunca vivida, mas logo me ocorreu que isso era uma coisa impossível. Não tinha, nossa província, a consistência de uma pátria, pois era, de pátria, como a receita de bolo na qual se botara demasiados ovos ou manteiga e que o fazia derreter-se, espreguiçar-se, espalhar-se pastosamente em seus entornos. E, ademais, o que é a pátria? O que a simboliza, conforma, afirma?

Nem as legiões que tenha, nem o espelho enterrado no centro de sua maior planície, nem o tempo pervivido, nem a estátua de ouro lavada com sangue, nem o grande livro com a perfeita ode, nem a tragédia nunca esquecida, nem as mais grossas muralhas, nem o sangue partilhado, nem a morte de um valente, nem a mentira recontada, nem as evidências cartesianas, nem o preço que se paga, nem o milagre da sorte, nem a doença linfática, nem a bela divisa, nem a pobreza da alma, nem o panteão das mesmas dúvidas, nem a medusa dos banqueiros, nem o alfabeto perfeito inventado, nem os costumes, nem os bons atos, nem a maldade das origens, nem a condição humana, nem mesmo o olhar condescendente do Deus da História.

Retornar à cidade, para Felipe, equivalia a encontrar seu pai e a ater-se a sua morte. Percebia que Maurício estava preso a sua própria morte, como quem não morre e como quem morre o tempo todo. Sem dúvida que estava morto, e que assim permanecia, irremediavelmente, esperando apenas que uma outra forma de morte o matasse de maneira mais eficaz, e era isso, com precisão essa eficácia, que vinha procurar e, talvez, entregar a seu pai morto.

Era por isso que compunha uma insônia minuciosa. As mortes se preparam é depois de já bem mortas.

E quem dirá que o fogo não fará parte do espetáculo do Juízo Final, se não a sua espetacularidade ?

Ou, talvez, retorne em nome de sua mãe. A Selma, tal como a muitos, a cidade esquece. Não é ela que retorna, mas a cidade que retorna a ela. Prometera nunca mais retornar, mas não consegue. A cidade lhe retorna enquanto dorme e enquanto mente. Selma é cúmplice da própria cruz. E também da Cruz, a verdadeira, a carregada por um Cristo bicéfalo. Sua cumplicidade está no fato de ter sido obrigada a caminhar até um armazém e lá comprar os pregos com que seria atada à própria cruz. E na humilhação de ir fazê-lo e retornar, sob o olhar impiedoso de toda uma multidão. E na humilhação de ter gasto o próprio dinheiro com isso. Por isso, Selma não retorna. Porém, é também por isso que a cidade sempre a ela retorna.

Ou, talvez que não. Talvez que seja apenas por si próprio que retorna. Por si, Felipe, pelas memórias que não teve, pelos amigos que deveriam ter sido os seus, pelo brincar no quintal do Anfão de que lhe privaram, por vivenciar as contradições daquele estranho mundo decompósito que era a cidade, de colonialidade extrema e que se fragmentava a todo o tempo, apodrecendo no próprio esquecimento. Talvez fosse para si mesmo que retornasse. Não pela pátria, pelos pais, pela história, mas apenasmente por si, por quem era ou não, por quem se pretendia ou não, por suas incoerências e por sua sorte.

Mas sempre há um que retorna, enquanto o outro permanece, tu já sabes,

Sei, e também já sei que se retorna ao meio e a qualquer parte, e não necessariamente ao começo,

E também sabes que o meio guarda, em geral, aquilo a que chamamos de fim,

Disso não sabia,

Pois sabe agora,

É este o fim? Ou é apenas alguma outra parte?,

E então Miguel pergunta a Felipe,

"E se fosse então que o Cristo fosse bicéfalo?",

Felipe tenta imaginar. Recorda um episódio, em sua infância, no qual sonhara com essa possibilidade. Talvez o episódio não passasse de sua imaginação, ou de um sonho, porque era muito pequeno, mas era um episódio que de vez em quando lhe vinha à mente. Ele acordava, no meio da noite, e dizia a sua avó, "O Cristo era bicéfalo, ele tinha duas cabeças, cada uma delas olhando a direção de uma cruz, de uma cruz vazia e de uma cruz com gente";

"Vem, vou te contar um segredo", disse-lhe a avó,

E então seria bicéfalo o Cristo? E então seria esse o segredo? Seria com essas palavras que ele, um dia, seria recebido no lugar para onde fosse, depois de sua morte?, Vem, vou te contar esse segredo, ao menos esse, vem,

Miguel, e se fosse verdade isso que não nos dizem e de que guardam tanto segredo, e se fosse verdade que tu és meu irmão?,

Ah, isso?, isso é irrelevante, sabemos os dois que pode ser mesmo, não é?,

Que pode ser ou que pode ser mesmo?,

Que pode ser,

Então não faz diferença,

Não faz,

Eu gostaria de poder dizer que é como se fosse,

Que não faz diferença?,

Não, que faz, efetivamente, porque são poucos os afetos que me tenho e que sempre tive,

Afetos são coisas inocentes,

São poucas as inocências que tenho em mim.

Um silêncio lento e lesto, mas magnânimo, veio do Tejo, cruzou a varanda e a sala daquele apartamento, e penetrou nos outros cômodos, explorando gavetas e armários, envolvendo as plantas e as formas dos utensílios.

Capítulo IV

Selma e o esquecimento

"É um prazer te conhecer", disse Selma, os olhos fundos, vindos escusos de outro tempo, "Como está teu pai?",

"Ele teve um acidente vascular",

"Eu soube",

"Está como morto, vive deitado na cama, perdeu as forças",

"Não faz exercício, fisioterapia? Dizem que é o melhor que se faz, nesses casos",

"Se faz o que se pode, mas ele não consegue muito",

"E o avô?",

"O velho está inteiro, apesar do diabetes",

"Muito bem, o Felipe me contou, pelo telefone, que tem estado com ele",

"Os dois me disseram, cada um a seu modo me disse que ficou impressionado com o outro",

"Devem ter o que conversar, mas teu avô, pelo que eu me lembro, não é de muitas palavras, nem de muitos afetos",

"Sobretudo não é de demonstrá-los."

Um silêncio continuou a conversa dos dois, falando por ambos, enquanto buscavam o que se dizer,

Este silêncio me constrange,

Ele evidencia que não temos o que nos dizer,

Fiz questão de vir aqui conhecê-la, mas confesso que não sabia o que dizer,

Mas ter vindo é uma gentileza que se basta, que dispensa palavras,

Não poderia dizer...,

Dizer...,

Dizer que sempre a achei estranha, porque é uma tia que nunca falou comigo,

Me considera sua tia,

É a mãe do meu primo, filho do meu tio, é o bastante, não é, para ser minha tia?,

Talvez seja,

É claro que sempre percebi que precisava se afastar de nós; não conheço suas razões, mas sei que as tem,

Deve pensar que sou uma louca,

Não, mas percebo que sofreu,

"Posso lhe perguntar uma coisa mais pessoal?",

"Sim, claro que sim, fique à vontade",

"Por que vocês, a senhora e o Felipe, nunca tiveram muito contato conosco?",

Essa pergunta era permanente num outro diálogo, aquele que Selma tinha com Felipe, um diálogo longo, arcaico, que perdurava sobre as ruínas de muitos, de vários diálogos, dentre os reais, os imaginários e os inexistentes. Uma pergunta que se disseminava já sem código, eco vago, pouco,

Mãe, afinal, o que te incomoda tanto?,

Não temos nada a ver com essa gente, eles pertencem a um outro mundo, a um outro tempo,

Mas estão lá, estão vivos e são meus parentes, tu me tiras o direito de ter uma família,

Daqui a pouco vais me cobrar ter te tirado o direito de ter um país,

Eu falo de uma coisa objetiva. De que direito, de que autoridade, tu me impedes de procurar por eles?

Não te impeço,

Impedes, teu silêncio me reprova, se falo neles,

Pois se é mesmo o que queres, falar com eles, ter avô, tios e primos, basta que telefones, que escrevas, que mandes um cartão-postal. Não te impeço, podes fazer como quiseres,

"Sabe, Miguel, isso eu não saberia dizer. Saímos numa condição muito difícil, traumática, e além disso eu nunca tive uma vida de casada, por assim dizer, com o pai do Felipe",

"Entendo, nós nunca fomos a sua família",

"Exatamente. Essa mesma pergunta o Felipe me fez incontáveis vezes. Ele sempre me acusou de tê-lo afastado do convívio com vocês, mas eu mesma me pergunto de que maneira poderia fazer diferente",

Essa família não é tua, o fato de seres o filho biológico de alguém não significa que, automaticamente, faças parte de uma família,

O teu problema é que tu te achas especial, melhor que eles, melhor que todo mundo, só isso. Tu te achas suficiente para mim,

Sempre fui eu quem cuidou de ti,

Não nesse sentido que estou falando, tu sabes bem,

Essa gente faz parte da tua imaginação. Tu os idealizas como idealizas essa cidade, esse país, a história desse país. Tu te idealizas, Felipe,

Mas tudo isso existe,

Todos nós perdemos tudo. Essa cidade que tu imaginas não é a cidade onde nasceste. A cidade que está lá não tem dragões, répteis, tigres, igrejas, não tem castelos, não tem história, não tem mais nada, é um vazio imenso,

Mãe, para ti tudo isso é um vazio e não significa nada, mas para mim são coisas importantes,

Felipe precisava de identidades, histórias, pedras, caminhos, sangue morto e sangue vivo, simbiose, carne, memória. Selma precisava, apenas, esquecer.

"É curiosa essa coincidência de eu vir para cá no exato momento em que o Felipe retornou, justamente eu, que fui quem, na família, tive mais contato com ele",

Eu sentia ciúmes da correspondência de vocês, Mãe, por que tu implicas com o fato de eu trocar cartas com essas pessoas?,
Eles são passado, pertencem a um outro mundo.
Um outro mundo que assombrava Selma. Primeiro foi a moça, filha de pessoas que se diziam seus amigos, mas que ela mal conhecia, e depois o primo, esse Miguel, o filho do Antônio; esse menino que... que talvez fosse irmão do seu filho, não, isso não queria, não podia dizer, nem para si mesma, nem para o filho, nem para o fantasma do Maurício. Toda essa gente só vivia para assombrá-la. Os pais da moça eram amigos do Maurício e não dela. Ela mal os conhecera. Eles eram gentis e simpáticos à luta política, mas essa simpatia, gentileza, nada disso parecia de verdade. Era gente que não sujava as mãos. Não foram para a floresta, não pegaram em armas, não foram presos. Não precisaram fugir. Aliás nunca cogitaram precisar fugir.

"Mas diga, como está indo a instalação? Apartamento, seguros, conta no banco?", Selma se esforçou para encaminhar a conversa na direção segura das questões práticas, talvez incomodada com algo no olhar de Miguel que, na falta de melhor compreender, lhe parecia uma curiosidade excessiva, semelhante à que seu filho sempre demonstrara pelo passado. Calmo, distinto, cuidadoso, mesmo assim aquele rapaz a sua frente poderia ser invasivo, e Selma quase se via no instante em que ele poderia perguntar algo, algo como, Me pareço com meu pai, eu?

E que responder, se isso acontecesse?, Não saberia dizer, não conheci muito bem o seu pai, o que seria uma mentira excessiva, e ela, ela nunca soubera mentir, realmente, nem mesmo durante a tortura, e mesmo que ele, Miguel, não soubesse de nada, percebia que ela estava mentindo. Mas ele deveria saber, é claro, e talvez fosse o fato de sabê-lo que lhe dava ao olhar aquele brilho peculiar, aquela sugestão de que não estava ali quem lhe falava, de que era outro quem lhe falava, um outro, um duplo, que tudo sabia.

Me pareço com o meu pai?,

Sim,

Me pareço com o Felipe?,

Não,

e não de fato, embora assim pudesse ser, o olhar de Miguel ainda, que dizia sem dizer,

Quando tu soubeste?,

Percebendo,

Teu pai te contou?,

Não,

Teu avô te contou?,

Não,

O Felipe não sabe,

Ele sabe, mas isso não importa a ele, um pai ou o outro, nenhum dos dois esteve presente na sua vida.

Selma já não sabia se, nesse diálogo ausente, era consigo mesma ou com a voz que imaginava em Miguel, com que falava, não sabe e não deve saber, porque nem eu mesma sei, nem eu mesma lembro, porque nunca ninguém há de fazer um exame ou usar de qualquer outro truque científico para sabê-lo,
 Foi por isso que meu tio Maurício se matou?,
 Claro que não, ele se deu a morte porque foi torturado, porque não se recuperou, porque estava deprimido,
 Mas ele sabia?,
 Não sei,
 Estás percebendo, afinal, que o que importa não é se o Felipe sabe, se eu sei ou se tu sabes, Selma? Porque o que de fato importa é se o meu tio Maurício soube, se ele sabia,
 Ele não morreu por isso,
 E tu, tu fugiste por isso?,
 Não, eu não fugi por isso. Fugi porque poderia ser presa outra vez, porque não havia nenhum futuro para mim, lá, porque é um lugar que não promete nada e que não tem futuro.
 Durante muitos anos essa questão atormentou Selma. Esse amontoado de questões. Sem respostas para elas, apenas deixou que elas prosseguissem acumuladas. Evitava pensar nessas coisas. De fato, sua existência era a eterna impressão de que vivia numa margem entre diferentes vidas, uma eterna impreci-

são, uma impressão imprecisa. A tristeza persistente, que muitas vezes resultava em melancolia e que já fora também depressão, algumas vezes, tomava a forma de peadas questões.

Ela mesma não saberia dizer qual dos dois irmãos era o pai de Felipe. E também não saberia dizer qual a razão de ter deixado a cidade, de ter fugido e, sobretudo, de ter decidido nunca mais voltar. Para tudo concorriam muitas razões.

Algumas vezes ela disse a si mesma que sua vida, sua pessoa, sua identidade — o que fosse, afinal, dessas coisas que nos definem — é diferente, é diferente por estar no meio, nem de um lado nem de outro da fronteira, no entre. Uma vez comentou essa ideia com um colega de trabalho, que, amigo da filosofia, parecia compreender a questão e que, dessa forma, lhe respondeu de uma maneira misteriosa,

"A ideia de identidade tem uma lógica precisa, baseada num sistema de inclusão e de exclusão",

"Então eu não tenho identidade",

"Não, do ponto de vista dessa lógica",

"Não existo",

"Tecnicamente, o que te sobra é pensares que tu habitas o futuro, porque para os gregos antigos o futuro é uma mistura entre o ser e o não ser",

"É uma solução", respondeu Selma, e sorriu com a ideia, já que o diálogo entrava nesse terreno que mistura o gracejo com o insólito,

"Metáxi",

"Como?",

"É como eles chamavam esse ser híbrido que habita o futuro, que é e que não é ao mesmo tempo",

"Metáxi... Então, que seja lá onde estou",

"A lógica tem horror ao duplo, ao múltiplo",

Miguel, longe desse momento, ainda no seu quarto, no Anfão, certa vez, lia Baltasar Gracián, "No céu, tudo é prazer; no inferno, tudo é sofrimento", e a conclusão de que os que habitam a Terra estão no meio, suscetíveis ao sofrimento e ao mesmo tempo agraciados pelo prazer.

"Mas é sempre assim?", perguntou a Selma o seu amigo, "Não há um momento em que tenhas certeza de quem tu és?",

Selma riu da questão, que na verdade não tinha sentido, "É claro que sim, quando tenho que fazer alguma coisa não há sentido algum em não saber quem eu sou. A questão não é essa",

"E qual é essa questão?",

"A questão é que não tenho como colocar quem eu sou a partir de um referencial preciso de passado, só isso",

"Nunca?"

Nunca é uma palavra rigorosa, demasiado forte e, assim, cheia de perigos. É como uma palavra mágica, como um abracadabra, que se deve usar com moderação, sob risco de provocar efeitos devastadores. Não, pensou Selma. Não.

Por exemplo, daquela vez.

Apesar de procurar esquecer, com um rigor talvez excessivo, tudo o que vivera na sua luta política, durante sua juventude; apesar de evitar, com um cuidado talvez extremado, seu próprio interesse pelo que ocorria na história do Brasil, certa vez se viu perdendo quase a razão e quase agredindo fisicamente uma brasileira ignorante que, mesmo frequentando boas universidades e preparando um doutoramento, tinha, sobre o golpe militar de 1964, uma visão completamente equivocada.

"No Brasil a ditadura não foi tão rigorosa como na Argentina e no Chile", disse a brasileira, numa conferência que fazia na Sorbonne, Selma na plateia, sem perceber de fato por que se dera o trabalho de ir até ali, "Como dizem, foi uma *ditabranda*, matou menos, torturou menos. Provocou menos dor. Esses fatos são sintomas da cordialidade do homem brasileiro",

"Me desculpe", Selma, "mas se a senhora continuar falando essas bobagens eu vou ser levada a pensar que seus diplomas deveriam ser cassados e que se a senhora prepara um doutorado com uma bolsa do governo brasileiro deveria perdê-la imediatamente, porque nunca vi tanta bobagem ser dita ao mesmo tempo. A senhora tem noção de que está falando para uma plateia de pessoas com leitura, bom senso e discernimento da história?",

Aquela Selma, que ali falava, era a mesma que, no passado, tivera uma vida política, que fora para a guerrilha, que fora torturada. Uma Selma adormecida, talvez desaparecida, perdida dentro das outras Selmas, que, no presente, procurava ignorar totalmente o que se passava no Brasil, que procurava cortar todos os seus laços com o passado, que procurava esquecer. Que não acreditava em nenhuma possibilidade de que um pouco de razão e de decência pudessem fazer parte de um governo do sul.

A pesquisadora brasileira respondeu a Selma com um ar superior,

"A ditadura brasileira matou apenas 357 pessoas, um décimo, apenas, do que as outras ditaduras da América Latina mataram",

Nesse momento um senhor que assistia a conferência interveio,

"Na verdade, se me permite, os dados reunidos pela igreja católica estimam que esse número seja bem maior. Haveria pelo menos outras oitocentas pessoas assassinadas, pelos militares e pelas forças das polícias estaduais, nessa conta",

A conferencista, ainda com sua superioridade — uma superioridade que parecia vir de uma parte profunda de si mesma —, respondeu,

"Ainda assim, é bem menos",

Selma continuou, "O que me parece absurdo é que a senhora fale em termos de menos dor e mais dor. Independentemente do número de mortos, esses crimes foram cometidos pelo Estado e foram crimes políticos",

E então, ainda, continuou,

"E isso sem falar nos crimes que a ditadura militar cometeu no processo de Anexação...",

"Ah, aí já entramos no campo da ficção...",

"Da ficção? Como todos os brasileiros, mesmo os mais críticos do seu governo, a senhora também ignora, por conveniência da história, que sua província foi anexada ao Brasil pelo regime militar e que isso teve um custo humano, cultural e ecológico monstruosos",

"A senhora vai interromper minha conferência para falar dessas bobagens?",

"Bobagens? Pois bem, a senhora sabe quantas pessoas morreram torturadas ou simplesmente assassinadas, friamente assassinadas, pela ditadura brasileira, entre 1970 e 1975, durante o processo da Anexação? Não sabe? Pois bem, oito mil. Cerca de oito mil. Oito mil pessoas morreram torturadas ou simplesmente assassinadas pelas forças repressoras da ditadura, apenas na província onde nasci, durante o processo de espoliação das nossas terras pelo Estado brasileiro. Essas pessoas eram indígenas, quilombolas, ribeirinhos, povos da floresta. Eles foram esquecidos, não estão nos livros de história e não fazem parte da conta de 357 mortos políticos que a senhora apresenta. Mas, me diga, não deveriam fazer? Pelo que entendo a morte deles foi também política, ou não? Eles lutaram contra os militares por seus direitos, por direitos à propriedade, ao trabalho, à dignidade, à cultura e à identidade",

"A senhora é louca, está referindo processos econômicos que são alheios ao regime militar".

"Alheios? Sabe, por acaso eu venho de lá, e posso lhe dizer que lá foi um dos palcos sangrentos da sua ditadura. Sangrento porque regime militar e Anexação se confundem, e, em seu conjunto, produziram, além de todas essas mortes, uma devastação ecológica, ambiental, cultural sem precedentes, e uma inversão completa da lógica produtiva das populações locais, dando lugar a um sistema de expropriação e de grilagem de terras que foi abençoado, legitimado, pelo seu regime militar. A senhora pode dar à Anexação o nome que quiser, pode chamar de integração nacional, se quiser, mas o fato é que ela esteve na essência da ditadura brasileira, tanto no que tenha sido a sua crueldade quanto no que tenha sido a sua imbecilidade",

Naquele momento iniciou-se um imenso murmúrio na plateia. A conferencista pareceu hesitante, procurou acompanhar com os olhos o que as pessoas da plateia comentavam entre si. O murmúrio crescia. A conferencista pediu desculpas, disse que não via condições de continuar sua fala e saiu da mesa.

O senhor que antes intervira perguntou, com voz alta e clara,

Não foi por aí que ocorreu a guerrilha?

Sim, fora, e a intervenção do governo militar para reprimir a guerrilha estava associada a todo o caos que foi ali instalado, dentro da lógica da "integração nacional". E Selma estivera na guerrilha.

E então ela olhou para o senhor que fizera a pergunta e, sem responder a questão que ele colocara, um pouco espantada com a própria temporalidade, lembrou-se de que ela, ela também, estivera na guerrilha. E então lembrou-se das coisas nas quais acreditara. E então lembrou-se da tortura, e do exílio em Lisboa, e do exílio em Paris. Então ela lembrou e então ela disse,

"Eu estive na guerrilha",

A plateia, composta quase toda por franceses, mas que tinha também alguns brasileiros, parecia perturbada com a saída repentina da conferencista. Alguns olhavam para Selma com pena, outros com respeito, e os que a olhavam com pena logo também a olhavam com respeito e os que a olhavam com respeito logo a olhavam com pena. E quanto a Selma, eram as últimas palavras da conferencista que ainda repercutiam na sua mente,

Processos políticos alheios a uma lógica econômica,

"A senhora disse alheios?"

Selma nunca mais a viu. Gostaria de ter dito mais. Nos dias seguintes imaginou um diálogo que poderia ter tido com a conferencista sobre o regime militar brasileiro. Divertiu-se fazendo isso, foi compondo aos poucos esse diálogo, que, como todos os diálogos imaginados, era feito principalmente de uma única fala, e que era mais ou menos assim,

Os militares fizeram a economia crescer, nunca o Brasil foi tão rico,

Pois sim, essa aparente riqueza se deveu a um endividamento irresponsável. Ao final do regime militar o país devia o equivalente à metade do seu produto interno bruto,

Mas o "milagre econômico" aconteceu no regime militar e por causa desses empréstimos, graças a eles o país cresceu a taxas de 10% ao ano, no começo dos anos 1970,

Pode-se também ver as coisas de outra maneira. O "milagre" produziu riqueza, sim, mas concentrou essa riqueza nas mãos de poucos. Antes do golpe os 10% mais ricos possuíam 38% da renda nacional. Ao final do regime possuíam 51% dessa renda. Já os 10% mais pobres, quanto a eles, tinham 17% da renda nacional no começo e passaram a ter 12%. Não foi o país que enriqueceu, foram algumas pessoas, em detrimento de muitas,

Mas o bolo tinha que crescer para poder ser dividido — a frase é feita, e o sentido tem a hipocrisia das contas malfeitas,

O que não foi nem seria, e a prova é que o poder de compra do salário mínimo caiu pela metade, entre o começo e o final do regime militar,

Pode ser que estejas certa, mas em uma coisa vais concordar comigo: os militares salvaram o Brasil de um golpe comunista e da influência dos soviéticos,

E mais uma vez não concordo, porque essa ameaça não era real, era simplesmente uma campanha, movida pela direita golpista, que procurava motivos para justificar o golpe. Na verdade, essa direita, vinculada ao partido que, não sem cinismo, se chamava União Democrática Nacional, a UDN, vinha construindo uma postura golpista há vinte anos. Era a mesma direita que esteve por trás da tentativa de derrubar o governo constitucional de Vargas e que quase impediu a posse tanto de JK quanto do próprio João Goulart, o presidente deposto pelos militares,

Mas o presidente era comunista,

Não de fato, nada tinha de marxista e não era aliado dos comunistas. Na verdade, seguia o populismo de Vargas, dissimulado na ideia de trabalhismo. As reformas de base, que iniciou, se propunham como a construção de uma "justiça social", mas não como uma revolução. Elas tinham, de fato, um caráter socialista, mas estavam muito distantes de qualquer modelo soviético,

De qualquer forma, ainda que isso seja verdade, a iniciativa dos militares é consequência de uma sensibilidade nacional, uma sensibilidade conservadora, é verdade, mas que aglutinou, em torno deles, as expectativas de um Brasil vivo e profundo, talvez arcaico, é verdade, mas que, de qualquer forma, é a nossa essência,

Bom, essa ideia de coerência é ilusória. Nem mesmo entre os militares o golpe foi uma unanimidade, pois mais de sete mil deles foram perseguidos e expulsos das corporações, por não concordarem com o regime, e centenas foram presos e torturados. Mesmo nas igrejas o apoio ao regime não era completo. Na igreja católica, por exemplo, havia um intenso movimento de resistência. Aliás, houve uma ação importante, ecumênica, unindo católicos, judeus e presbiterianos, de mapeamento e apuração de crimes de torturas, uma ação secreta, que resultou no relatório chamado "Brasil nunca mais",

Selma descreveu esses acontecimentos a seu amigo, ao que era, também, amigo da filosofia. Ele disse que nunca a havia percebido assim,

"Assim como?",

"Com esse vibrato político. Eis aí a Selma daquele tempo, uma Selma que só estou conhecendo agora",

Estar no exílio se parece com estar na margem da história, dá impressão de ver a história com outros olhos, permite ser dois, ao mesmo tempo,

O número dois potencializa.

Muito tempo antes, deitado à sua cama, no Anfão, Miguel pensara nessa mesma frase, quase da mesma maneira,

Os duplos resultam na potência, são maiores que a soma das suas partes.

Naquela noite Miguel adormeceu contando os duplos que conhecia, todos eles exemplos terríveis de potência, de potência do mal: as cabeças da Hidra de Lerna, que renasciam duplas, a cada vez que uma delas era cortada; os dois dragões que Hera enviou para matar Heracles; as duas serpentes do caduceu de Hermes; as duas criaturas que nasceram do pescoço cortado da Medusa; Tifão, o monstro alado, cujo corpo terminava com duas serpentes; Sósia e Zeus na traição de Anfitrião; Caim e Abel; Esaú e Jacó; Rômulo e Remo; a letra Y desenhada numa rua; o Cristo bicéfalo que o atormentava.

LIVRO V

O Cristo bicéfalo

*J'irai vivre dans la solitude parmi les ruines,
j'interrogerai les monuments anciens
sur la sagesse des temps passés.*
Volney (1757-1820)

I. Jesus Cristo bicéfalo

"Estou com medo", eu disse a minha avó e o repeti para mim mesmo, inúmeras vezes, antes de adormecer. Na madrugada, acordei. Suava. Fui até a sala e olhei novamente para a imagem. O talhe de madeira era exato, a cruz retilínea, o Cristo intacto. Suas duas cabeças pendentes continuavam impressionantes. Eu tinha medo, raiva, nojo, eu tinha tudo. Minha avó entrou na sala, com aquela tranquilidade que eu também não compreendia.

"Já acordaste? Vi que não dormiste bem",
"Sonhei com ele",
"Com o Cristo?", minha avó revelara-me aquela imagem como o último dos grandes mistérios que eu deveria aprender sobre a vida. A verdade que restava, a do outro mundo e deste, os polos rivais, o daemon, a coincidência do Armagedom espanhol. O Cristo era bicéfalo. Esse mistério final advinha do sétimo dos evangelhos apócrifos, o que minha avó colhera. Para si e para muitos era aquele o evangelho real, o indiscutível. Fora ele escrito em Vigo, pelo filho de São

Tiago, e continha as verdades guardadas sob a custódia inaciana. Quando o pai de minha avó abandonou o seminário e emigrou da Galícia, trouxe consigo tais histórias e a pequena imagem do Cristo bicéfalo. O sétimo evangelho revelava rudemente os siamentos. Era chocante, sobretudo, aquela nova condição para o Cristo. E sobre aquilo eu deveria guardar segredo.

Permaneci olhando para a imagem e minha avó tornou a dormir. De um só pescoço pendiam as duas cabeças, ambas caídas, fracas. Eu tinha medo e nojo.

"Agora entendes por que ele foi abandonado?", perguntou-me minha avó, e eu permaneci incrédulo. A casa, a noite, era imensa. Eu olhava o Cristo. Como se adiantasse alguma coisa, perguntei a ele,

"Estás com medo?",

Agora sou eu que vou abandoná-lo. Coloquei-o numa gaveta e a fechei. Apaguei as luzes, voltei para o quarto, andando lentamente enquanto eu próprio me perguntava,

"Estás com medo?"

II. O Cristo antropomórfico

Uma estranha similitude. Leio a respeito de Cristo antropomórfico. Sujeito-me a seu calvário, o qual seria uma fantasia para animais que falam. Dispo-me, corajosamente, para ter leveza. Para ter leveza e subir ao topo da escada posicionada na nave central de Santa

Maria Ighênia. Levo um pincel doze e um quarto de córeo, o antioxidante que utilizava nos metais que lá se tinha. Uma ascensão ao céu, às onze da manhã. Domingo. Termino mais uma etapa do trabalho e espalho o córeo ao ar. Um matiz vermelho povoa o vento e chama o demônio. Solto o pincel. Salto do topo da escada. O demônio, antropomórfico, encosta a palma de sua mão em meus pés. Salto do topo da escada e quase flutuo no ar. Uma circunstância ofertada a Deus. Mas Deus não preza circunstâncias. Salto do topo da escada e flutuo na nave central da basílica. Um sopro contido furiosamente desmente a física. Plaino na nave central da igreja, sopro furioso. Algo arde em meu peito, sopro furioso. Desmaio. Desacordo. O piso frio congela minhas costas. Levanto.

III. Roteiro a Santa Maria Ighênia

1.

Gostaria de falar a respeito deste prédio.

Estou dentro dele, em algum lugar omisso. Suas grossas paredes escondem santos e caveiras. Há vinte mulheres sepultadas nas paredes do terceiro andar. Há cães e pássaros sepultados no teto do setor que chamam de Pavilhão dos Estudos, ou de Presídio.

No momento, entretanto, sou eu que protejo este prédio. E não os seus cadáveres.

Percorro suas salas, naves, corredores largos, seu jardim interno, seu campanário. Percorro suas escadarias — a grande escadaria do hall de entrada, que desaparece subitamente, diante das paredes do terceiro andar, e as escadarias menores, estreitas, algumas delas secretas, que permitem o subir de uma única pessoa por vez.

Percorro seus tablados. Sei que há moedas, diários e imagens escondidos nos cavados e nas reentrâncias do chão. Os padres que viveram aqui, e também os seminaristas, acreditaram, um dia, que a vida consistia num segredo a ser escondido e preservado com dedicação.

E que também a morte consistia num segredo.

O que percorro não é um prédio. É uma falsa ruína, cujos nichos sustentam a alma de um lagarto.

Aqui, o vento entra através de gradis enferrujados.

O tempo metaforiza-se em circunstâncias neutras.

Anoto as coisas que não vejo.

Um poderoso odor de jacintos.

Dois lagartos entrelaçados.

Trinta cruzes de Malta.

O sopro de Lisboa.

Ruídos do vento.

2.

Este prédio ergue-se irregularmente, imenso polígono. A fachada para o pequeno largo da Mariazinha.

Sua costa oriental, imensa e irregular, na direção da baía. A outra costa, cavada de reentrâncias, mostrando e escondendo os frisos barrocos que com alguma vergonha carrega, estende-se pela rua do Moncovo que chamam de Nossa Senhora de Glara.

3.

Na verdade, o conjunto de Santa Maria Ighênia envolve quatro prédios diferentes: o mosteiro, com sua basílica e claustro, a capela das Aparições, o chamado prédio dos Pães e a torre de guarda, estes dois últimos praticamente destruídos. O mosteiro e a capela afrontavam-se condignamente, um à frente do outro, separados pelos exíguos metros do pequeno largo da Mariazinha. Um antigo jardim, hoje transformado em rua, separava a lateral oriental do mosteiro das outras duas construções.

No tempo do padre Lameira esses quatro prédios foram interligados por uma série irregular de falsos espaços: falsos jardins, muros incompletos, um pátio vazio e desnecessário ao lado oriental e dezenove pequenas passagens cobertas, muitas delas obscuras, às quais se davam o nome de comijas. Uma dessas passagens, misteriosamente, ao descer para o subsolo da casa dos Pães, levava ao refeitório do segundo andar. Outra dessas passagens erguia-se no ar, em diagonal, levando do campanário central ao avesso do prédio, onde um corredor, em semicírculo, podia, ao depender das horas, alcançar o armário do reverendo ou a saída para as latrinas. Contam que, ao lado esquerdo do salão de São Jorge, na manchada parede dos marcianos, podia-se encontrar o futuro, ou um aspecto qualquer do futuro, enquanto que, do lado direito do mesmo salão, não chega a ser o passado o que se encontra. A mais inesperada das passagens, no entanto, estava na invisível continuidade da escadaria central do "presídio" dos estudos, a partir do momento de sua bifurcação: sepultado — e talvez espedaçado — pela parede grosseira de pedaços de calcário, remonta um velho espelho de cristal. O visitante não pode vê-lo, o que apenas aumenta o efeito de sua espacialidade.

4.

Fundada a cidade, já em 1621 os padres jesuítas solicitavam a El Rey a permissão para cá se instalarem. A resposta positiva do monarca foi, no entanto, desaconselhada pela Mesa da Consciência, que, em solidariedade com os juízes da colônia, temeu que esses padres, em nossa cidade, fizessem oposição ao rendoso cativeiro dos gentios. Apenas em 1652, trinta anos após a requisição inicial, João Quarto confirmou-lhes a permissão. Os inacianos da Cruz de Avis, porém, não estando em seus logros a paciência, já ali se haviam instalado, e há muito tempo. Abrigados em seu disfarce caporal, chegaram pelo rio numa madrugada chuvosa de 1626, instalando-se, apropriadamente, no difícil bairro do Moncovo. Ainda nesse ano inauguraram uma capela rústica de taipa, dedicada a Santa Maria Ighênia, essa santa moçárabe de Ceuta. O pequeno conjunto, núcleo do futuro mosteiro, foi ampliado progressivamente e, em 1671, quando já era a mais importante construção religiosa do lugar, acolheu as pregações do padre Antônio Vieira. Quando os jesuítas verdadeiros chegaram, em 1652, já se dera o rompimento entre os regulares da ordem, inacianos legítimos, e os apóstolos da Cruz de Avis, os ditos avicianos do Moncovo, os quais, na prática, já nesse ano, constituíam uma ordem independente. Os inacianos instalaram-se no bairro da Feliz Lusitânia e lá ergueram o convento de Santo Alexandre, que estaria fadado a se tornar o grande rival de letras e de enigmas do convento dos avicianos e de seu mosteiro de Santa Maria Ighênia.

IV. Uma visita de Miguel

1.

Meu irmão pergunta o que tenho feito. Tudo o que tenho a lhe dizer é que tenho tentado me ater a pequenas coisas. Ler pequenos livros e ouvir pequenas peças de música. Por alguma razão, venho me dedicando a essas pequenas coisas com entusiasmo, se é que se pode chamar de entusiasmo a tal gênero de atenção, parca no fôlego e exígua. Coincidentemente, tenho ao meu lado um volume das *Ilumminations*, de Rimbaud, que lia. Mostro-o a meu irmão. Digo que não sei se são contos ou poesia, ou mesmo crônicas, no sentido de um *journal*. Sua extensão é um novo gênero. Falo-lhe a respeito dos *tableaux*, de Baudelaire, e dos noturnos, de Chopin. Um novo gênero. Atenho-me aos fragmentos.

2.

Escondi-me neste prédio. Sei que o caminho percorrido por meu irmão é semelhante ao meu e que, ambos, estamos radicalmente distantes do caminho de nosso pai e de seus irmãos. Minha vida espartana, neste mosteiro vazio, não é compreensível, ao menos por inteiro, aos meus patrocinadores. Passo à condição de restaurador do barroco colonial sul-americano. Não que haja nisso alguma contradição. Meu irmão é a única pessoa que vem me visitar. Ele também não compreende, por completo, minha reclusão. Apenas desvenda minha memória.

3.

"Passei a dormir aqui",
   "Parece mórbido dormir aqui",
   "É um imenso sepulcro",

"Deve ser uma noite povoada por sonhos",
"De fato é, mesmo quando estou acordado os sonhos chegam, se antecipam, e eu os percebo sem dificuldades, só um véu me separa deles",
"Podes escolher os melhores sonhos",
"Sou escolhido por alguns deles, e os outros, simplesmente, vão embora",
"E a iluminação?",
"Há luzes fortes, dadas pelos faroletes da restauração, e há luzes normais",
"Mas é muito solitário",
"É a medida do que preciso."

V. *De imitatione Christi*

Tenho em mãos um pequeno livro. A lombada, verde e desgastada, apresenta um pequeno relevo. Abro-a com a ajuda de um estilete e encontro uma carta cuidadosamente dobrada. Leio-a de seu português antigo. Ela informa que o livro que tenho em mãos é uma reedição que não soube conservar, de seu modelo original, senão uma sombra esquiva. *De imitatione Christi* o nome do livro. Ele reúne quatro pequenos tratados sobre a Alma e a reedição data de Coimbra, 1826.

Sem compreender a crítica revelada, sendo rude meu latim, investigo suas origens. Descubro que a obra desse título — da qual a reedição que tenho em mãos não é, acreditemos, uma sombra senão esquiva — começou a circular em 1424 e foi difundida à loucura nos três séculos seguintes, por meio de cópias manuscritas, sobretudo. Descubro que seus copistas alteravam com frequência o conteúdo da obra e que esse fato, aparentemente, não a desacreditava face a seu vasto público. Bem ao contrário, esse público parecia acompanhar essas alterações, num esforço que, na Flandres, constituiu objeto de coleção.

Aprofundo minha investigação — que a lugar algum me levará — recorrendo às 206 diferentes edições de enciclopédias que se espalham em minha cidade e compreendo que o quarto dos seus tratados desloca-se bastante dos outros três e que a mística gerada no mundo ocidental em torno do *De imitatione Christi* se sustenta, sobretudo, com base na confusão em torno do anonimato da obra.

Anônima, 28 manuscritos antigos atualmente conhecidos atribuem-na a um certo Jean Gersen, abade beneditino morto em Verceil em 1243. Esse nome foi tido, porém, por outros catorze manuscritos hoje conhecidos, como uma corruptela para Gerson, antigo chanceler da Universidade de Paris, falecido em 1429. A ciência estilística procurou desmentir essa hipótese, sugerindo para o livro uma origem florentina, tese desfeita pelo debate filológico, que não apoiou qualquer expectativa que atribuísse *De imitatione Christi* aos romances da península itálica.

Resta dizer que o problema agrava-se com o costume perturbador, adotado pelos copistas dos séculos XV e XVI, de atribuir a essa obra autorias imaginárias.

A carta que encontrei, por exemplo, reivindica raivosamente a verdadeira versão... que seria da autoria de um certo Múncio, copista da abadia de Gröningen.

Após algumas semanas envolvido com o caso, resolvi postar novamente a carta no seu pequeno túmulo, o qual costurei zelosamente, permitindo-me esquecer de que existia.

VI. Roteiro para amantes de museus

Sob a espécie de uma harpia, o vento, seco e veloz, penetra no labirinto. Será um vento de chifres, marfim desfeito, e, ante ele, Creta tombará. Espectador comovido, como sou, não percebo Creta no Mediterrâneo. Não percebo, em Creta, o labirinto. Não percebo, no labirinto, o Minotauro.

Sub specie aeternitate, contemplo Creta, rarefeita. Um museu de reentrâncias. Um vento, de tal maneira forte, acaba por dificultar mais ainda o labirinto. Espectador laborioso, como sou, sei que o tempo pode ser usado, pelos fracos, como esconderijo. E sei que, *sub specie momenti*, o tempo pode ser somente a palavra tempo.

VII. Um casulo no tempo

Não num casulo de matéria, nem num corpo animado, mas num tipo de fonte de ansiedades benfazejas, numa eletricidade incongruente, que me constituía em réptil e me fazia ser um tipo de espírito passeador.

Não no meio do esquecimento, e tampouco como uma razão inventariada. Talvez como a lembrança da paixão, mas não a paixão. Como talvez a concentração dilatada, em outra existência, para outro que, longe, era.

Um tipo de respiração furtada, levada muitas vezes sem o consentimento devido. Trânsito horário.

Por que eu deveria furtar da esfera lenta a festividade interna do sem tempo? Ou, então, dormir como pedra, ou nada, ou então subsumir, infame, terra adentro? Como devia proceder sem ser, somente? E como crivar nas eras um espaço-tempo? Se nada era — nada será — dentrotempo, que mais nada que me mostre o festim?

O tempo enferruja-se lentamente, adentrando no que foi e perdendo o seu provir.

VIII. Lista de omissos

Em tese, as bibliotecas serviriam ao homem.
    Em tese, Alexandria continua no Egito.
    Em tese, as paredes produziam o efeito do eco.
    Em tese, um ajuste corpóreo desenvolvia-se dentro da moça que rezava em pé dois e meio terços e logo enternecia, como no limbo ou no vento, ou, como da inércia a carne, da face a face, da boca do moço o beijo, dos seus testículos um vento frio, do seu dorso

a marmórea pedra, a cúspide, e um jogo de artérias misturadas.

IX. A outra Asra

Esta Asra, que não é a verdadeira, descobre a face. Tem grandes e belos olhos, os quais esconde por pudor. A tez morena, as vestes, os cabelos longos e escuros, evocam uma moça do Guadalquivir de um tempo ainda muito antigo para estar presente. A basílica de Nossa Senhora de Glara possui ilustrações envelhecidas que, sem que tenham razão de ser, origem, devoção ou memória, são gravuras moçárabes. As ibérias se transportam do nada e sem razão. Sem razão de estar. Asra, esta Asra que não é a verdadeira, ali está, coberta com um manto vermelho, sentada à beira de um rio, a face descoberta. Acaricia delicadamente, com a ponta dos dedos, um réptil. O réptil tem os olhos fechados. Asra tem os seus abertos. Seus olhos acompanham o olhar de quem a vê. As pontas dos dedos mexem-se igualmente, acariciando o réptil. E ele dorme, ou finge dormir.

Não deveriam estar ali, porque ali não é seu tempo nem o seu lugar, mas estão, simplesmente estão.

X. Exatidão

Desmaio, enfim, corroído pela memória. Devolvo-me uma inexistência sugestiva. Cansado como estou, gosto de pensar que a morte é imediata e permaneço sobre o tapete, esperando que me recolham, se me recolherem, e me coloquem sobre a cama. Horatio e Gracchus são convocados, por seu general, para essa tarefa, que executam com diferentes meios. Gracchus, aborrecido, deixa que minha cabeça tombe. Horatio tem o cuidado de ampará-la com um travesseiro. Quando acordo, ao meio da noite, percebo os olhos do Ghoûl multiplicando-se nas frestas das paredes. Sinto medo, medo e repugnância, como senti quando minha avó mostrou-me a imagem bicéfala do Cristo.

XI. Nostalgia

Se não o forem igualmente seus destinos, são vãs todas as ações empreendidas pelos homens.
    Este hexâmetro, construto ideal da lógica, poderá ser teu amuleto, se o quiseres,
    Eu tenho várias pátrias. Uma delas afunda meus pés. E outra é ideal.

XII. Miguel e a alma

1.

Uma completa compreensão da alma deu-se a Miguel, em seu nascimento, como um condão de luminosidades incompreensíveis. Ou, numa outra correta vez,

a vez maviosa da visão das coisas, quando a imagem
bicéfala do Cristo foi vista por ele, aos catorze anos.
Nessa ocasião ele se perguntou pela alma. E o Cristo,
locatio, respondeu, Tu queres saber o que é a alma?,
olha para meu corpo sem alma, a alma é minha outra
cabeça, a minha imagem pétrea, um de meus pés no
chão. De Miguel sua alma se dava aos porcos e, com
garfos, da mesma alma se dava aos lobos. E se dava aos
sapos da mesma alma, misturada com folhas de louro.

2.

Mas a compreensão mais verdadeira da alma se pôs
a Miguel na primeira das suas falsas mortes, quando
seus olhos se assustaram ao ver que estavam vivos,
e em frente de um rebanho de cabras. E de outro
rebanho, sobre aquelas posto, de insetos. Procuro
sistematizar-lhe as incoerências. Uma falsa morte
é um desejo punido, explico. Mecanismo repressor,
porque a cultura é um código que se propaga através
de repressões. Uma falsa morte é toda súbita revelação
da inconsistência da alma.

XIII. O capulário

Gostaria de falar sobre um rapaz que conheci há alguns
anos e que não sei por onde anda. Imagino-o perdido
das coisas que falava e sugeria. Imagino-o distante.

Sua mais absoluta forma de imaginar-se vivo consistia numa prática de pudor que ele chamava temperança. Uma forma hábil, sem dúvida, de sobreviver em meio de exaltados e de oficiosos.

Quem o diz é meu avô, que permanece sentado, longamente, à minha frente, com sua reserva cuidadosa e com seu distanciamento atencioso.

"Hoje sou velho e precário como este prédio, mas gostaria de falar a respeito do moço que eu fui, talvez escrever a respeito de como era o mundo, naquele tempo...",

"Como este prédio, mais do que velho e precário, o senhor guarda histórias, devia fazê-lo, devia escrever esse livro", respondi a ele, e indaguei em seguida, "E como era esse mundo no qual viveu, ou esse moço, que foi?",

"O mundo, de certa maneira, era semelhante ao de hoje, sempre atravessado pelo silêncio, sempre uma colônia, uma província, sempre distante. Já o moço, coitado, tinha suas ilusões",

"O senhor tinha ilusões a respeito da situação colonial?",

"Sim, na juventude eu as tinha. Considerava que poderíamos abrir uma fenda no rumo da história, tomar um outro caminho, conquistar alguma independência, governar o próprio território",

Converso com meu avô enquanto sigo meu trabalho. Ele me visita todas as semanas. Permanece duas ou três horas, a cada vez. A maior parte desse tempo em silêncio, mas num silêncio que sei ser bastante ativo. Não precisamos estar sempre falando. Algumas vezes, almoçamos juntos. Em outras, jogamos xadrez. Tornamo-nos amigos. Boas amizades surgem entre distantes gerações e mundos.

"E quando veio a ditadura brasileira, de que maneira o senhor a aceitou?".

Meu avô silencia longamente. Seu olhar percorre o teto da capela onde estamos e que, naquele momento, eu, cuidadosamente, recuperava. E então responde, depois de um longo suspiro,

"Quando o governo português foi substituído pelo brasileiro eu já estava na meia-idade e já não tinha ilusões quanto a qualquer forma de descolonização. Apenas gostaria de ter protegido os meus filhos".

XIV. Existência bicéfala

Duas são as harpias da existência. Dois foram os lagartos da história. Bicéfalo era o Cristo. Há dois em mim também, confesso, e, como o Cristo, tenho duas cabeças: uma delas é leve e segura; a outra pende, cefalálgica. Qual duas almas num mesmo corpo, como as serpes hindus que são Hindo e Ganges, *imago* da *imaginatio*. Há em mim um ser que teme a morte e outro que a supera. Esta metade de mim tem retidão no horário e ambiciona separar história e tempo. Esta outra metade de mim cancela todos os compromissos. Esta metade de mim ambiciona um namoro jocoso, com a mais serena das moças. Esta outra metade de mim sente um tremendo cansaço. Esta metade de mim pede graças ao arcanjo Gabriel. Esta outra blasfema a incoerência. Esta metade de mim permite que me vistam fatiotas de marinheiro, conjuntos cáqui de safári, terno e gravata, que me penteiem e me ponham estático à porta de casa, à porta da igreja, à porta do cemitério. Esta outra metade está aqui presente para nada dizer. A primeira metade quer dizer tudo, quer explicar o mundo, quer descobrir o método perfeito, que desvelar todos os mistérios. A segunda metade não acredita no método e deseja, se muito, colaborar com o mistério.

XV. Alegorias

"Um réptil não tem sombra, já reparou, o moço?", disse a Felipe o velho Malaquias, o olhar que convidava à questão, o tom da voz,

"Nunca percebi, é verdade isso?",

"É verdade, repare",

"E por que será?",

Malaquias demorou a responder, talvez desejando causar algum impacto com o que tinha a dizer. De qualquer forma, estava claro que viera até a basílica para isso. Olhou longe, tossiu, cofiou a barba, fez que ia dizer e não disse. E depois olhou nos olhos de Felipe. E então, então ele disse,

"Porque a sombra é uma coisa que acompanha quem ainda, neste mundo, está vivo",

"E os répteis estão mortos?",

"Estão",

"Todos eles?",

"Todos."

Felipe tornara-se um bom amigo de Malaquias. O velho vinha visitá-lo ao menos uma vez por semana e aos domingos, quando Felipe ia ao Anfão para almoçar com o avô e com a prima Isabel, sempre arrumava tempo para tomar com ele uma conversa. Malaquias explicava a Felipe os segredos de todas as alegorias da cidade. Muitas delas Felipe encontrava nas paredes e nos vãos de Nossa Senhora de Glara. E cada uma delas levava a outras mais.

Malaquias, por sua vez, estava contente de ter a quem contar aqueles segredos, porque havia no mundo gente que nasceu apenas para vivê-los, como o senhor João e, certamente, Miguel. Tal como havia gente que os ignorava totalmente, como o menino Rodolfo, por exemplo. E havia gente, enfim, havia gente como ele e, talvez, como Felipe, que viera ao mundo para compreender. Para descobrir e, sobretudo, para contar.

"Tu também, Malaquias, não tens sombra, e não é de hoje que reparo!",

A doce risada do velho ecoou no desvão da capela onde conversavam.

"É que eu sou muito magro, não faz sombra uma coisinha destas que sou!",

"O que queres me dizer é que a sombra de alguém equivale à sua alma?",

"É isso sim, e também o reflexo. Se a criatura não os têm, então ela não está aqui neste mundo, como estás tu e estou eu, que é a forma de estarmos no mundo nós que temos ainda a nossa alma conosco",

"Sabes que dizem essas coisas também de bruxas e vampiros?",

"Já disso não entendo, mas são coisas bem sabidas desde os tempos mais antigos",

"Mas os répteis, por que, afinal, se eles não têm a sua alma, o que fazem por aqui neste mundo?",

"São curiosos",

Riram-se os dois.

"São curiosos deste mundo."

XVI. O duplo

Em algumas representações da figura humana, no Egito mais antigo, via-se a pessoa desenhada acompanhada por uma figura com seus mesmos traços físicos. Esse outro, esse duplo, chamado de Ka, representava sua força vital, sua alma, por assim dizer. *Ka*; *fravashi* para os persas; *rephaim* para os hebreus; *eidolon* para os gregos; *genius* para os romanos; fantasma; alma... Essas tradições convivem com a crença de que todo ser humano possui um duplo. A certeza da morte sugere a crença no duplo. A certeza da morte se abranda com a parca esperança do enigma de nossas sombras, e assim é que, no pensamento religioso e numa imensa parte da filosofia, esse duplo ganha o nome de alma.

Tudo isso persiste, disperso nos modos do mundo, nos seres e nos dizeres do mundo, mas ao lado de uma tradição, igualmente antiga, que, mesmo partindo dela, afirma, justamente, o seu contrário. Que afirma que somos seres individualizados, concentrados e unificados nisto que somos de imediato. As religiões em geral, mas o cristianismo em particular, e toda a tradição filosófica mediada pelo cristianismo nos impõem essa crença na unidade do indivíduo humano. Constrangidos a se definirem por uma unidade que não sentem, os homens possuem poucos recursos para se permitirem esse ato simples de, elementarmente, não ser.

XVII. O retorno

Informada dos desmandos e da crueldade de Gilgamesh, rei de Uruk, os deuses petrificaram-no, durante alguns segundos, para moldar o seu duplo. A esse duplo deu-se o nome de Enkidu. E deu-se-lhe a vida. E a ele ordenou,

Vai à Terra, Enkidu, e sê o contrário de Gilgamesh. Provoca-o, desafia-o, torna-o, por meio do oposto que tu és, um homem melhor.

Enkidu desceu a Uruk com esse propósito. Porém, criatura primitiva como era, mais do que fazer de Gilgamesh um homem melhor, foi este quem o fez um melhor homem.

E os dois se tornaram irmãos. E combateram juntos em muitos desafios. E juntos venceram os inimigos.

Enkidu morreu antes de Gilgamesh.

E um dia voltou, para lhe contar como era o mundo dos mortos.

XVIII. Carta a Miguel, fragmento

Querido Miguel, irmão, se tenho identidade, tenho diferença, mas o que dizer de que não tenha diferença se tiver identidade? Isso não pode ser, não é? Porque ainda que sejam contraditórias entre si as duas palavras andam-se apegadas. E sabe por que isso se dá? Porque a identidade de si só existe quando afirma a diferença que tem em relação ao outro. O que diz que a identidade não é senão o expressar de uma diferença. Muito pouco para o que se pretende, geralmente, tanto. Para o que se pretende altaneira, dona de si, plena dessa coisa que afirma ter e que não é senão o olhar para o outro. Os opostos não se imiscuem. O duplo tem a virtude de colocar essas duas questões ao mesmo tempo: a da identidade e a da diferença.

XIX. Carta a Felipe, fragmento

O outro assusta tanto quanto a morte. É o não eu, o não um, o não ser. Deve ser dolorosa uma metamorfose. Estive pensando em *Amphitryon*, a comédia de Plauto, e também em outra de suas comédias, *Os menecmos*. Plauto preocupou-se com isso, se é bem a isso que tu te referes. Não percebo como se dá a invenção do duplo, se é que ela se dá, em Plauto, mesmo porque o cinismo do deus Mercúrio, feito em Sósia, não é sem comparação com a querela dos irmãos gêmeos Menecmo e Sósicles. Porém, se há uma coisa que se torna evidente, seja em Plauto, seja no que tu me dizes, é que não há eus que não sejam partilhados com eus desavisados, seja pela intriga de deuses, seja pela comutação das sombras.

XX. Jogo de sombras

"Bom dia, avô",
 "Como estás?",
 "Vou bem, a obra caminha...",
 "Não quando o Malaquias te visita, que sei que por lá ele anda estando",
 "Ele me traz sua boa conversa, me fala sobre os répteis das paredes, sobre os segredos do Moncovo, sobre os dragões de pedra desta casa",
 "Não o leves a sério, o Malaquias excede",

"Avô, sobre essa história dos répteis, sabe, sou fascinado por ela desde pequeno, sobre eles, o senhor já os viu, alguma vez?",

"Os répteis? Claro que sim. Eles atravessam às centenas as paredes desta casa, como gatos furtivos, cuidam para não serem vistos, mas velhos como eu, que temos tempo a gastar e que podemos ficar olhando para os muros, sempre vemos quando passam",

"É difícil percebê-los",

"Nem tanto, quando se tem uma consciência que não seja barulhenta; ou quando não se é um lorpa. Sabes, esses répteis são estranhos familiares, são coisas que não pertencem ao mundo e que, no entanto, estão lá",

"Coisas que não pertencem ao mundo?, como sombras?",

"Não sei se é a idade, se é a experiência da vida, se é por já muito ter vivido, mas há coisas que, ao tempo, vão demonstrando sua capacidade de sombra, esta casa, uma imensa parte da cidade, toda a história da província."

XXI. Planta baixa de Santa Maria Ighênia

O nível mais importante do prédio era o chamado "intermedário", ou intermediário, que comportava a basílica, o "presídio", as duas criptas laterais à nave da basílica, os dois salões episcopais e o claustro propriamente dito, com sua cozinha, a biblioteca e cerca de trinta celas, comunicadas ao mundo pela via débil de úmidos e estreitos corredores. O piso inferior abrigava a "sala de guarda", o "cavalariço" e um jogo intrincado de porões dispostos em diferentes níveis, e separados por paredes grossas. Em alguns trechos, esses porões não alcançavam um metro e meio de altura, e em outros ultrapassavam os quatro metros. O piso superior estava voltado para o vão da basílica, na sua altura esplêndida, mas abrigava ainda a pequena capela de Santo Eustáquio e o imenso refeitório dos frades. Compreendo que a escrita não se tornará, jamais, arquitetura, mas ainda assim gostaria de descrever este prédio. Sua forma, como já mencionei, era irregular, acompanhando o jogo de ruas enviesadas e disformes do Moncovo. A vizinhança, pobre, compunha-se em geral de barracas e pequenas casas. Refiro-me ao tempo histórico que deu permanência à Santa Maria Ighênia, porque nesse contexto ele foi erguido e porque, quase sempre, nesse contexto subsistiu. Ocupando o terreno mais elevado das redondezas, o prédio erguia-se ligeiramente inclinado, imponente, dando a impressão de que era um rochedo num mar de choupanas. Suas paredes externas eram grossas e rudes, e o aspecto interior daí não se distanciava muito, apesar das incrustações barrocas em algumas de suas paredes, que evocavam serpentários, conchas e troncos de árvores retorcidos, num delendário incompreensível aos olhos apressados ou ignorantes.

Começarei a descrever seus mistérios internos, justamente, por sua parte central, o "intermediário". Efetivamente, era por ele que se entrava no prédio e se via uma de suas duas entradas: a escadaria da fachada da basílica e a pequena escada lateral que levava ao "presídio". A documentação menciona uma terceira entrada, subterrânea, que levava do convento das Ursulinas, também no Moncovo, às costas do pequeno altar da capela de São Martinho, situada nesse mesmo nível do prédio, na zona dos claustros, mas jamais a encontrei. Essa economia de entradas fazia do edifício uma verdadeira fortaleza — como, aliás, os *Motins políticos*, de Raiol, já demonstraram ter de fato sido. Mesmo porque a escada da fachada da basílica, ou seja, a entrada principal do prédio, não era mais que dois ramos de degraus estreitos, muitas vezes disformes, diferentes entre si e sem qualquer suntuosidade. A basílica, peça central da construção, retém as atenções; e como ela é já bastante conhecida, evito descrevê-la mais uma vez. Passemos aos demais elementos desse pavimento. Creio que se pode compreendê-lo em dois hemisférios. O oeste, mais nobre, desenhado mais retilineamente, voltava-se para a Cidade Velha e permitia excelente visão da baía do Guajará. A leste, um semicírculo vazado por inúmeras corridas d'água, num traçado irregular, acompanhava a rua de Nossa Senhora de Glara, tomada pelos seus vendedores ambulantes e por sua gritaria cotidiana. O lado oeste abrigava os salões episcopais, o "presídio" e um conjunto de salas despovoadas de toda vida, talvez em função de sua extrema umidade, nas quais, algumas vezes, se abrigava aos pobres que chegavam para a romaria de Nazareth. O "presídio", ou seja, o lugar de estudos — pois, como se sabe, no edifício funcionou, a exemplo dos Alexandres, um importante colégio para rapazes —, era um comprido retângulo subdividido em cinco salas de aula, um pequeno salão, o hall ao qual se chegava pela entrada oriental do prédio e a passagem obscurecida para o campanário.

O lado leste de Santa Maria Ighênia guardava as celas, o conjunto de dependências relacionadas à cozinha, como largas dispensas e almoxarifados, e três capelas — as de São Martinho, Santa Mônica e Santa Elvira. Tratava-se de três pobres capelas que serviam como oratório e altar de penitência para os monges. Mas o claustro guardava também a biblioteca e a sala de leitura, ligada aos salões episcopais pelo conjunto das salas úmidas. Um fundo falso numa estante da biblioteca levava aos arquivos do monastério e da ordem. Por fim, dois vãos nas laterais da basílica permitiam a circulação interna de ar e, conjuntamente, a existência das duas criptas, cada uma delas comunicada aos porões por escadarias imperfeitas. Ressalte-se que a cripta a leste abria expressivas janelas para o vão de circulação de ar, fato que admito dar sentido ao termo "vão das almas", com o qual se falava dele.

O andar superior, bem como os porões, alcançava-se por meio das escadarias, que, feitas com angelim e acaju, partiam das salas úmidas. O andar superior era iluminado pelas inúmeras entradas de ar e pelos vitrais da basílica. Era dominado pelo vazio arquitetural da ambição cristã de maior altura, os clerestórios. Mais celas, corredores e salas de pecúnia, abarrotadas com pobres e incompreensíveis relíquias da vida cristã no vale, se contrapunham, a leste, ao imenso e ruidoso refeitório, construído com um jogo de ecos que davam a impressão de que se poderia ouvir, ao mesmo tempo, a todas as conversas do mosteiro.

No porão do prédio dois espaços se destacavam, dentre vãos e corredores, a "sala de guarda" e o "cavalariço". Do primeiro não se tem qualquer registro histórico, a não ser uma inscrição quase totalmente apagada numa de suas paredes que destaca a palavra "castigo", o que deve afirmar o rumor de que ali se fez a Inquisição, ou melhor, de que ali se reuniu a Mesa das Consciências para receber as delações e proceder seus autos e julgamentos. As torturas e penas, por sua vez, sabe-se que foram aplicadas não no prédio, mas na torre do Aljube, já demolida hoje e que ficava no bairro da Campina. E o "cavalariço", por fim, dele sabe-se que foi uma espécie de grande estábulo onde se punha, juntos ou separados por pequenas cercas, a todos os animais que poderiam servir à Ordem, como galinhas, patos e jumentos.

XXII. Procura ao Ghoûl

Vicino desponta da parede, coberto de cal e argamassa, imantado. Apressa-te, diz ele, olhando ao redor. Detém seu olhar contra o púlpito. Nada vejo além do madeirame incorreto e mais barroco que minha alma. Ele está sobre o púlpito, diz Vicino, desembainhando a espada. Passos resguardados. Abaixa-se, como se se preparando para um golpe. E então eu o percebo: sua invisibilidade é de água mexida. É terrível, o Ghoûl, bicho que atende ao chamado das selvas, Vicino me dirá mais tarde, Tu o chamas, calo-me. Não o chamo. Não percebo que o chamo. E o monstro desaparece. Vicino caça monstros. Coleciona-os em seu jardim no castelo de Bomarzo. Já curado de suas mágoas, ainda que cinco séculos muito pouco seja, Vicino livrou-se de sua giba. Ou melhor, aprendeu a disfarçá-la com tal leveza e com tal firmeza de caráter que o duque Alexandre não mais o perceberia tolo. Senta-se comigo à mesa. Ceia com prazer, empanturrando-se das guloseimas de meu tempo. Tornou-se um herói.

O tempo dá heroísmo a toda culpa. Conta-me de seu castelo e admira o meu, diz que busca monstros pelos castelos e comenta a futilidade da natureza do Ghoûl.

XXIII. Roteiro para um romance

Escrevo a Miguel que tive uma excelente ideia — ao menos assim, nesta hora inconclusa, ela se me parece: uma excelente ideia. Uma ideia para um pequeno romance:

Alguém habita um templo abandonado, Santa Maria Ighênia, por exemplo. É um modo de vida e tem a missão de restaurá-lo. Não se importa que os dias corram lentamente.

Ou que as noites tardem a terminar. Mas isto não é um roteiro banal. O templo constitui-se em labirinto. A velha catedral, o velho colégio, o mosteiro com suas galerias, as obras de arte esquecidas são guardados, ainda, por outros rumores. O Ghoûl, Horatio, Gracchus, Vicino, Maerbale, a *verba locatius* premente ao mundo.

Alguns visitantes compreendem parcialmente o que ali se passa. O irmão Miguel, dentre eles, compreende a estabilidade da solidão, por um lado, e, por outro, a aguda insatisfação com a mediocridade da cidade, da vida que se leva, dos deuses modernos.

E será ali que encontrará, dentro de uma parede, a misteriosa letra Y, com o enigma que ela desvela.

XXIV. A voz anunciosa

Em 1912, no céu de minha cidade e por suas ruas, reverberou uma voz que todos os homens e mulheres ouviram. Essa voz anunciou a derrocada da cidade e dos sonhos dos seus habitantes. De fato, isso aconteceu. Em 1932 ergueram um monumento em homenagem àquele acontecimento sobrenatural, que muitos, ainda hoje, reverenciam como um aviso preciso da sra. de Nazareth. Certa vez, fotografei esse monumento, buscando registrá-lo de todos os ângulos possíveis. Saiba, Miguel, que uma voz o anunciará de alguma forma.

XXV. A procura

O padre Euzébio Ferreira praticou a metafísica durante nove anos e sete meses, na década de 1940. A juíza de direito Laudemira de Souza praticou a metafísica, sem que dormisse, durante os quatro dias de feriados da semana santa do ano de 1982. Em 1799 a metafísica foi praticada na igreja da N. S. das Graças, ainda que à noite e secretamente. Em abril de 1838 sacrificaram um boi e, chamando a isto de metafísica, ofertaram seu sangue a uma árvore. No velório de uma moça virgem, um louco gritou que era a metafísica que se trancava ao caixão. A uma carta de amor escrita em agosto de 1912, metafísica foi uma palavra ausente. Essa palavra a desejou uma professora de escola primária, pública, falar, mas se conteve, e isso foi em dezembro, durante o período da recuperação. Jamais o filósofo Benedito Nunes a falou. Jamais seus vizinhos a escutaram. E em casa do engenheiro Judah Levy ouviu-se música, mas não a palavra metafísica.

Se diante disso, meu Deus, tu me enches de paciência, se diante da persecução banal da história do quotidiano, tu me dás um rasgo de afeto, se me dás também a generosidade, eu te pergunto, se o puder, meu Deus, por que fizeste de mim um fraco?

XXVI. A origem do mal

Pode Deus acabar com o mal? Se pode, por que não o faz? Talvez, porque não queira. Naturalmente que, por outro lado, talvez, ele não possa acabar com o mal, mesmo que o queira, havendo ainda a hipótese de que ele nem queira nem possa acabar com o mal. Assim, conclui-se, se ele o quer e não pode, ele é fraco. Se o pode e não quer, é egoísta e pleno de soberba. Se não pode e não quer, ele é, a um só tempo, fraco e egoísta. Como se sabe que Deus não é fraco e não é egoísta, e muito menos os dois ao mesmo tempo, conclui-se que não haveria outra solução senão a quarta afirmação desse quadrivium: Deus pode e quer acabar com o mal.

Porém, pergunta-se Lactâncio — por que não o faz?, percebendo, diante da figura do Cristo bicéfalo, que, se Deus a tudo cria, ele está, por conseguinte, na origem de todo o mal.

XXVII. A consciência

Diz o pecador Gracchus ao Ghoûl, E crês, então, que Deus calou-se porque tomou consciência da sua relatividade essencial, e que isso equivaleria a uma consciência do processo histórico?,
Creio, não vejo Deus como um humano rancoroso e pecador, como tu vês,
No meu entender, Deus calou-se porque foi humilhado por Jó, e porque essa humilhação,
Julgo que Deus tem duas faces,
Prezado Ghoûl, um de nós sobreviverá ao outro, prolongado na condição de fantasma, na ausente presença, um fantasma perolado — transparente na alma, com meia-vida na mão e uma fruta na outra, com uma fruta que morderemos e que não mais morderemos,
...
E ainda diz o pecador Gracchus ao Ghoûl, Eu também perdi tudo o que tinha: traiu-me o melhor amigo, perdi a mulher, meus colegas de trabalho sumiram-se, minha família sentiu vergonha de mim e ignorou-me, perdi todos os meus bens, todos os meus livros foram

roubados, morreram-me as pessoas que mais amava e a única que, de alguma forma sublime, me protegia,

E acreditaste que Deus te deixava,

Acreditei e ainda acredito, mas isso não se constituiu um problema, mesmo porque eu nunca antes precisara dele,

Mas deixaste de acreditar nele?,

Ao contrário, passei a acreditar, porque antes de todas essas desgraças Deus era irrelevante e, com todas elas, comprovou-se para mim a sua existência, a sua existência e a sua ausência,

Acreditaste em Deus pela negação, então,

Comprova-se, de qualquer maneira, que o Deus que há omite-se.

XXVIII. O segredo

Aos oitenta anos, sobra-me pouco mais que a memória, conluída por sua mais preciosista forma: o esquecimento. A conjectura, nesta idade, não tem mais sismamentos. É possível aos velhos rir da lógica, dizendo-a uma febrilidade da juventude. Rio dela eu também. Minhas companhias são gafanhotos e trovoadas, que me acompanham, ambos, com seus ruídos. Quisera recuperar o ruído das ondas quebrando à praia. Nenhum outro evocaria melhor minha infância e, com ela, não apenas todo o resto de minha vida vivida, mas, ainda, meus melhores sonhos de futuro.

XXIX. Y

Esta a parede. Convenço-me de que é ela que esconde o mistério que preciso desvelar. Tomo um martelo a abatê-la. A argamassa começa a se decompor em pó e em estrias em forma de raios, as quais alcançam o teto e o chão. A parede cede crescentemente e em pouco alcançarei o coração do Ghoûl, acredito, num pensamento que me anima e supera minha fadiga. Assim o alcanço, ao núcleo, ao centro, ao termo de Santa Maria Ighênia: sob a parede alcanço uma segunda, mais resistente que a primeira, mas não indestrutível, e a derrubo. E atrás dela alcanço um tapume de madeira, o qual arrebento numa folia reveladora, e então alcanço o símbolo. O símbolo do Ghoûl: uma letra Y negra, em ferro, fincada ao centro do prédio.

Isto não quer representar que há uma Santíssima Trindade, diz-me o Ghoûl, repentinamente ao meu lado,

Isso representa que há em tudo dois caminhos, já que a letra Y abre-se em duas direções,

Ou que o mal tem duas faces,

Ou que tem o Cristo duas cabeças,

Que é bicéfalo o Cristo.

XXX. Miguel e Felipe

Ali estavam Felipe e Miguel, ao final da sua história. Algum tempo se passou e estão se completando os cinquenta anos do golpe militar brasileiro de 1964. Em algum tempo eles também terão cinquenta anos. Os dois irmãos estão em Lisboa, erma cidade onde Miguel, nesse tempo, habita. Sua casa fica à avenida Defensores de Chaves, nome estranho para uma via que não pertença a Lisboa, mas comum naquela cidade. Cidade-mãe, para onde se foge quando as coisas se perdem,

"É curioso que estejamos aqui, neste dia, é a cidade que nos abrigou, a mim e a minha mãe, quando fugimos",

"Sempre penso que tudo parte de Lisboa e algum dia retorna a ela",

"Viste um filme, um filme antigo, que tem um personagem que, estrangeiro em Lisboa, se dá conta de que os ponteiros dos relógios, aqui, giram para o lado contrário?",

"Sim, e ele fica intrigado, como se isso pudesse acontecer de outra maneira",

"Lisboa se habita com fantasmas",

"E é esse caráter intemporal que nos permite prosseguir",

"Ou retornar ao passado, às vezes involuntariamente, algumas vezes até mesmo nos apropriarmos",

"Estive pensando, avaliando agora todos esses acontecimentos, fico achando que nos falta algum elemento de compreensão para tudo o que se passou. Como se nos faltasse um pedaço da história. A ditadura militar e a anexação não foram eventos nossos, foram eventos dos nossos pais, aos quais fomos obrigados a acompanhar",

"Nossas vidas foram completamente afetadas por esses eventos",

"Sim, a vida de todo mundo, independentemente da relação que tiveram com o regime militar e do seu lugar no espectro político, mas o fato é que nós, a nossa geração, foi coadjuvante nessa história",

"Entendo",

"Tudo que aconteceu não nos foi bem explicado",

"Talvez ninguém pudesse explicar direito, ou porque fosse interditado ou porque ainda estivessem imersos nos acontecimentos",

"Sim, é claro, não estou atribuindo culpas ou responsabilidades, apenas constatando que nossa condição, a condição da nossa geração, a dos que nasceram entre o final dos anos 1960 e os anos 1970, foi uma geração coadjuvante."

Passaram a falar sobre literatura.

"Não reproduz a literatura a vida", repete Miguel outra vez essa frase. Não que a tenha dito aqui, mas sim na vida que é a sua, nas muitas vezes em que a falou a Felipe, e continua, "Tuas leituras de fragmentos, por exemplo, não espelham de modo algum teu modo de pensar ou de viver, não poderiam",

"Nem eu o quero, mas de todo modo acho que elas evocam um certo cuidado que tenha eu com as coisas que escolho por viver, ou por vivenciar, para dizer melhor",

E continuou, "O que na verdade penso é que o que está por terminar é a ditadura do romance, porque se termina o tempo em que o romance é concebido como a forma mais importante de literatura, bem entendido que refiro-me ao romance bem ordenado e bem estruturado, composto por gêneros definidos, e que não se há de confundir a morte do romance com a morte da literatura, mesmo porque nem mesmo a palavra morte cabe ali, sendo não a morte do romance o certo a dizer, mas a conclusão da ditadura do romance",

Levanta-se Miguel e caminha até a mesa para servir-se do Calvados altivo que escolheram, os filhos de Felipe e de Miguel brincam na sala ao lado e Sara discute com a esposa de Miguel a respeito da educação que se lhes dão em suas escolas.

"Ainda assim, isto será um romance de formação, se tu o escreveres",

"Será",

"Contém o gênero",

"Repete-o",

Nada deve terminar,

com o que dizendo todos, no apartamento, ouviram um ruído estridente e perceberam o rasgo furtivo de uma cauda, movendo-se entre os quadros da parede,

"Ei-lo", completou Miguel.

Todos, adultos e crianças, levantaram-se e aproximaram-se da parede, manchada por riscos desiguais do que Sara pretendia ter sido uma pátina bem-sucedida e que, agora percebiam, servia aos répteis, tal como, em nossa distante cidade, talvez lhes servissem ainda os azulejos.

XXXI. A sombra de César

A sombra de César estendeu-se por Tebas muitos anos após a sua morte. Seu espírito, ao meu cão, disse, É inútil dormir. E meu cão respondeu-lhe, Cada instante de meu sono é também o de minha vigília. E o diálogo que seguiu atravessou impuros caminhos,

Posto que não se morre com utilidade,

Nem se vive por inútil,

Se cerro meus olhos, lembro-me de Albion,

Lembro-me de Esmirna, de onde me trouxeram ainda filhote,

Não existe o esquecimento,

Muitas vezes afundo minhas patas no pântano, e a sensação agradável que esse ato evoca faz de mim meu próprio passado,

Nunca esqueci o primeiro ventre sobre o qual repousei minha cabeça,
　　Gostaria de esquecer,
　　É inumerável a memória,
　　Tenho duas moedas,
　　E que idade tens?,
　　Quatrocentos e vinte anos, sou velho,
　　É inútil morrer.
　　Meu cão não disse mais. Despediu-se, talvez. Anos mais tarde abri meus olhos em Albion. A manhã, musical de muitos ventos, estendia-se por campos que alcançavam o céu. Muitas nuvens, iluminadas pelo heroísmo de Deus, permitiram que eu imaginasse quão infinita e bela era a vida.

Este livro foi composto na tipografia Minion Pro,
em corpo 12/15, e impresso em
papel off-white no Sistema Cameron da
Divisão Gráfica da Distribuidora Record.